FELIX LEIBROCK **LUTHERLEBEN**

Felix Leibrock
LUTHERLEBEN

Ein Reformations-Roman

Michael Imhof Verlag

Michael Imhof Verlag GmbH & Co. KG
Stettiner Straße 25
D-36100 Petersberg
Tel. 0661/9628286; Fax 0661/63686
www.imhof-verlag.de

Gestaltung und Reproduktion: Michael Imhof Verlag
Umschlagfoto: Britta Rehder, Apolda
Druck: Fuldaer Verlagsanstalt GmbH & Co. KG

Printed in EU

ISBN 978-3-86568-632-9

Der Friede Gottes, der höher ist als alle Vernunft …

Philipper 4,7

Das Unzulängliche, hier wird's Ereignis

Goethe

Hilf, heiliger Martin Luther, dass ich endlich den richtigen Mann finde …

Gebetszettel in der Wittenberger
Schlosskirche im September 2010

I

Eigentlich passte Wolfgang Trödler gut zu ihr. Nur die Weibergeschichten störten.

Zur Untreue hatte Wolle, wie sie ihn alle auf dem Campingplatz riefen, viele Gelegenheiten. Da waren die Frauen von den Dauercampern unten am See, direkt an der Blauen Bucht. Die Männer fuhren oft mit dem Motorroller alleine übers Land. Stundenlang. Hatten sie eine Geliebte, die sie besuchten? Kaum dass sie am Rezeptionshäuschen vorbeigebraust waren, ging bei Wolle eine SMS der alleingelassenen Frauen ein. Mal tropfte der Abfluss, mal war die Stromzufuhr defekt. Ob er mal schnell kommen könne. In den Blockhäusern des Campingplatzes mieteten sich manchmal Frauen, alleine oder zu zweit, ein. Dort fiel nach einer Weile des Einlebens erstaunlich oft ein Bild von der Wand oder die Mikrowelle streikte. Wer konnte da schnell und preiswert helfen? Wolle hier, Wolle dort. Mit bärengleichen Schritten tappte er über den Campingplatz. Nach ein, zwei, manchmal drei Stunden kehrte er zur Rezeption zurück. Man habe ihn noch zu einem Kaffee eingeladen, gab er in solchen Situationen beiläufig Rosemarie Aicher zu verstehen, seiner Lebensgefährtin. Sie war die Pächterin des Campingplatzes „Blaue Bucht".

War ihre Eifersucht begründet? Einmal hatte sie den Zivildienstleistenden an die Rezeption gesetzt und war Wolle heimlich hinterhergeschlichen. Sie sah ihn mit halbem Körper unter einem Wohnwagen liegen. Er fummelte an den Leitungen am Unterbau des Wagens, neben ihm stand eine blondierte Sechzigjährige aus Leuna mit von der Sonne gegerbter Haut. Aus der Ferne sah sie, wie die trotz des Alters ungeniert bikinitragende Frau einen ihrer Füße mit lila lackierten Zehen direkt auf Wolles Bauch kreisen ließ. Rosemarie stürmte auf den Wagen zu, schob die Leunaerin zur Seite. Die zischte sie herablassend an und zündete sich eine Zigarette mit Goldfilter an.

„Lass doch den Fuß ruhig auf meinem Bauch, das beruhigt“, brummte es unter dem Wagen hervor. Rosemarie streifte sich blitzschnell einen Schuh ab und stieß ihren Fuß heftig in Wolles Speck.

„Holla, Liesel, kannst es wohl gar nicht erwarten“, stöhnte er lustvoll und robbte ans Tageslicht hoch. Ihm fiel die Wasserrohrzange aus der Hand, als er sah, wer ihm da so heftig den Bauch kujoniert hatte.

„Das habe ich nur getan, um ihn zu stabilisieren, damit er nicht seitlich wegkippt“, krächzte die Blondierte und drehte den Kopf nach oben.

„Ich will Ihnen mal was sagen“, keifte Rosemarie und einige Haarsträhnen hingen ihr in die Stirn, „wie soll ein Mann seitlich wegkippen, der so dick ist wie dieser und der gerade mal waagerecht unter den Wagen passt?“

„Ach Schätzchen“, sirrte die Leunaerin jetzt und blies ihr den Rauch ins Gesicht, „reg dich ab, dein Wolle hat mir nur einen Gefallen getan, der Süße, und dafür bekommt er jetzt auch einen Kaffee von mir.“

Rosemarie funkelte Wolle an, der etwas verunsichert zwischen den Frauen stand. Betreten schaute er auf die Erde und beobachtete eine Ameise, die ein weißes, für ihren Körper viel zu großes Ei auf dem Rücken transportierte.

„Ich werde dann wohl besser mal zur Rezeption gehen und wieder Gäste empfangen“, nuschelte er. Rosemarie stürmte schnaubend davon. Wolle gemächlich hinterher. Rosemarie konnte nicht mehr sehen, wie er der Liesel freundlich zuzwinkerte.

Wie sollte Rosemarie mit ihrer Eifersucht umgehen? Bis dahin war es nur ein Verdacht. Jetzt wusste sie es: Da war mehr zwischen Wolle und dieser Liesel aus Leuna als nur gemeinsames Kaffeetrinken. In ihr stiegen Bilder auf, Wolle in den Armen der Lederhäutigen, ihre lila Nägel in sein speckiges Rückenfleisch eingebohrt, es war zum Verzweifeln. Warum schämte Wolle sich nicht, ein solches Lotterleben zu führen? Sie beschloss, sich die Eifersucht einfach zu verbieten. Leicht gesagt. Sie wachte oft nachts auf, weil sie die Bilder nicht loswurde. Aber was war die Alternative? Wolle wegzujagen aus ihrem Leben? Das ging nicht. Sie war überzeugt, er liebte sie trotzdem. Doch, er passte gut zu ihr und zu ihrer Lebenslage, obwohl er dreizehn Jahre jünger war. Nur die Weibergeschichten störten.

„Moin, moin“, lachte ihm das Rentnerehepaar aus Cuxhaven entgegen, während er ihnen die Chipkarte und die anderen Unterlagen für den Campingplatz ins Auto reichte. „Wat is denn dat für'n Shietwetter, Wolle?“

„Na, ihr von der Küste müsst es ja wissen, wie das mit dem schönen Wetter ist!“, lachte er zurück. Der Regen prasselte auf das Dach der Rezeption. Durch die Scheibe des Holzhäuschens war Rosemarie zu erkennen, die die Mappen mit den Unterlagen für die neu eintreffenden Camper vorbereitete. Sie winkte dem norddeutschen Ehepaar zu, das schon seit vielen Jahren zum Urlaub an den Stausee kam.

Wolle zeigte den Neuankömmlingen die Richtung an, in der ihr diesjähriger Stellplatz lag. Handwerklich begabt, humorvoll, meist gut gelaunt, war Wolle auch äußerlich eine imponierende Erscheinung: Ein Brustkorb wie ein Panzerschrank, über den das lange weiche Haar seines ergrauten Vollbarts wallte. Obwohl nicht außergewöhnlich groß, füllte er mit seiner Tonnengestalt jeden Raum aus, vor allem wenn er dazu seine sonore Bassstimme ertönen ließ. Die alte Hornbrille auf der Stupsnase verlieh ihm etwas Verschmitztes. Mit seinen gerade mal fünfzig Jahren strahlte er etwas Väterliches, Beschützendes aus. Rosemarie bot ihm ein behagliches Zuhause und eine berufliche Perspektive. Sie beschäftigte ihn als geringfügig Verdienenden, darüber hinaus konnte er sich aus der Haushaltskasse bedienen. Das tat er vor allem dann, wenn er in die Stadt fuhr, um es sich, wie er es nannte, mal so richtig gut gehen zu lassen. Bezogen war das vor allem auf kulinarische Abenteuer. Vom Schweinebraten über die heiß geliebte Käsesahnetorte bis zum Latte Macchiato bei Giovanni, dem Italiener. Den Campingplatz hatte Rosemarie vor fünf Jahren übernommen, nachdem ihr

Mann Eberhard an Lungenkrebs gestorben war. Anfangs tat sie sich schwer. Sie kannte sich nicht mit Buchführung aus, hatte keine Ahnung von Steuern und Versicherungen, von den vielen technischen Erfordernissen eines Campingplatzes ganz zu schweigen. Bis zum Tod ihres Mannes hatte sie die Gaststätte *Seeklause* auf dem Campingplatz geführt. Mit einem besonderen Angebot von Rosemarie hatte die *Seeklause* großen Zuspruch erfahren: Die Hobbyangler unter den Campern hatten die Möglichkeit, die in der Frühe in der Blauen Bucht geangelten Fische bei ihr abzuliefern. Sie bereitete sie ihnen am Abend zu einem Sonderpreis zu, mal die Forelle nach Müllerin Art, mal den Saibling gedünstet in Riesling-Senfsauce, immer mit Dill oder Mangold von der Blauen Bucht. Ihr Mann hatte den Campingplatz von der Gemeinde gepachtet, Rosemarie war seine Unterpächterin. Was sollte aber nach dem Tod von Eberhard geschehen? Ehe die Gemeinde ihr einen anderen Betreiber vor die Nase setzte, ging sie selbst zum Bürgermeister und sagte keck: „Ich mach es!" Sie stellte einen Hilfstechniker auf Honorarbasis ein, außerdem Saisonkräfte vom Arbeitsamt und, weil der Campingplatz als besonders behindertenfreundlich zertifiziert war, immer wieder Zivildienstleistende. Für die *Seeklause* fand sich eine frühere Schulkameradin, die Rosemaries Tätigkeit fortführte.

„Goeden dag!" Überschwänglich begrüßte Wolle die Insassen eines Wagens mit holländischem Kennzeichen. Ein junges Ehepaar grüßte zurück. Im Fond saßen zwei kleine Kinder und eine etwa 50-jährige Frau, die junge Großmutter. Ihr nickte Wolle vertraut zu und strich sich den Bart. Er kannte die Familie vom letzten Jahr. Die Großmutter hatte die Kleinen gehütet, wenn die Eltern in die Stadt fuhren oder am See einen Badenachmittag verbrachten. Da hatte er sich mit der Großmutter, die gar nicht wie eine aussah, angefreundet und bei ihr Unterricht in Niederländisch genommen. So hatte er die Stunden bei ihr jedenfalls gegenüber Rosemarie gerechtfertigt. Man brauche als Hausmeister und Empfangschef bei den vielen Gästen mit den gelben Autokennzeichen ein paar elementare Sprachkenntnisse. »Tja«, hatte Rosemarie nur geseufzt. Kaum waren die Holländer eingewiesen, kamen Hans-Peter und Ursel Schmitz aus Köln mit ihrem schweren Wohnmobil, Rheinländer durch und durch und im siebzehnten Jahr Gast; das Ehepaar Beauchamp aus Lothringen, das seit Jahren auf seiner Fahrt an die Ostsee einen mehrtägigen Zwischenstopp machte; die Steiners aus Sachsen, die mit Ingo, ihrem erwachsenen, spastisch gelähmten Sohn öfter im Jahr für eine Woche an der Blauen Bucht urlaubten; Omlors und Ruffings, zwei Ehepaare aus dem Saarland, die Wolle und Rosemarie auch dieses Mal mit launischen Fragen begrüßten: „Wo han ihr dann die Sunn vaschteggeld? Hanna es Bier kald geschtelld?"

Zu Dutzenden trudelten sie an diesem Freitagnachmittag aus ganz Deutschland und den Nachbarländern ein, altbekannte Gesichter für Rosemarie, aber auch schon für Wolle. Sie alle hatten ihn von Anfang an als Rosemaries Neuen akzeptiert.

Kennengelernt hatten sich Wolle und Rosemarie vor vier Jahren bei einem Linedance-Kurs des nahe gelegenen Country-Clubs. Linedance, jener steifbeinige Tanz, bei dem sich die Teilnehmenden mit emotionslosen, ja gefrorenen Gesichtern wie erratische Blöcke hin- und herschoben, mit angewinkeltem Daumen in der Gürtelschlaufe der Bluejeans, - der Tanz entsprach mit seiner streng fixierten Choreographie den psychotherapeutischen Bedürfnissen Rosemaries in dieser Lebensphase. Der überraschende Tod von Eberhard hatte ihren Seelenhaushalt komplett durcheinandergeworfen. Was sie suchte, war Ordnung, Halt, Orientierung, wie sie der Linedance offerierte. So gönnte sie sich einmal pro Woche die Tanzstunde. Auch war es wichtig, den Kontakt mit dem Country-Club zu pflegen. Der rührige Clubchef Harry Lohmann, genannt Howdie, unterbreitete Freizeitangebote, über die Rosemarie die Campingurlauber gerne kompetent informieren wollte. Nach der Tanzstunde saß man noch auf einen Whisky zusammen, schaute von der Ranchterrasse auf El Condor Pasa, das 23 Jahre alte Westernpferd, das beim Country-Club sein Gnadenbrot fraß. Alle gemeinsam beratschlagten über neue Aufgaben für den Club, um die klamme Clubkasse aufzubessern. Nur zu gerne wollte Howdie zwei, drei Pferde anschaffen und Ausritte für die Urlauber anbieten. Pläne schmieden war das eine, und darin waren alle im Country-Club Meister. Die Finanzen waren das andere. Da schwadronierten sie von Sponsoren, reichen Leuten aus der Stadt, die sich mit dem Country-Club eine goldene Nase verdienen könnten. Aber bisher hatte kein Sponsor diese Einschätzung geteilt und El Condor Pasa trottete weiter alleine seine müden Runden.

Insgeheim hoffte Rosemarie beim Linedance-Kurs auf eine Männerbekanntschaft. Sie brauchte jemanden, der sie auf dem Campingplatz unterstützte, aber auch einen Menschen, mit dem sie alles bereden konnte, was das Leben an Sorgen und schönen Erlebnissen mit sich brachte. Ein Herr mit gezwirbeltem Schnauzbart und edlem Cowboyhut machte ihr gleich zu Beginn des Kurses Avancen. Doch sprach er beim Whisky die ganze Zeit von seinen Arztbesuchen. Er schilderte ihr ausführlich die Prostatauntersuchung beim Urologen, begeisterte sich für die Wanderung des Koloskops durch seinen Dickdarm, die er am Bildschirm mitverfolgt hatte, und wog vor ihr selbstversunken ab, ob er seine Krampfadern in Kürze veröden, lasern oder strippen lassen sollte. Als sie auch noch sein Alter erfuhr, 72 Jahre, schied er als zupackender Mithelfer auf dem Campingplatz und auch als liebender Gatte für sie aus. Mit ihren damals 58 Jahren war sie vom Leben gezeichnet. Die rötlichen Haare dünnten aus und gaben den Blick auf die Kopfhaut an manchen Stellen frei, das Gesicht war von kleinen Falten durchfurcht und unter den Augen deuteten sich dunkle Ringe an. Die Ansprüche an einen Zukünftigen hatte sie zwar zurückgeschraubt, aber jeden würde sie deswegen noch lange nicht nehmen! Nein, lieber wollte sie sich allein durchs Leben kämpfen als beispielsweise diesen Egomanen nehmen, der ihr nur eine einzige Frage während des einstündigen Zusammenseins gestellt hatte, nämlich die, wo im Country-Club die Toilette sei.

Eines Tages war er da, wie Phönix aus der Asche: Wolle. Linedance war der einzig mögliche Tanz zwischen beiden: Er mit der Statur eines Bud Spencer, nur nicht so groß, sie einen Kopf kleiner als er, kugelrund, mit fleischigen Oberarmen. Sie trampelten in Traversen und Quadrillen vor- und nebeneinander über den knarrigen Bretterboden der Ranch zur Musik von Johnny Cash und Shania Twain den Canadian Stomp. Nach wenigen Tänzen warf Wolle mit seinen kleinen Augen lustige Blicke in Richtung Rosemarie und stampfte noch fester auf. Die kopfüber hängenden Whisky- und Ginflaschen über der Theke wackelten bedrohlich. Am Ende der Stunde lud er sie zu einem *Johnnie Walker Black Label* ein. Noch am selben Abend zeigte sie ihm den Campingplatz und bot ihm an, in einem der Blockhäuser *for free* zu übernachten. Am nächsten Morgen hackte er Holz im Freien, während sie den Kaffee brühte. Als er seinen Strammen Max schmatzend aß und Bierschinken scheibenweise verschlang, hatte sie das Gefühl, hier sei ein Leben am Ort seiner Bestimmung angelangt.

So redselig Wolle von Anfang an war, wenn es um Gott und die Welt ging, so knapp angebunden war er, wenn sie ihn auf seine persönliche Vergangenheit ansprach. Auch nach vier Jahren Zusammenleben wusste sie nur von einem abgebrochenen Jurastudium in München, von einer Zeit als Bahnkellner und von dem zermürbenden Dasein als Verkäufer in einem Möbelzentrum. Dort hatte er für einige Monate in der Bettenabteilung gearbeitet. Nach einer Verkaufsschulung musste er den Kunden mit der Frage auflauern, ob er helfen könne. Fast immer war die Antwort gleich: „Wir wollen uns nur mal umschauen!"

Er sprach nie von seinen Eltern oder Geschwistern, anderen Lebenspartnerinnen oder gar Kindern. Als er nach zwei Monaten aus seiner Stadtwohnung auf den Campingplatz in Rosemaries Wohnung über der *Seeklause* einzog, hatte er nur wenige Möbel und Kleider, dafür aber eine Vielzahl von Biergläsern und Weinkaraffen, Humpen, Krügen und Kelchen. Außerdem brachte er sein Akkordeon mit, mit dem er manches Mal an schwülen Sommerabenden die angetrunkenen Gäste der *Seeklause* beglückte. Ab und zu spielte er noch über den Beginn der Nachtruhe um 22.00 Uhr hinaus, was Rosemarie auf die Palme brachte. Denn wenn unter Campern eines heilig war, dann die Campingplatzordnung. Der Ruf der Blauen Bucht stand auf dem Spiel!

„Ich fahr noch mal eben eine Runde“, warf er Rosemarie zu, nachdem sich die Ankunftswelle der Urlauber gelegt hatte. Der Regen hatte nachgelassen, der Wald über dem Gelände war erfüllt von jubelnden Vogelstimmen.

Wolle zurrte sich den sternverzierten Helm fest und stieb mit seinen weiß-pinken Inlinern davon. Rosemarie hatte sie ihm zum 50. Geburtstag geschenkt. Sein größter Wunsch hatte sich damit erfüllt. In einem der seltenen Momente, in denen er von seinem Früher erzählte, hatte er offenbart, als Kind leidenschaftlich gern Rollschuh gefahren zu sein. Keine Frage, diesen Wunsch musste Rosemarie ihm erfüllen, auch um ihn zu weiteren Gesprächen über seine Herkunft zu motivieren. Schon bald hatte er eine Lieblingsstrecke über Rad- und geteerte Fußwege gefunden. Sie führte ihn am Country-Club und am Tiergehege vorbei zum See und um diesen herum zurück zum Campingplatz. Mit voller Fahrt brauste er jetzt das leicht abschüssige Gelände auf die Bundesstraße zu, um kurz vor der Einmündung abzubremsen und dann in scharfem Bogen in den Radweg Richtung See einzubiegen. Normalerweise war das kein Problem. Aber heute war der Teer vom Regen glatt und wie aus dem Nichts huschte ein Hase über die Waldstraße. Wolfgang Trödler versuchte, ihm auszuweichen. Er kam von der Strecke ab und raste auf eine 500 Jahre alte deutsche Eiche am Straßenrand zu. Im letzten Augenblick breitete er die Arme aus, um den Baum zu umarmen. Die Wucht war gewaltig, er schlug auf die groben Schuppen der Borke auf und kippte dann leblos zur Seite. Blut tropfte aus der Nase in den nassen Waldhumus.

II

„Wolle, mein liebster Wolle, komm doch wieder zurück zu mir", flüsterte Rosemarie bei jedem Besuch in der Klinik. Sie saß am Krankenbett und hatte ihren Kopf neben den von Wolle gelegt. Wolle war in eine andere Welt abgetaucht. Nach dem Unfall fand ihn ein Camper, der Notarzt war zehn Minuten später da. Im städtischen Krankenhaus versetzte man ihn in ein künstliches Koma. Erst nach zwei Wochen kam er von der Intensivstation in die Neurologische Klinik. Neben drei Rippenbrüchen und einer Fraktur des linken Unterarms sowie vielen Blutergüssen, Hautabschürfungen und einer geschwollenen Nase hatte er ein Schädel-Hirn-Trauma davongetragen. Kam Rosemarie auf Besuch, erkannte er sie nur eingeschränkt: Sie war ihm eine vertraute Person, das glaubte sie zu spüren, aber er wusste ihren Namen nicht mehr. Auch erinnerte er sich nicht an die Blaue Bucht, die *Seeklause*, den Country-Club, überhaupt alles, was vor dem Unfall lag. Routinehandlungen dagegen funktionierten. Er arbeitete sich aus dem Bett empor und trottete zum Fenster, er aß manierlich, er konnte Zeitschriften lesen und kommentierte manche Meldung mit undefinierbaren Lauten. Manchmal suchte er Rosemaries Hand, drückte sie vorsichtig an seinen lädierten Körper oder lachte sogar mit ihr, wenn ihm etwas von der Gabel fiel. Die Ärzte wollten Rosemarie zunächst gar keine Auskunft geben, weil Wolfgang Trödler für diesen Fall nicht vorgesorgt hatte. Sie war keine Verwandte, sie war, aus Sicht der Ärzte, gar niemand mit Bezug auf ihn. Vor einem Jahr hatte die Ehefrau eines Patienten die Klinik mit einer Klage überzogen. Ein Arzt hatte einer weiblichen Person, die sich als Lebensgefährtin ausgab, Auskunft über den Patienten gegeben. Sie war die Geliebte. Auf dem Flur der Klinik begegnete sie der Ehefrau. Die erkannte die Konkurrentin und empörte sich, was sie hier zu suchen habe. Die angebliche Lebensgefährtin berichtete genüsslich vom Zustand des Mannes, den sie beide begehrten. Sie hatte einen Informationsvorsprung, sie war eher am Bett des Verunglückten. Das sollte die Ehefrau spüren. Seit der Klage der Ehefrau waren die Ärzte noch vorsichtiger mit ihren Auskünften. Erst als keine leiblichen Verwandten auftauchten und Wolle Rosemarie vor den Ärzten nicht zurückwies, erhielt sie einige Informationen. Dr. Heinrich, der Stationsarzt, sprach vom Amnestischen Syndrom und erläuterte die retrograde Amnesie, auch von posttraumatischen Belastungsstörungen war die Rede, – medizinische Fachbegriffe, die Rosemaries Angst eher verstärkten, ihr Wolle werde niemals wieder das volle Gedächtnis erlangen. Eine Prognose lehnte Dr. Heinrich ab.

Gerne hätte sie Tag und Nacht an seinem Bett gewacht, gerne hätte sie den Augenblick erlebt, wenn schlagartig wieder die Erinnerung da war. Aber auch mit kleinen Schritten der Besserung wollte sie zufrieden sein. Doch auf dem Campingplatz begann die Saison und durch den Ausfall ihres Lebensgefährten war sie doppelt gefordert. Nur jeden zweiten, manchmal jeden dritten Tag reichte es für einen Besuch in der Klinik. Sie sah ihn dann die ganze Zeit über liebevoll an, streichelte seine Hand und flüsterte ihm warme Worte ins Ohr. Einmal, als sie ihn lange beobachtete, da glaubte sie, Wolle habe sich auch körperlich verändert. Was war mit seiner Stupsnase geschehen? Sie kam ihr jetzt größer, kantiger vor. Auch die Lippen erschienen ihr voller, wulstiger. Und die Augen, waren sie nicht ein Stück tiefer in die Höhlen zurückgetreten? Das kann doch gar nicht sein, schalt sie sich selbst, jetzt fange ich an zu spinnen. Doch mit Wolle geschah etwas, was sie nicht einordnen konnte.

„Wir können uns den Zustand ihres Lebensgefährten nicht ganz erklären", gab ihr Dr. Heinrich nach vier Wochen zu verstehen.

„Nicht ganz, was soll das heißen?" Sie war nervös.

„Nun ja, retrograde Amnesie bedeutet häufig, der Patient kann sich nicht mehr an den Unfall erinnern, verliert aber nicht sein komplettes Langzeitgedächtnis. Herr Trödler aber ist fremd in seinem eigenen Leben, und es sieht so aus, als müsse er sich viele emotionale Kompetenzen neu erwerben. Sie sagen ja selbst, er erinnere sich nicht mehr an die vertraute Umgebung, diesen Campingplatz und alle diese Dinge. Hat er Sie denn mittlerweile wieder mit Namen angeredet?"

Rosemarie schüttelte den Kopf.

„Weiß er denn noch etwas aus seiner Kindheit? Aus den Jahren, bevor er Sie kennengelernt hat? Sie kennen sich doch erst ein paar Jahre, sagten Sie das nicht?"

Sie schwieg und empfand die Fragen als peinlich. Sie wusste so gut wie nichts über Wolles Vorleben. Wieso sollte sich das gerade in seinem jetzigen Zustand ändern? Das war doch eigentlich nicht normal, mit einem Menschen zusammenzuleben, über den man fast nichts wusste!

„Das Ganze ist etwas rätselhaft, weil wir keine Blutungen im Gehirn, keine Hypoxie oder andere Befunde haben, die einen Gedächtnisverlust in dieser Form plausibel machen."

Ein unsicheres Zucken ging durch Rosemaries Gesicht.

„Passen Sie auf, Frau Aicher, wir haben bei unserem Konsilium erwogen, Herrn Trödler in eine spezielle Reha-Klinik zu verlegen. Die Klinik in Sachsen hat Einrichtungen und Behandlungsmöglichkeiten für Patienten mit ungewöhnlichen Formen der Amnesie. Dort wird er einige Zeit bleiben und wir hoffen auf die Regenerationsfähigkeiten des Gehirns."

Nach Sachsen, schoss es Rosemarie durch den Kopf. Sie klammerte sich an der Stuhlkante fest. Da kann ich ihn ja kaum besuchen, ohne Führerschein. Der Campingplatz, die bevorstehende Hochsaison, wer hält ihm dann die Hand? Wird er nicht völlig vereinsamen? Wer hilft mir an der Rezeption? Beim Einchecken der Gäste? Bei Reparaturen?

„Frau Aicher, hallo, sind Sie einverstanden?“, holte sie Dr. Heinrich aus ihren Gedanken. Sie nickte. Was sollte sie auch anderes vorschlagen?

„Gut, dann können Sie sich ja heute von ihm verabschieden und morgen bringt ihn ein Krankentransport in die Reha.“

Dr. Heinrich wandte sich der Patientenmappe zu und füllte Formulare aus. Die farblose Gardine am Fenster wehte im Wind. Draußen nieselte es in dünnen Fäden vom Himmel. Leise verließ Rosemarie den Besprechungsraum. Wolle war schon eingeschlafen. Lange sah sie ihn an. Was war nur mit Wolle los? In welche Welt war er abgetaucht? Sie schloss die Tür und ging an der Glaskabine vorbei, hinter der sich die Schwestern aufhielten. Dr. Heinrich unterhielt sich angeregt mit ihnen. Eine Schwester in blauer Dienstkleidung aß ein Stück Pflaumenkuchen. Einige Fliegen schwirrten unruhig zwischen Flur und Glaskabine hin und her. Für einen Augenblick hatte Rosemarie einen schrecklichen Gedanken: Verschwieg man ihr in der Kinik etwas Entscheidendes? Hatten die Ärzte Wolle am Gehirn operiert, mit Fehlern, die sie jetzt vertuschen wollten?

Am nächsten Morgen brachte ein Krankentaxi Wolfgang Trödler in die mehrere Autostunden von der Blauen Bucht entfernte Klinik. Der neue Patient ordnete sich gut in die Abläufe der Klinik ein, saß immer pünktlich im Speisesaal und nahm alle Therapien wahr. Manchmal klingelte das Stationstelefon für ihn. Wenn ihm die Schwester den Hörer brachte und sich am anderen Ende eine „Rosemarie“ meldete, sagte er gar nichts, drückte sie aber auch nicht weg. Die Frau redete von neuen Dauercampern, von einem Stromausfall, vom Zahnweh El Condor Pasas. Neugierig sah er bei diesen Worten aus dem Fenster in die hohen Pappeln des Parks.

„Mein lieber Wolle, nächsten Mittwoch komme ich dich besuchen“, sagte die Stimme eines Tages.

Der Angesprochene hatte keine Ahnung, welche Mühen es Rosemarie bereitet hatte, sich diesen Tag freizuschaufeln.

„Wolle, hast du gehört, ich komme zu dir! Die Steiners nehmen mich auf ihrer Fahrt nach Hause mit. Stell dir vor, ihr Ingo macht in der gleichen Klinik wie du eine Reha. Dann werden dich die Steiners öfters besuchen!“

Wolle starrte stumm das Telefon an.

„Wolle, hallo, hörst du mich?“

Rosemarie erwartete wie immer keine Antwort, wenn sie mit ihm telefonierte. Schon wollte sie auflegen, als in das leichte Rauschen der Funkverbindung zwei leise Worte vom anderen Telefon fielen:

„Mit Akkordeon.“

Rosemarie verschluckte sich fast vor Aufregung. War das Wolles Stimme? Oder hatte das jemand anderes für ihn geflüstert? Aber Akkordeon, das war doch sein Instrument.

„Wolle, du möchtest das Akkordeon haben, habe ich das richtig gehört?“ Wolle hatte gesprochen, einen Satz mit Bezug auf eine versunkene Zeit, es kam ihr vor wie ein Wunder! Das Akkordeon! Die Krankheit Wolles machte sie bescheiden, demütig. Sie war dankbar für den geringsten Fortschritt.

„Klar bringe ich das mit, lieber Wolle, klar doch, mein Liebster. Na klar, sehr gerne …“

Glückswellen. Wolle begann, sich wieder zu erinnern. Längst hatte er sie weggedrückt.

Der Mittwoch, an dem Rosemarie Wolle besuchte, verging für sie wie im Fluge. Wolle hatte sie zwar anfangs finster angeschaut, wie eine Fremde. Auch als sie ihm von der Blauen Bucht erzählte. Von den Gästen in der *Seeklause*, die sich schon freuten, wenn er ihnen wieder mal aufspielte. Sein Blick wirkte bedenklich, die Stirn zeigte eine bisher unbekannte Furche über der Nasenwurzel. Erst als die Steiners, die Ingo in seine Reha-Abteilung gebracht hatten, das Akkordeon ins Zimmer hereinschleppten, hellte sich seine Miene etwas auf.

„Wir werden jetzt öfter bei dir reinschauen, Wolle", sprachen sie aufmunternd. Rosemarie erhob sich. Sie war auf Steiners angewiesen, die sie zum Bahnhof brachten. Auch Wolle stand jetzt von seinem Krankenbett auf. Rosemarie streckte sich zu ihm empor und schlang die Arme um seinen Hals, so weit das ihrer beider Leibesfülle und die ungleiche Körpergröße zuließen. Sie sah von unten direkt durch die glatten Barthaare zur Unterlippe, zur Nase. Das waren doch nicht mehr die alten Wolle-Organe, oder? Sie zweifelte. Hatten die Ärzte ihn im Gesicht operiert, um einer Entstellung vorzubeugen? Hatte sie die Schwellung des Gesichtes nach dem Unfall fehlgeleitet? Zwei Tage nach dem Unfall hatte sie ein gerahmtes Foto mit ihr und Wolle vor der *Seeklause* auf die Intensivstation gebracht. Das Foto stellte sie auch in der Neurologischen Klinik auf den Nachttisch. Eines Tages war es spurlos verschwunden. Die Schwester mit dem Pflaumenkuchen behauptete sogar, ein Foto habe nie auf dem Nachttisch gestanden. Hatte Dr. Heinrich bei der Visite auf diesem Foto das ursprüngliche Gesicht gesehen und ein Verschweigen der OP für sinnvoller gehalten? Doch da, erwiderten Wolles Arme nicht ganz leicht die Umarmung? Alles würde gut, glaubte sie für einen Augenblick. Was sie nicht wusste: Der sie da zu umarmen schien, war nicht mehr Wolfgang Trödler.

III

Sabine Harder legte den Bleistift zur Seite und zerriss das kaum beschriebene DIN-A4-Blatt. Zu dem Brief an die Kolosser, wie er in der Bibel stand und über den sie am Sonntag predigen sollte, fand sie keinen richtigen Zugang. So viele moralische Aufforderungen, wer wollte das noch hören! Eigentlich hatte sie sich das mit dem Predigen als Klinikseelsorgerin anders vorgestellt. Mit ihrer

50%-Stelle beabsichtigte sie den Schwerpunkt auf die Gespräche mit den Kranken zu legen. In der Woche hielt sie die Vormittage dafür frei. Dazu kamen die Notfälle, die sie jeder Zeit ereilen konnten. In die sonntäglichen Gottesdienste kamen stets neue Patienten. Ein Dutzend Predigten mit speziellem Bezug zu der Sorgenwelt von Kranken bereitete sie vor, die sie dann nacheinander hielt. Alle drei Monate begann sie den Predigtzyklus von vorne, mit einigen Aktualisierungen, wie sie die Weltgeschichte oder der Klinikalltag nahelegten. Die Predigt jedenfalls sollte nicht mehr wie zuvor im Stadtpfarramt die Arbeitszeit übermäßig beanspruchen. Schließlich hatte sie zwei kleine Kinder und einen Mann, der als Pharmavertreter viel unterwegs war. Alles das hatte sie bei ihrer Bewerbung bedacht, doch dann kamen sie: Frau Adlung und Frau Beer, zwei ältere, distinguierte Damen mit Konzertabo im Stadttheater und edlem Geschmeide an Hals und Arm. Sie wohnten nicht weit weg vom Klinikgelände. An einem eisigen Wintersonntag erschien es ihnen zu gefährlich, die abschüssige Straße in die Stadt und zur Friedenskirche zu laufen. Sie entschieden sich für den Gottesdienst in der Reha-Klinik. Es sollte eine Ausnahme sein. Ein Mal. Dieses eine Mal fanden sie aber viel bequemer. Auch predigte die Pfarrerin schön. Außerdem war ihnen als treuen Leserinnen der „Apotheken-Umschau“ und von eigenen Zipperlein her das Thema Krankheit ohnehin vertraut. Kurzum, sie entschieden sich, in Zukunft jeden Sonntag in die Reha-Klinik zum Gottesdienst zu gehen. So war es nichts mit dem einen Dutzend Predigten für Sabine Harder. Denn was gab es Schlimmeres, als wenn die Damen irgendwann erzählten, die Frau Pfarrerin predige immer das Gleiche. Ein Ehrgefühl stieg in ihr hoch. Nein, dieser Schmach wollte sie sich nicht aussetzen. So saß sie an einem Samstagnachmittag in ihrem schönen Dienstzimmer mit Blick in den Kurpark, die Birken schwankten im Wind und die Kohlmeisen zirpten im Psalmgarten. Den hatte die Klinik auf ihr Betreiben hin angelegt, finanziert von der Pharmafirma ihres Mannes. An diesem Nachmittag war er mit den Kindern in den Zoo gefahren, um ihr den Rücken freizuhalten. Nur dass ihr zu der Stelle aus dem Brief an die Kolosser partout nichts einfallen wollte.

War da nicht Musik zu hören? Draußen im Park. Das konnte sie jetzt gar nicht vertragen: Ablenkungen. Sie erhob sich, um das Fenster zu schließen. Schon hatte sie den Fenstergriff umgedreht, schon war sie einen Schritt zum Schreibtisch zurückgegangen, da drehte sie den Kopf langsam wieder in Richtung des Fensters und stutzte. Sie sah jetzt konzentriert nach draußen. Da saß ein schwerer Mann mit grauem Bart im dunkelblauen Bademantel, den Kopf über ein Akkordeon gebeugt, auf einer der neuen Parkbänke mitten im Psalmgarten. Genau dort, wo hohe Weidenruten, in ihrer Krone zusammengeflochten, eine Art Schlucht bildeten. Sie illustrierten den Vers aus dem 23. Psalm: *Und ob ich schon wanderte im finsteren Tal*. Sie hatte den Mann noch nie gesehen. Irgendwie eine unwirkliche Szene, wunderte sie sich. Der Eindruck verstärkte sich, nachdem sie das Fenster leise wieder geöffnet hatte. Der Mann spielte nur mit der rechten Hand auf dem Akkordeon. Sie nahm eine einstimmige Melodie wahr, die etwas unbeholfen klang, wie von einem Anfänger in der Musikschule. Unablässig wiederholte der Graubärtige die Melodie, ausdruckslos, mantramäßig. Es dauerte, dann dämmerte ihr, was sie wirklich irritierte. Die Melodie war von Martin Luther. Keine Frage, der Mann spielte *Ein feste Burg ist unser Gott*. Jetzt sah sie, wie er die Lippen bewegte. Ja, er schien auch den Text zu brummen. Schon wollte sie in den Psalmgarten, um den Sonderling anzusprechen, da fielen ihr die Damen Adlung und Beer ein. Morgen kamen sie wieder, mit Perlenketten behangen saßen sie dann in der zweiten Reihe links erwartungsvoll vor ihr. Morgen, am Sonntag, der den Kirchennamen Kantate trug. Kantate! Singt! Darum ging es doch in diesem Brief an die Kolosser auch: … *mit Psalmen, Lobgesängen und geistlichen Liedern singt Gott*! Der Mann im Park tat genau das: Ein Lied spielen und singen, das Gott als feste Burg gegen die Feinde pries. Die Klinik war auch so eine Burg. Die Feinde der Patienten waren die Krankheiten. Gott wollte mit den Menschen sein, die sich vor den Feinden fürchten. Dafür ist er zu loben mit Liedern … Jetzt hatte sie einen Zugang zum Thema des Sonntags. Kurz überlegte sie, den sonderbaren Mann mit seinem Lutherlied als Einstieg zu nehmen, entschied sich aber dagegen. Gut möglich, ja sogar wahrscheinlich, dass der Mann entweder morgen in den Gottesdienst kam oder die Übertragung ins Zimmer einschaltete! Es wäre ihm dann peinlich, sich auf diese Weise erwähnt zu finden. Auch ist die seelsorgerische Gesprächssituation belastet, wenn er sich auf diese Weise kompromittiert sieht. Nein, das würde sie nicht tun. Aber der Mann muss doch auf meiner Liste sein, sagte sie sich, nachdem sie die Predigt in einem Zuge niedergeschrieben hatte. Sie blätterte die Computerausdrucke durch. Die Klinikverwaltung hatte gestern und heute keinen männlichen Neuankömmling gemeldet, der das Kästchen „Besuch der Klinikseelsorgerin erbeten" angekreuzt hatte. Noch einmal sah sie aus dem Fenster. Der Mann im Bademantel hatte sein Akkordeon eingepackt und trug den Koffer jetzt in Richtung der neurologischen Abteilung. Sabine Harder zweifelte, ob sie ihn wirklich nicht kannte. Er war ja eine imposante Erscheinung! Sie besuchte nicht nur die, die ausdrücklich den Besuchswunsch angekreuzt hatten, sondern auch die, die als evangelisch gemeldet waren. Dieser Mann war nicht darunter. Entweder gehörte er keiner Kirche an oder er hatte die Mitgliedschaft aus irgendeinem Grund nicht mitgeteilt oder er war katholisch. Drei Motive, die sich alle nicht mit seinem öffentlichen Auftritt im Park vertrugen. Das hatte eine besondere Bewandtnis, wenn jemand es wagt, ein uraltes Kirchenlied in einem Klinikpark zu spielen. Hatte ihn der Psalmgarten inspiriert?

Der Mann tauchte am nächsten Tag nicht im Gottesdienst auf. Frau Adlung und Frau Beer lauschten andächtig den Worten Sabine Harders und sangen das Lied nach der Predigt demonstrativ ohne Gesangbuch mit:

Ein feste Burg ist unser Gott, solch ein Lied hatte man in ihrer Generation im Konfirmationsunterricht noch auswendig gelernt! Nachdem die Pfarrerin die kärgliche Kollekte gezählt und das Sakristeibuch ausgefüllt hatte, ging sie zur neurologischen Abteilung. Sie wollte den wunderlichen Mann sprechen. Die Flure waren in Pastelltönen gestrichen. In den Aufenthaltsräumen fand sie ihn nicht. Sie beschrieb den Schwestern den Musikanten im Bademantel. Schulterzucken, ungläubiges Staunen auf den ersten Stationen. War sie einem Phantom aufgesessen? Sie stieg die Treppen zum vierten Stockwerk hoch und traf auf Schwester Petra. Sie kannten sich vom gemeinsamen Volleyballspiel des Klinikteams. Kurz trug sie ihr Anliegen vor. Die Schwester wusste gleich Bescheid und flüsterte ihr zu: „Wundere dich nicht über das, was du jetzt gleich siehst." Am Ende des Stationsflures lag der Aufenthaltsraum. Den beiden Frauen schlug das Trommeln und Klingen Orffscher Musikinstrumente entgegen, ein bizarres Klanggemisch mit einer darüber schwebenden Melodie.

„Unsere Musiktherapeutin leitet die Patienten an", gab Petra zu verstehen und drückte sanft die Tür auf. An der Stirnseite des nüchternen Raumes stand ein Schrank offen. In seinen Regalen lagen abgenutzte Kartons mit Brett- und Kartenspielen. Auf einer Pinwand waren Ansichtskarten befestigt, die dankbare Patienten aus ihren Heimatorten gesandt hatten. Ungläubig starrte Sabine Harder auf das Szenario, das sich ihr in der Mitte des Raumes bot. Mit ausgezehrten Gesichtern saßen vier Männer auf wackligen Stühlen. Ihre Blicke waren auf die gepflegten Hände einer jungen Frau mit violettem Halstuch und kunstvoll geflochtenem Zopf gerichtet. Sie gab ihnen den Takt vor. Rhythmisch klopfte der Älteste des Quartetts auf eine Schellentrommel. Bei jedem Schlag vibrierte sein Knebelbart. Ein anderer mit Glatze und buschigen Augenbrauen schlug eine Triangel an. Der Jüngste mit zitronengelbem T-Shirt und mehreren Lippenpiercings versuchte etwas unbeholfen, mit Kastagnetten Schritt zu halten. Harders schweifender Blick blieb beim vierten Mann haften. Seine mächtige Statur, sein grauer Vollbart ließen ihr keinen Zweifel, auch wenn er jetzt den blauen Bademantel gegen ein weites Hemd aus weißer Baumwolle eingetauscht hatte. Es war der Mann, der sie am Vorabend bis in den Schlaf hinein beschäftigt hatte. Mit seinem Akkordeon gab er den drei anderen Musikanten die Melodie vor. Eine Melodie, über die sie vor einer halben Stunde gepredigt hatte: *Ein feste Burg ist unser Gott.* Leise drückte Schwester Petra die Tür wieder zu.

„Wer ist der Mann im weißen Hemd?", flüsterte die Klinikseelsorgerin, obwohl niemand zu sehen war.

„Das ist Herr Trödler", erklärte die Schwester, „er hatte einen Unfall mit Schädel-Hirn-Trauma. Bei uns ist er, um die posttraumatischen Störungen abzubauen. Er spielt den ganzen Tag Akkordeon. Immer dieses eine Lied. Du musst das doch kennen. Ist doch wohl ein Kirchenlied. Weißt du, wie ihn die anderen Patienten nennen?"

Sabine Harder sah ihre Volleyballfreundin fragend an.

„Die nennen ihn Martin Luther. Und was glaubst du, wie er reagiert?"

Wieder spannte die Krankenschwester Sabine Harder auf die Folter.

„Na, beim letzten Mal, als ihn einer so nannte", erlöste Petra die Pfarrerin, „da haben einige gelacht und er ist wütend geworden. Aber nicht, weil sie ihn so nennen. Nein, im Gegenteil, er ärgerte sich, weil sie die Sache nicht ernst nahmen. Ich bin Martin Luther und weiß nicht, was es da so blöd zu lachen gibt. Ich habe ein bisschen Respekt verdient angesichts meiner Leistungen, hat er gesagt." Petra verkniff sich mit Mühe ein Lachen.

Die Pfarrerin blickte auf den Park. Es war Mittagszeit. Die Patienten strömten in Richtung Speisesaal. Was war das für eine Erkrankung, an der dieser Herr Trödler litt, fragte sie sich. Vor Kurzem hatte sie in einer Zeitschrift einen Artikel über multiple Persönlichkeitsstörungen gelesen. War es das, was diesen Mann plagte? Das Entstehen einer zweiten Person im Gehirn zur Bearbeitung einer traumatischen Erfahrung? Aber dieser Herr Trödler wirkte heute gar nicht geplagt, im Gegenteil. Sein Musizieren, sein ruhiger und konzentrierter Blick strahlten eine innere Harmonie aus, so als ob da jemand mit sich im Reinen wäre. Wenn Luther die eine Persönlichkeit war, in der er sich zu Hause fühlte und mit Hilfe derer er ein Trauma abbaute, vor welcher anderen Persönlichkeit wich er aus?

Sabine Harder sah auf die Uhr. Zu Hause wartete ihre Familie auf sie. Sie ging zu ihrem Fahrrad. Neben ihr öffnete jemand ein Fahrradschloss. Es war Gudrun Wiegand, die Musiktherapeutin. Die Übungsstunde war vorbei. Sie wechselten ein paar Sätze. Wolfgang Trödler war seit drei Tagen in der Musikgruppe.

„Das Spiel mit dem Akkordeon hilft", erläuterte die Therapeutin, „scheinbar abgestorbenes Gedächtnis zu reaktivieren. Ich bin zu ihm ins Zimmer gegangen und habe ihm einen Katalog mit Musikinstrumenten gezeigt. Erst beim Akkordeon hat er reagiert. Ja, das wolle er spielen. Wenige Tage später hat ihm die Lebensgefährtin sein Akkordeon gebracht. Allerdings hat die bisherige Reha-Zeit zu einem auch für mich überraschenden Ergebnis geführt."

Sie hatte das Schloss um die Sattelstange befestigt und schob das Fahrrad aus dem Ständer.

„Herr Trödler erinnert sich nicht an sein bisheriges Umfeld, an seine Lebensgefährtin, an den Campingplatz, auf dem er gearbeitet hat. Alles ist noch wie weggeblasen. Dafür hat er aber erstaunliche musikhistorische Kenntnisse, obwohl er von Beruf Hausmeister auf einem Campingplatz ist. Stellen Sie sich vor, morgen will er mit den anderen Patienten ein neues Lied einüben. Das Lied, so sagte er uns, hat den Titel *Es ist gewißlich an der Zeit*. Er sagt, er habe die Melodie in Anlehnung an das *Dies irae, dies illa* aus dem 12. Jahrhundert komponiert. Ich bin schon gespannt, wie das klingen wird."

Dies irae? *Dies illa*? Eine SMS ihrer 12-jährigen Tochter Swantje fragte drängelnd, wann sie endlich nach Hause komme. Dennoch eilte sie noch einmal in die Klinikkapelle. Sie blätterte im Gesangbuch und stieß mit einem leisen Aufschrei auf das Lied mit der Nummer 149. *Es ist gewißlich an der Zeit*. Am Ende der Strophen las sie atemlos, wer wann die Melodie kreiert hatte: Martin Luther, 1529.

Sie radelte nach Hause. Am nächsten Morgen musste sie das Gespräch mit Wolfgang Trödler suchen. Besser gesagt, mit Martin Luther. Jetzt huschte ein Lächeln über ihr Gesicht. Dass ich das noch erleben darf, zitierte sie einen Satz, den sie sonst bei Diamantenen Hochzeiten oder hohen runden Geburtstagen hörte. Doch in die fast heitere Vorfreude mischte sich ein Gefühl von Unsicherheit. Musste sie diesem Herrn Trödler nicht reinen Wein einschenken? Genaugenommen hatte sie etwas Angst vor dem Gespräch. Verletzte sie ihn nicht, wenn sie ihm die Illusion seiner scheinbaren Identität nahm? Ich werde ihm Fragen zu Luther stellen, die er nicht beantworten kann, nahm sie sich vor. Ein psychischer Zusammenbruch ist nicht auszuschließen, wenn er die Wahrheit erkennt. Ihr war jedenfalls klar, was sie ihm verweigern musste: Ihn als Martin Luther anzuerkennen und mit ihm auf dieser Ebene zu kommunizieren. Dieser Herr Trödler durfte nicht in religiöse Wahnvorstellungen abgleiten. Immerhin hatte sie eine positive Möglichkeit, ihn aufzufangen: Sie konnte ihm Wege zeigen, in der heutigen Zeit an Gott zu glauben, gerade auch mit Hilfe von Luthers Lehre. Ja, morgen werde ich dem Spuk ein Ende bereiten. Sie trat entschlossen in die Pedale.

IV

„Ja, dann kommen Sie mal herein." Sabine Harder hatte sich in der Tür kurz vorgestellt. Sie hatte eine weichere Stimme erwartet. Wolfgang Trödler sah sie emotionslos an.

„Entschuldigen Sie, dass ich Sie so einfach aufsuche, Herr Trödler." Sie schloss die Tür hinter sich und näherte sich dem Krankenbett, auf dem eine rot-weiß gestreifte Überdecke lag. Auch die Vorhänge waren in kräftigen Farben. Man spürte das Bemühen, die Atmosphäre eines Krankenhauses zu vermeiden. Der Patient saß mit angewinkelten Knien auf dem Bett, dessen Rückenteil hochgestellt war. Vor sich hatte er ein Exemplar von *Psychologie heute* aufgeschlagen, das er jetzt auf den Nachtschrank legte. Stumm zeigte er auf einen Stuhl und blickte zum unterhalb der Decke montierten Fernsehgerät. Tonlos flimmerten Bilder von einem Wettbewerb im Springreiten.

„Sie scheinen ja nicht einer Kirche anzugehören und haben auch nicht angekreuzt, dass Sie meinen Besuch wünschen", versuchte sie einen Gesprächseinstieg und nahm auf dem angebotenen Stuhl Platz. Ihr Gegenüber blickte sie weiterhin völlig ohne Ausdruck an. Keinerlei Anstalten, auf die Bemerkung einzugehen. Nur die Lippen zuckten leicht nervös.

„Gut, Herr Trödler, ich möchte Sie gerne etwas fragen. Geht das?" Keine Reaktion. Trödler starrte knapp an ihren Augen vorbei, vielleicht auf die Stirn, vielleicht darüber hinweg auf den Fernseher. Ein Pferd verweigerte gerade vor dem Doppel-Oxer.

„Herr Trödler, Sie spielen sehr schön Akkordeon", nahm sie erneut Anlauf, „könnten Sie sich vorstellen, nächsten Sonntag im Gottesdienst hier in der Klinik ein oder zwei Lieder zu begleiten?"

Sabine Harder fixierte ihn mit ihren Blicken. Dieser Frage sollte er nicht ausweichen. Tatsächlich zeigte Trödler nach einigem Zögern eine Reaktion, allerdings eine, die sie überraschte. Das Zucken der Lippen wanderte in die Wangen hoch, dann lachte er laut in Staccato-Tönen, eine Tonleiter abwärts, immer wieder neu ansetzend. Sein Bauch hüpfte und lief Gefahr davonzuspringen, wenn er nicht die Hände über ihm wie einen Gürtel zusammengefaltet hielt. Nachdem das Lachen abgeebbt war, wechselte er blitzschnell in eine ernste Tonlage und sah sie streng an. Er schüttelte mehrfach den rechten Zeigefinger drohend hin und her und begann dann zu reden:

„Weiß Sie nicht, dass mein eigentliches Instrument die Laute ist? Doch was ist aus der Königin der Instrumente geworden? Wo bekommt man heute noch eine Laute her? Aber gut, das ist der Lauf der Dinge. Neue Zeiten, neue Instrumente. Akkordeon ist wunderbar. Aber im Gottesdienst, vor voller Kirche, tut mir leid, Schwester in Christus, ein absolut unerfüllbarer Wunsch. Sie möge verzeihen. Und eine Bitte: Ich bin kein Trödler. Nenn Sie mich bitte beim Namen. Bruder Martin oder Herre Doktor Luther, ich darf wohl bitten."

Ihr Kopf schwirrte. Laute, das war doch in der Tat Luthers Lieblingsinstrument. Wie hatte er sie genannt? Schwester in Christus. Ein Pfarrerskollege nannte sie auch Schwester, heuchlerisch, wie sie fand. Er hatte sich auch um die Krankenhausstelle beworben. Sie aber hatte den Zuschlag bekommen. Dagegen hatte er eine Konkurrentenklage eingereicht, ohne Erfolg. Aber ihr hatte die Klage geschadet, stand doch viel in der Lokalpresse darüber. Die Kritiker der Kirche freuten sich diebisch und erzählten bei allen Gelegenheiten: Da seht ihr mal, wie es in der Kirche zugeht, in diesem verlogenen Laden, da kloppen sich sogar die Pfarrer um die Stellen und so weiter. Ausgerechnet dieser Kollege, der jetzt an der Friedenskirche in der Stadt Dienst tat, nannte sie Schwester Harder, scheinheilig, falsch …

„Die Laute war immer meine große Trösterin", hörte sie jetzt den Patienten Trödler reden, „ich bin oft von dem geplagt, was hier in diesen Blättern ‚Depression' genannt wird. Es ist Satan, der sich schon früh in meiner Seele eingenistet hat. In meiner Kindheit war ich von diesen Bildern heimgesucht. Vom Satan, der als Tod seine Finger nach mir ausstreckt. In der Zeit meines Studierens im altehrwürdigen Erfurt wünschte ich mir manches Mal das Ende meines Lebens herbei. Was wäre aus mir geworden ohne Frau Musica, ohne meine Laute, die mich wegriss von Bildern entfleischter Gebeine, von frohlockend tanzenden Knochengerüsten, vom feurig einherfahrenden Satan, der seine Hand nach mir ausstreckte …"

Er hatte sich in Rage geredet. Die Klinikseelsorgerin blickte ihn unsicher an. Alle ihre Vorsätze, Trödler von seinen Wahnvorstellungen abzubringen, waren zum Scheitern verurteilt. Viel zu überzeugend wirkte er in seiner neuen Identität.

„Dass die Vögel der Sorge und des Kummers über deinem Haupt fliegen, kannst du nicht ändern", rief sie halblaut in Trödlers Redefluss, „aber dass sie Nester in deinem Haar bauen, das kannst du verhindern."

Wie würde er auf ein Luther-Zitat reagieren? Zwar wollte sie Trödler nach wie vor nicht in seiner Luther-Identität anerkennen, aber sie war ratlos. Langsam beschlich sie auch eine Faszination. Woher nur wusste dieser Campingplatzwart so viel über den Reformator?

Trödler hielt sich die Hand vor die Augen, als ob er sich konzentriere. Eine Schweißperle hatte sich auf seiner Stirn gebildet.

„Ja, gewiss, solche Bilder habe ich vor langer Zeit gezeichnet, weil ich meine finsteren Täler im Sinne des 23. Psalms nicht anderen zumuten wollte. Meines Amtes ist es doch, die Menschen aufzurichten. Und es stimmt ja. Die Depressionen ebben irgendwann auch wieder mal gewisslich ab, vor allem wenn man im ständigen Gebet bleibt und im Vertrauen auf die erlösende Kraft unseres Herrn Jesus Christus der Dinge harrt, die da kommen."

„Und ob ich schon wanderte im finsteren Tal, fürchte ich kein Unglück", flüsterte die Seelsorgerin vor sich hin. Was der Patient erzählte, leuchtete ihr ein. War er wirklich ein normaler Patient? Sie entschied sich, aufs Ganze zu gehen.

„Halten Sie denn nach wie vor daran fest, das Entscheidende an Luthers Lehre sei die Rechtfertigungslehre?"

Sie sah den Mann auf dem Bett gespannt an.

„Luthers Lehre? Sie glaubt mir also nicht, dass ich dieser Luther bin!" Für einen Augenblick zog Trödler den Mund schmollend zusammen. Doch dann fuhr er fort: „Ich weiß nicht, was Sie mit diesem schwierigen Wort meint: Rechtfertigungslehre. Wenn es bedeutet, das

Entscheidende am Glauben sei es, Gott recht zu sein, vor ihm Gnade zu finden, dann stimme ich ihr zu. Doch ist es ihre Aufgabe als Schwester in Christus und Dienerin des Herrn, diese Botschaft in die Sprache unserer jetzigen Zeit zu übersetzen. Ich lese hier fliegende Blätter, die man jetzt zusammenheftet. ‚Das ist doch eine Zeitschrift, junger Mann', hat mir die dicke Frau in dem Käfig belehrend gesagt. Sie war wiederum ganz beleidigt, als ich vom Käfig sprach. ‚Das ist ein Kiosk, junger Mann', hat sie gemeint. Aber egal. Ich höre Nachrichten in diesem Ding hier, was die Schwester Radio nennt. Oder ich sehe Rätselsendungen im Gerät da oben, welches ihr Fernsehen nennt, alles wunderbare Erfindungen, um vielen Menschen an vielen Orten vom auferstandenen Herrn zu künden. Was ich geschrieben habe, ist in der Sprache der Menschen, die vor 500 Jahren gelebt haben. Heute verstehen das sicher viele nicht mehr. Das müssen die Jüngeren ändern, Leute wie Sie, Schwester in Christus! Wie alt ist Sie?"

Sabine Harder schluckte. Ihr Hals war trocken und sie hätte gerne etwas getrunken, wollte aber das Gespräch nicht unterbrechen.

„Achtundreißig", antwortete sie und ging auf Trödlers Rede ein. „Ist es nur die Sprache? Oder sind es auch die Inhalte? Heute will doch kaum noch jemand einen gnädigen Gott, weil viele gar nicht mehr glauben, dass es einen Gott gibt!"

Trödler-Luther wog den Kopf in seiner Hand hin und her. Er sah auf den Fernseher, wo ein Pferd leichtfüßig über den Wassergraben sprang.

„Ja, Sie spricht ein wichtiges Thema an. Kann der Mensch ohne Gott leben? Sucht er sich nicht seine Götter, wenn er den einen Gott nicht glauben will? Ich bin sicher, jeder Mensch braucht Gott. Ersetzen wir mal das Wort Gott mit Geborgensein bei einer höheren Macht. Bei jemandem, der uns nicht so enttäuscht, wie es Menschen oft tun. Hier, in dieser Zeitschrift, ist überall die Rede von enttäuschten Menschen, enttäuscht vom Partner, von der Partnerin, von den Kindern, den Eltern,

Freunden, Nachbarn. Da, lesen Sie *Psychologie heute.* Das Thema heißt: *Enttäuschung als Chance.* Ent-täuscht. Man hat uns eine Täuschung genommen. Das ist die Möglichkeit eines neuen Anfangs. Ohne diese Täuschungen. Aber vorerst sind die Enttäuschten in ein Tief gestürzt. Wer holt sie da heraus? Auf wen ist in letzter Instanz Verlass?"

In diesem Augenblick ertönte eine leise Melodie aus dem Lautsprecher über der Tür.

„Oh, das Abendessen steht bereit. Ich muss gehen, sei Sie auf der Hut vor den Werken des Satans und halte Sie fest an dem, der Ihr das Leben geschenkt hat."

Trödler-Luther sprang erstaunlich behände auf und schlurfte aus dem Zimmer. Sabine Harder war viel ratloser als vor dem Gespräch. Vor dem Stationszimmer freute sie sich, Schwester Petra anzutreffen. Sie bat sie um die Telefonnummer von Trödlers Lebensgefährtin. Irgendwo in seinem Leben gab es einen Luther-Bezug, der jetzt auf unerklärliche Weise hervorbrach. Diese Rosemarie Aicher musste ihr weiterhelfen. Vor allem wollte sie erfahren, ob Wolfgang Trödler vor dem Unfall öfter von Satan gesprochen hatte. Der Satan war in seiner neuen Identität sehr präsent, und vielleicht war er es auch in der alten gewesen. Sie brauchte einen Punkt in seinem früheren Leben, an dem sie ansetzen konnte. Sie war dabei, in ein fremdes Leben einzudringen. Ein Unterfangen, das ihr eigenes Leben völlig verändern sollte. Noch ahnte sie nichts davon.

V

„Na, Rosemarie, was guggsche dann so traurisch?"

Renate Omlor sah der Campingplatzbetreiberin ihre Sorgen an. Es war Freitagabend, ein heißer Sommertag ging zu Ende. Die Terrasse der *Seeklause* war bis auf den letzten Platz gefüllt. Nasik, die aus Armenien stammende Aushilfe mit den rehbraunen Augen, trug in luftigem

Kleid Dutzende Krüge mit frisch gezapftem Bier zum durstigen und lebhaft sich unterhaltenden Campingvolk. Untermalt wurde der Geräuschpegel von CD-Musik. Die Flippers, Ute Freudenberg, Udo Jürgens.

„War schön, wenn manchmal Monsieur Wolle ier gespielt at!“, versuchten die Beauchamps aus Metz, Rosemarie ins Gespräch zu ziehen.

„Dass kannsche laud saan“, pflichtete Richard Omlor bei, der wie alle Saarländer ungeniert in vollem Dialekt sprach. „Wenn der Wolle sei Schiffaklawier ausgepaggd hadd, do is die Poschd abgang, aba gewaldisch!“

Rosemarie stocherte mit dem Löffel abwesend in ihrem *Sex on the Beach*. Eine Ärztin und eine Schwester Petra von der Reha-Klinik hatten sie angerufen. Sie war schockiert. Darüber zu reden, fiel ihr schwer. Sie schämte sich ein wenig. Was sollten die anderen von Wolle denken, wenn sie das hörten? Andererseits lief die Zeit in der Reha-Klinik ab, in einer Woche kam er zur Blauen Bucht zurück. Die Brüche, Prellungen, alles war geheilt. Nur die posttraumatische Belastungsstörung war geblieben und die Ärzteschaft stand vor einem Rätsel. So wenig er sich an sein Leben vor dem Unfall erinnern konnte, so präzise sprach er über Luthers Lieder. Dass er von sich behauptete, Martin Luther selbst zu sein, das musste doch allen auf dem Campingplatz den Eindruck vermitteln, er habe, ganz einfach gesagt, einen Dachschaden. Sie hatte keine Vorstellung, wie Wolle auf dem Campingplatz wieder arbeiten sollte, wenn er sich als Martin Luther empfand. Würde er dann wie der Reformator die Leute am Eingang mit Worten wie „Hier stehe ich, ich kann nicht anders“ begrüßen? Den Satz hatte sie im Internet gelesen, als sie einmal kurz das Stichwort Luther in eine Suchmaschine eingegeben hatte. Pflanzte er, nach einem angeblichen Luther-Zitat, das sie dort auch gesehen hatte, angesichts depressiver Stimmungen, von denen sein Arzt gesprochen hatte, jeden Tag einen Apfelbaum auf dem Gelände? Es war zum Heulen. Andererseits: War es nicht besser, die Stammgäste und Dauercamper ein wenig vorzubereiten, wenn Wolle bald als Reformator des 16. Jahrhunderts an der Blauen Bucht aufschlagen würde? Hinzu kam die veränderte Physiognomie, die kantigere Nase, die wulstigen Lippen, die tiefer liegenden Augen. Natürlich konnte sie das mit dem Unfall begründen, die Auszehrung, das Krankenhausessen. Aber war das wirklich glaubhaft? Schwester Petra hatte sie zur Hälfte der Reha-Zeit um ausschließlich weiße und schwarze Hemden und ebensolche Hosen in XXXL-Format gebeten. Wolfgang Trödler weigerte sich, in Holzfällerhemden oder Jeans herumzulaufen. Das sei seiner Würde als Geistlicher nicht angemessen. Außerdem stopfte er sich die Hemden nicht mehr in den Hosenbund, sondern trug sie offen, wie ein priesterliches Gewand. Nur so, so habe er gesagt, brachten ihm die Mitpatienten mehr Respekt entgegen. Auch fragte er bei der Klinikleitung an, ob man eine Näherei beauftragen könne, ihm sein Zeichen, die Lutherrose, auf alle Hemden und die Gesäßtaschen der Hosen zu nähen. Ein Lazarus Spengler habe ihm 1530 eine Zeichnung dieser Lutherrose auf die Veste Coburg geschickt, während der Verhandlungen auf dem Augsburger Reichstag. Er, Wolle alias Luther, habe die Rose später zu seinem Siegel gemacht.

Rosemarie starrte nach all diesen Mitteilungen ihr Mobiltelefon an. War sie in irgendeine Versteckte-Kamera-Sendung geraten? Vielleicht gibt sich die Schwester am anderen Telefon als Mitarbeiterin eines Fernsehsenders zu erkennen und der ganze Spuk ist vorbei, hoffte sie. Doch nichts davon geschah. In ihrer Not bat sie den Zivi bei einem seiner Stadtgänge, ihr eine leicht verständliche Luther-Biographie aus der Buchhandlung mitzubringen. Sie las gebannt die ersten Seiten über das Leben des Reformators und wusste schon bald mehr über dessen Kindheit als über die ihres Lebensgefährten. Etwas Hoffnung keimte in ihr auf, auf diesem Wege vielleicht auch ein wenig über Wolles Vorleben zu erfahren. Ich muss die schwierige Situation annehmen, sagte sie sich, und das Beste daraus machen.

„Ei, ich glaab“, ergänzte Heinz Ruffing, „dass med dem Wolle is nur voriewergehend. Wenn der widder e Zeidlang unner uns is, dann werd der sich aach widder erinnere.“

Schön wäre es, sagte sich Rosemarie. Dass Wolle keine Erinnerung mehr hatte, das hatte sie den befreundeten Campern erzählt. Aber der Anruf heute, der war eine noch viel größere Zumutung für alle. Sie zog noch einmal einen kräftigen Schluck aus dem Cocktailglas.

„Wolle leidet an einer multiplen Persönlichkeitsstörung“, sagte sie halblaut. Die etwas weiter am Tisch wegsitzenden wie Renate Omlor und Hilde Ruffing beugten sich ganz weit zu ihr hin. „Er weiß zwar nichts mehr von seiner eigenen Geschichte, glaubt aber, ein anderer zu sein.“

„E annerer?“, hakte die rotbackige Hilde Ruffing vorsichtig nach und holte sich einen Zigarillo aus dem Etui, „saa nur!“

„Loss mich roode“, ging Richard Omlor dazwischen, „ich saan emol, er glaabt, er is de Papschd!“

Rosemarie Aicher sah verblüfft auf den Saarländer, der immer so einfältig daherkam.

„Gar nicht so weit weg!“, entgegnete sie. Sie musste sogar ein bisschen schmunzeln.

Das Schmunzeln blieb nicht unbemerkt und ermutigte die anderen zu einem munteren Rätselraten.

„Ei, vielleischd iss er jo enner von denne Prieschder, die sich do an denne Kinner vergang hann“, spekulierte Hilde Ruffing vor sich hin, „er had bestimmd das Gefiehl, Schuld ze sinn an dem Unfall. Unn weil er in de Zeidung vor dem Unfall von denne Prieschder gelees had, iss dass in seim Kopp hänge geblieb unn deswee glaabt er a, eener von denne zu sinn.“

„Isch saan emool, er glaabt, er is de Jürgen Fliege“, sprang Heinz Ruffing auf den Zug auf.

So ging es noch eine Weile weiter. Es fielen Namen wie Eugen Drewermann, Margot Käßmann und Bischof Mixa.

„Er meint, er ist Martin Luther!“

Der Satz Rosemarie Aichers saß. Stille trat ein und

Albert Beauchamp hielt sich instinktiv am Tisch fest.

„Noch eine Runde?"

Nasik, die Bedienung, sah etwas verwundert auf die stumme Versammlung.

„Jetzt brauchen wir alle einen Cognac, oder?", rief Hans-Peter Schmitz und nickte Nasik zu.

Es ist raus, sagte sich Rosemarie erleichtert. Die Campingfreunde fanden allmählich wieder Worte und debattierten, wie man ihn wohl empfangen solle. Man könne ihn wie Martin Luther begrüßen und ihn als Reformator anerkennen, meinten die einen. Andere schlugen vor, ihn in seiner neuen Identität auf den Arm zu nehmen, bis er selbst über sich lachen müsse. Dann platze der Knoten und er sei wieder der alte Wolle. Von Seiten des Ehepaars Schmitz aus dem Rheinland kam der Vorschlag, Ablassbriefe auszustellen.

„Wir bieten einen Sündenerlass gegen Zahlung an, wie vor 500 Jahren", begeisterten sich die Rheinländer, „die Briefe bieten wir dann dem Wolle an. Das reizt den als Martin Luther dann so dermaßen, dass er austickt. Der bricht zusammen, emotional und so. Und dann findet er aus seiner Rolle heraus!"

Rosemarie zweifelte an solchen hobbypsychologischen Überlegungen. Auf der anderen Seite freute sie sich, mit ihrem Problem nicht allein zu sein. Auf die Camper-Freunde war wenigstens Verlass. Die Ärzte und Psychologen der Reha-Klinik hatten mehr oder weniger resigniert. Sogar die Hoffnung, die Erinnerung an das Akkordeon sei ein erster Schritt auf dem Weg ins alte Leben, hatten sie ihr zerstört: Die Musiktherapeutin hatte, wie man ihr mitteilte, Wolle auf das Akkordeon hingewiesen. So wie er weiterhin wusste, wie man eine Gabel und ein Messer benutzte, so fand er sich auf dem Akkordeon zurecht. Nur dass er statt dem Schneewalzer und den lustigen Holzhackerbuam jetzt Neubearbeitungen des *Dies irae, dies illa* spielte.

Nasik brachte die Runde Cognac. Das gemeinsame Gespräch löste sich auf. Renate Omlor setzte sich direkt neben Rosemarie und flüsterte geheimnisvoll. Sie lenkte das Gespräch gezielt auf ein anderes Thema, nachdem sie bemerkt hatte, wie Wolles Verwandlung am Nervenkostüm der Campingplatzbetreiberin zehrte.

„Kennsch du e Liesel aus Leuna? So e Gelifdedie und Blondierdie?"

Sie habe diese Frau im Verdacht, ihren Mann, den Richard, zu bezirzen, führte Renate aus und rollte die Augen, sie glaube, diese Liesel sei mannstoll. Und ihr Richard, der sei ihr in gewisser Weise hörig. Schämen solle sich diese Frau, verheiratete Männer anzumachen. Die Männer interessierten sie eigentlich gar nicht. Der Reiz für diese Liesel sei es, andere Frauen zu demütigen. Sie wolle nur zerstören. Das verschaffe ihr ein Triumphgefühl.

„Abba lang loss ich mir das nimie gefalle", wechselte sie in einen drohenden Ton, „ich hann e Plan, wie ich die ferdisch mach!"

„Ach Renate", entgegnete Rosemarie und atmete tief durch, „ich wäre froh, ich hätte nur solche Sorgen."

VI

Die Reha-Klinik war kein Gefängnis. Dennoch mussten die Patienten, wollten sie das Klinikgelände verlassen, einen Antrag stellen. Ein einfaches Formular reichte dazu aus. Man musste wissen, wo die Patienten waren. Für den Fall eines Falles.

Sonntagmorgen, von der Stadt her waren die Glocken der Friedenskirche zu hören. Um zehn Uhr begann dort der Gottesdienst. Trödler ging zum Stationszimmer und las den Aushang: „Klinikgottesdienst, jeden Sonntag 10.00 Uhr". Aber er wollte nicht zu dieser Klinikseelsorgerin. Ihn zog es in die Stadt, raus aus der Klinik.

Bin im Gottesdienst. M. Luther

Er legte den Zettel der gerade abwesenden Stationsschwester auf den Tisch und begab sich auf den Weg

Richtung Stadt. An der Auffahrt zur Klinik sah er mehrere Männer stehen. Nanu, was sind das für Metallkästen, an die sie sich anlehnen, wunderte er sich. „T-A-X-I", entzifferte er laut und ging auf einen der Männer zu: „Wisset ihr, wo mein Rollwägelein ist?" Mit einem solchen war er 1521 vom Wormser Reichstag ins Ungewisse geflohen.

„Rollwägelein?", fragte ihn der Taxifahrer und zog an einem Zigarillo.

„Ja, auch mit einem Pferd wäre ich zufrieden."

Der Fahrer drehte sich zu seinen Kollegen und imitierte mit einer Hand den Scheibenwischer vor seinem Kopf.

„Ein Pferd will er haben, so so. Na ja, ich habe unter meiner Haube hier 160 Pferde."

Ungläubig starrte Luther den Mann an, der die Haube öffnete. Der Motor war gut gepflegt.

Dunkel erinnerte er sich an die Fahrt in die Reha-Klinik. Vor Antritt hatte man ihm einen schweren Trunk verabreicht, so dass er den Transport komplett verschlafen hatte.

160 Pferde, hier will sich jemand über mich lustig machen, sagte er sich. Im selben Moment kamen undefinierbare Geräusche aus dem Taxiinnern. Ein Pfeifen und Knattern, dann Worte wie „Otto 3 an Friedrich 1".

Unglaublich, sagte sich Luther, die alten Kaiser leben also auch noch. Nur als Friedrich 1 aufgefordert wurde, eine alte Frau mit Namen Ilse Beinert zum Einkaufen zu fahren, war er verwirrt. „Das ist die alte Dame mit dem vielen Trinkgeld", knatterte die Stimme. Der Mann warf die Haube zu, den Zigarillo in den Straßengraben und rief: „Ab, schnell ins Auto!" Er drückte ein paar Knöpfe und fuhr davon. Fuhr der Stauferkaiser jetzt Metallkasten und rauchte braune Stangen?

„Huch", rief er laut, als der Wagen ihm beinahe über die Füße fuhr. Jetzt erst sah er auf der Straße vor der Klinik ganz viele dieser Metallkästen fahren, ohne die Schilder auf dem Dach und an den Seitenteilen. Sollten sie die Rollwägelein abgelöst haben? Im Inneren sahen sie jedenfalls bequemer aus als sein Gefährt mit der Holzbank. Wie war er da immer hin und hergeworfen worden, wenn der Kutscher die Pferde mit der Peitsche über die Untiefen und durch die Schlammlöcher jagte!

Kopfschüttelnd stolzierte er weiter. Das schwarze Baumwollhemd, das er über der Hose trug, und sein wiegender Schritt gaben ihm etwas Erhabenes, Weihevolles. Auf dem Weg die Straße abwärts Richtung Friedenskirche begegneten ihm zwei perlenkettenbehängte Damen, die er freundlich grüßte. Während er weiterging, blieben die beiden Damen stehen und eine flüsterte: „Jesus, wer war jetzt das? Sieht ja aus wie ein Kirchenvater!"

Der Gottesdienst in der Friedenskirche war spärlich besucht. Trödler saß ganz weit hinten. Der Aufforderung des Pfarrers, sich doch weiter vorne zu platzieren, damit man eine bessere Gemeinschaft sei, folgte er nicht. Der Pfarrer, der Mitte vierzig sein mochte und den das Gemeindeblatt vielfach als Lukas Kraushaar auswies, predigte von der Kanzel mit stetem Blick in seine Blätter von den Mühen des christlichen Lebens. Irgendwann, so tröstete er mit pathetischer Stimme, seien diese Mühen vorbei und fänden in einer anderen Welt verdienten Lohn. Der Gemeindegesang drohte oft zu ersterben, so schwierig und fremd waren die alten Lieder, die der Organist intonierte. Trödler war froh, wieder die Sonne zu erblicken. Beeindruckt war er nur von den Kästchen und Stäben, in die der Pfarrer mit ganz normaler Lautstärke gesprochen hatte und trotzdem bestens zu verstehen war. Ob das die Geräte und Schläuche waren, die die Stimme auch in sein kleines Radio ins Zimmer der Reha-Klinik übertrugen? Oder die Knatterstimme im Metallkasten? Das wäre eine Katastrophe, sagte er sich, wenn diese nichtssagende Predigt in alle Krankenzimmer der deutschen Lande und in die unzähligen Metallkästen übertragen würde. Er beeilte sich, noch vor dem Pfarrer die Kirche zu verlassen. Er wünschte keinen Handschlag, wie es schon vor dem Gottesdienst zur Begrüßung der Fall gewesen war. Hinter dem Türbogen stehend sah er unauffällig von hinten auf den Geistlichen. Sein Talar war an den Schultern dicht mit Schuppen belegt. Er hörte, wie er sich nach der Verabschiedung der Gemeindeglieder über einen Pfarrer in der Nachbarstadt ereiferte. Ein schmalbrüstiger Mann in grauem Anzug hörte ihm zu.

„Dieser sogenannte Kollege hat ein Kind aus unserem Bezirk getauft. Ohne mich um Erlaubnis zu fragen! Ich bin doch zuständig! Natürlich hätte ich ihm das auch nicht genehmigt. Wo kommen wir hin, wenn jeder sich seinen eigenen Pfarrer aussucht! Dann bricht unsere Gemeinde noch mehr auseinander! Zur Not muss man die Leute zwingen, dorthin zu gehen, wie es die Bezirkseinteilungen vorschreiben. Oder sie sollen es bleiben lassen! Der hat auch schon mal ein Paar aus unserer Gemeinde getraut. Ohne Genehmigung! Der hat wohl geahnt, dass er keine Erlaubnis bekommt und einfach getauft und getraut. Das Brautpaar sind Bekannte von mir, hat er als Ausrede vorgebracht. Na ja, ich habe den Vorgang schon an die Vorgesetzten weitergeleitet. Da bekommt der Kollege hoffentlich ein Disziplinarverfahren."

Er zog leicht die Nase hoch. Der Mann in Grau blinzelte in die hochstehende Sonne. „Ja, ja, schlimm", sagte er mit Fistelstimme. Doch der Pfarrer war noch nicht fertig.

„Und dann gibt's da noch diese Schwester Harder. Die wirbt offensiv Gemeindeglieder von der Friedenskirche ab."

„Ja, ich weiß, um wen es sich handelt", bestätigte der Schmalbrüstige, offenbar ein Statistiker, „das ist ein Skandal. Die beiden Gemeindeglieder machen exakt 16,66 Prozent der regelmäßigen Gottesdienstbesucher aus. Ein Aderlass, dem wir nicht länger tatenlos zusehen können. Ich habe selbst mehrere Sonntage beobachtet, wie die beiden Damen ihre Wohnungen um 9.25 Uhr verlassen haben. Um 9.30 Uhr haben sie sich auf der Straße vor dem Discounter getroffen, um dann bergaufwärts ins Klinikum zu streben. Dort haben sie zwischen 9.42 Uhr und 9.45 Uhr die automatische Eingangstür durchlaufen, um rechts in Richtung Klinikkapelle einzubiegen. Die Indizien sind eindeutig."

Pfarrer und Statistiker überlegten, einen Rundbrief an alle 899 Gemeindeglieder zu senden und sie nochmals auf die Ordnungen der Kirche hinzuweisen und die Pflichten der Gemeindeglieder klarzustellen.

Trödler trat hinter dem Türbogen hervor. Die beiden Herren, die sich alleine gewähnt hatten, zuckten kurz zusammen.

„Kommen Sie, Herr Strunz, wir wollen die Kollekte zählen", forderte Pfarrer Kraushaar den Rechenmeister auf und schob im Weggehen, den Kopf leicht nach hinten gedreht, nach: „Und die hinteren Sitzreihen sollten wir in Zukunft einfach mit einem Seil absperren!"

Ich war immer für die Ordnung, erinnerte sich Trödler-Luther, gerade am Anfang meiner Reformen. Die Ordnungen sollten den einfachen Menschen, den Bauern helfen, sich zu orientieren, wenn die Zeiten unübersichtlich waren. Damals waren alle Menschen vom Nachdenken über Hölle, Tod und Teufel besessen. Eine Kirche, die da mit klaren Ordnungen und langsamen Reformen Halt gab, war gut und wichtig. Doch heute ist das ja offenbar ganz anders. Viele brauchen die Kirche nicht mehr. Denn wo sind die Menschen heute Morgen zur Gottesdienstzeit gewesen? Aber ist ja auch furchtbar, diese Kirche, wie ich sie eben erlebt habe! Warum freuet sich dieser Pfarrer nicht über eine Taufe und eine Trauung von Menschen aus seiner Stadt? Egal wo das stattfand und wer die Handlung durchgeführet hat? Gott ist die Freiheit und das bedeutet auch: Wenn Ordnungen überhaupt noch nötig sind in der Kirche, dann doch so, dass sie den Menschen dienen. Nicht umgekehrt.

Lautes Reifenquietschen schreckte ihn aus seinen Gedanken auf. Ein untersetzter Mann mit dem Blick einer Bulldogge riss die rostige Tür seines kleinen Peugeots auf und sprang auf ihn zu.

„Du Hornochse, hast du denn keine Augen im Kopf? Siehst du denn nicht, dass hier Autos fahren?"

Aus dem Wageninneren wummerten die Bässe einer Hiphop-Band. Beinahe hätte er Luther über den Haufen gefahren. Der war abwesend über die Straße gelaufen, ohne nach links und nach rechts zu schauen. Autos, überhaupt dieses Getrieben- und Gehetztsein der Menschen, das war ihm nicht vertraut. Wie anders schlug doch die innere Uhr vor 500 Jahren. Auf seinen weiten, schier endlosen Fußmärschen als Mönch hatte er seine innere Ruhe gefunden, um wichtige Dinge zu bedenken, Pläne zu schmieden. Wie sollte das in so einem Metallkasten, den sie Auto nannten, gehen?

Knurrend zog sich die Bulldogge ins Auto zurück und gab Gas. Zu viel Gas, zu wenig Kupplung, er würgte den Peugeot ab und das Auto sprang auf Luther zu. Panisch rannte der davon.

Am Eingang der Fußgängerzone spielte ein südländisch aussehender Mann in zerknautschtem Anzug ungarische Weisen auf der Geige. Passanten warfen gelegentlich ein paar Münzen in den offen vor ihm stehenden Geigenkasten. Luther schlenderte gedankenversunken von der Kirche zum nahegelegenen Spielplatz. Mehrere Mütter waren in ein Gespräch vertieft, während die Kinder Sandburgen bauten und sich zwischendurch um Schaufeln und Siebe stritten.

„Letzte Woche war ich mit meinem Mann und den Kindern im Spaßbad", sagte eine Brünette mit Lederjacke und Flickenjeans.

„Das kann ich mir nicht leisten", klagte eine mit roten Haaren, „kostet für mich und Valentina für zwei Stunden 12 Euro. Das ist mehr als uns für den ganzen Tag zur Verfügung steht. Und etwas essen und trinken müssen wir ja auch."

„Geht mir genauso", pflichtete eine mit Nasenpiercing bei, „nicht mal Urlaub ist dieses Jahr drin. Ich wollte mit meinem Luis ja nur ein paar Tage in die Sächsische Schweiz. Aber jetzt ist das Auto kaputt. Neuer Keilriemen und so. Kostet mehr als 200 Euro. Das war's mit Sächsischer Schweiz."

Während die Frauen so vor sich hin klagten, starrte Wolfgang Trödler in den Wipfel einer Birke. So mancher verstohlene Blick der Frauen traf ihn. Sie waren skeptisch. Vor einiger Zeit hatte ein Unbekannter ein Kind auf einem Spielplatz in der Nähe unsittlich berührt. Die Polizei hatte den Täter zwar geschnappt, doch man konnte ja nie wissen. Aber die Blicke waren nicht nur misstrauisch. So manche der alleinerziehenden Mütter hatte die Hoffnung noch nicht aufgegeben, einen Partner zu finden, der ihr Halt geben konnte. Einer, der ihr eine Perspektive eröffnete, ein Leben jenseits staatlicher Mindestzuwendung und alleiniger Verantwortung für das Kind zu führen. Der graubärtige Brummbär auf der Bank, auch wenn er vielleicht 15 Jahre älter war, könnte er ein solcher Erlöser sein?

„Entschuldigen Sie, verehrte Frauen", wandte sich Wolfgang Trödler an die Mütter, „darf ich Ihnen zwei Fragen stellen?"

Die Frauen verstummten. Die Nasengepiercte blickte ihn forsch an und sagte dann ein gedehntes „Jaaaaaa???"

„Danke, gute Frau, mich interessiert zum einen, was das bedeutet: Ein Spaßbad."

„Mama, was will der Onkel da?", rief ein Knirps mit Ball in die Stille, die sich nach Trödler-Luthers Frage ausgebreitet hatte.

„Luis, das kannst du mal dem Onkel erklären, was ein Spaßbad ist!", freute sich seine Mutter über eine unkomplizierte Lösung des Problems.

„Also, im Spaßbad, da gehen Leute hin, die viel Geld haben. Meine Mama sagt, sie ist Hartz-Vierer. Deshalb können wir da nicht hin."

„Ich weiß noch nicht genau, was das meint: Ein Spaßbad", blinzelte ihn Luther jetzt an.

„Na also, einmal, da habe ich gehört, wie meine Mama mit ihrer Freundin gesprochen hat. Sie hat zu der Freundin gesagt, ich sei in einem Spaßbad gemacht worden. Deswegen heißt das Spaßbad."

„Luis!", kam es jetzt schrill von der Nasengepiercten und alle anderen Mütter lachten unbändig.

Luther hatte das Gefühl, etwas Geheimnisvolles angesprochen zu haben, etwas, was ihm nicht zustand. Als sich das Lachen der Mütter gelegt hatte, fragte er eine andere Mutter, wo denn eigentlich die Väter seien.

„Gute Frage!", kam es jetzt von einer dicklichen Frau mit Leberfleck über der Lippe. „In der Kneipe? Beim Fußball?" Sie schaute Luther herausfordernd an und erzählte ihm vom Alltag einer Frau, die ein Kind alleine großzieht. Er erfuhr Bestürzendes: Väter, die Kinder in die Welt setzten und sich dann dünne machten. Die nicht als treusorgende Familienoberhäupter für die Ihren sorgten, sondern die Verantwortung scheuten wie der Teufel das Weihwasser.

„Das gibt es doch nicht!", zeigte er sich aufrichtig erschüttert und die Mütter waren froh, endlich einmal einen mitfühlenden Mann kennenzulernen.

„Sage Sie mir, bitte, gute Frau, was hat Sie getan, dass man Ihr zur Strafe einen Ring durch die Nase gezogen hat?", wandte er sich an Luis' Mutter.

„Jetzt will er mich wohl auf den Arm nehmen?", fragte sie lachend. Luther starrte gebannt auf den glitzernden Ring und war zugleich ratlos. Mit großen Buchstaben schrieb sie in den Sand: PIERCING.

„Das ist Schmuck, Zierde, wie Ohrringe, nur durch die Nase, guter Mann!", gab sie ihm amüsiert zu verstehen.

„Noch eine letzte Frage sei mir gestattet", versuchte Luther seine Neugierde einzugrenzen. Ihm knurrte der Magen und in der Klinik war Mittagstisch angesagt. „Warum gehen die verehrten Frauen nicht in den Gottesdienst am Sonntagmorgen?"

Bei dieser Frage wendeten sich alle Frauen merklich von ihm ab und bliesen zum Aufbruch. Er hatte ein Thema angesprochen, das sie sichtbar peinlich berührte. Komisch, sagte er sich, wir haben doch früher nur dieses eine Thema in unseren Gesprächen gehabt, nämlich die Frage nach Gott. Und jetzt? Er dachte an das merkwürdige Spiel, das einige Kinder aufgeführt hatten. Ein Kind rief „Wer fürchtet sich vorm Schwarzen Mann" und dann liefen alle vor diesem sogenannten Schwarzen Mann davon. War für die Mütter Gott dieser Schwarze Mann? Oder dieser komische Pfarrer? Der hatte in der Tat schwarze Locken. Vielleicht hatten sie ihn ein Mal erlebt und seitdem Ängste wie vor dem Jüngsten Gericht? Sonst war dieser eilige Aufbruch nicht zu erklären. Während sie Spielsachen und Kinder hastig zusammenpackten, fragte er sich, was die Mütter aus dem Gottesdienst an Inhalten für ihr Leben ohne Väter und in offenbarer Armut hätten mitnehmen können. Ob die Nasenringträgerin etwas mit dem von ihm vor Urzeiten komponierten Choral *Christ lag in Todesbanden* hätte anfangen können, das sie dort gesungen hatten? Nur alte Menschen und zwei 13-, 14-Jährige waren in die Kirche gegangen. Die Jugendlichen hatten dem Pfarrer am Ausgang ein Heft entgegengestreckt, welches er abzeichnete. Waren sie nur wegen dieser Unterschrift gekommen?

Nachdenklich begab er sich auf den Weg zurück in die Klinik. An der Kreuzung begegnete ihm noch mal die Nasenringfrau, die ihren Luis auf den Rücksitz gepackt hatte. Sie teilte die beiden Stöpsel eines kleinen Kastens mit ihm. Ein Lied, das ein Haus am See besang, drang daraus hervor. War das der Traum dieser jungen Frau? Der ganzen Generation? Ein Haus am See, wo einen keine Autos jagten. Der Mensch lebt von Träumen. Sie müssen sich nicht mal erfüllen. Nur wer nicht träumt, geht verloren. Man könnte das, was diese Frau und mit ihr offenbar viele andere wünschen, zusammenfassen in dem Begriff Geborgensein. Warum war davon in der Kirche, im Gottesdienst keine Rede gewesen?

Aus dem Stationszimmer traf ihn ein tadelnder Blick der Schwester. Ausgang sei früher anzumelden und bedürfe erst der Zustimmung, gab sie ihm zu verstehen. Wortlos, ohne eine Miene zu verziehen, ging er weiter. Vor seinem Zimmer standen zwei Personen, die ihn erwarteten: Die Klinikseelsorgerin Sabine Harder, mit Talar über dem Arm, und ein Mann, der wie er ein langes schwarzes Hemd trug und den ihm Sabine Harder als Klaus Schulz vorstellte, ihren katholischen Kollegen in der Klinik. Ob sie beide mit ihm das Gespräch vom letzten Mal noch fortsetzen könnten. Sabine Harder fragte das höflich und vorsichtig. Sie hatte in der Zwischenzeit mit Rosemarie Aicher telefoniert. Der Lebensgefährtin von Wolfgang Trödler war es peinlich, fast gar nichts über dessen Vergangenheit zu wissen. Die Seelsorgerin sagte ihr Vertraulichkeit zu und notierte eifrig das Wenige mit, was sie erfuhr: In München hatte er Jura studiert, bei der Deutschen Bahn hatte er gekellnert, in einem Möbelzentrum war er als Verkäufer beschäftigt. Vom Satan habe er nie gesprochen. Das waren immerhin ein paar Ansatzpunkte für Recherchen. Aus Sorge, sie könne sich in eine Spinnerei verirren, hatte sie den Kollegen Schulz gebeten, am Gespräch mit Trödler-Luther teilzunehmen. Mit Schulz verstand sie sich gut. Sie wollte seine Meinung zum sonderbaren Patienten hören.

„Herr Trödler-Luther", eröffnete sie das Gespräch, nachdem sie sich an den Tisch im Patientenzimmer gesetzt hatten. Sie erntete sofort fragende Blicke von beiden Herren: Vom Patienten, weil sie ihn offenbar immer noch nicht in seiner alleinigen Identität als Martin Luther anerkannte; von Klaus Schulz, weil er nicht glauben konnte, dass sich eine so vernünftige Seelsorgerin dem obskuren Willen eines Patienten unterwarf und ihn mit dem Namen des Reformators ansprach.

„Also, wir haben beim letzten Mal über das Geborgensein gesprochen …", fuhr sie fort, doch Trödler fiel ihr alsbald ins Wort: „Ja, das scheint mir heute eine entscheidende Kategorie, um Menschen die Nähe Gottes zu veranschaulichen."

Er breitete aus, was er aus den Gesprächen der Mütter auf dem Spielplatz aufgeschnappt hatte, tat Lektüreeindrücke aus psychologischen Zeitschriften kund und sezierte die Predigt in der Friedenskirche, die er gehört hatte. Nichts daran habe mit der Lebenswirklichkeit der Menschen zu tun, nur faules und seichtes Geschwätz sei das. Ständig habe der Pfarrer selbstherrlich etwas von einem Praktikum in einem fernen Land erzählt, das er gemacht habe. So sehr er, Luther, für Beispiele aus der eigenen Lebenswelt sei, bei diesem Mann auf der Kanzel habe nicht der Heilige Geist geweht, sondern Frau Eitelkeit habe sich ein herrlich Gewand umgeworfen und ihn zu ihrem Sprachrohr gemacht.

Auch wenn sie es sich verbieten wollte, konnte Sabine Harder ein kleines Triumphgefühl nicht unterdrücken, das die herbe Kritik am Kollegen in ihr auslöste. Genau dieser Kollege hatte sie wegen ihrer Anstellung in der Klinik mit einer Klage überzogen. Trotzdem wollte sie die Situation nicht auskosten und den Kollegen vor den beiden anderen gerade verteidigen, da fuhr Trödler-Luther aufgebracht fort:

„Kein einziges Amen hat die Gemeinde gesprochen. Ist das der neue Katechismus? Dass der Pfarrer sich selbst das Amen zuspricht? Oder muss das nicht respondieren? Der Pfarrer betet mit Worten auch für die anderen und die bestätigen mit einem lauten und geschlossenen *Amen*! das Gesagte? Was ist von der Gemeinde geblieben, wie ich sie zum Exempel 1544 in der Schlosskirche zu Torgau bei deren Eröffnung beschrieben habe? Ein Alleinunterhalter vorne und eine vor sich hin dösende Gemeinde!"

Klaus Schulz nickte zustimmend und schob ein: „Bei uns in der katholischen Kirche ist das etwas anders. Da weiß die Gemeinde zumindest, wann sie das Amen zu geben hat."

Trödler-Luther starrte den Geistlichen an und überging dessen Einwurf. Eine Stechmücke umschwirrte sein rechtes Ohr. Ärgerlich schlug er nach ihr.

„Kann mir jemand von der hier versammelten Geistlichkeit erklären, warum dieser Bruder in der Friedenskirche auf die Kanzel gestiegen ist? Nein? Keine Antwort? Als ich die großen Predigten gehalten habe, anno 1517, 1521, 1522, da war die Kirche voll. Und es gab noch nicht diese Stäbe und Kästchen, in die man spricht und die den Ton lauter machen. Damit auch die oben auf den Emporen und die, die im Eingang standen, etwas hörten, habe ich die Kanzel genutzt, weil sich dort der

Klang am besten verbreitet. Doch heute ist das eine ganz andere Situation. Da muss doch der Prediger die Kanzel nicht mehr besteigen! Da muss doch der Prediger sich nicht an seinen Zetteln festhalten! Vielmehr ist ihm aufgetragen, frei das Wort Gottes zu verkünden, nachdem er sich gründlich darauf vorbereitet hat. Memorieren ist Übungssache. Dem Prediger ist es so möglich, auf Käthchen Müller zuzugehen und sie während der Predigt zu trösten. Er kann sie als Exempel für eine trauernde Witwe nehmen, die des Trostes bedarf. Legt er den Arm um sie und sagt vernehmlich für alle: Wir wollen dem Herrn als unserem guten Hirten vertrauen, dass er uns nicht verloren gebe, so wie er dem verirrten Schaf bis ins äußerste Gebirge hinterhereilt, um es zu erretten, dann, ja dann wächst ein Trost für alle daraus. Die anschauliche Geste, das persönliche Wort, der engagierte Vortrag, so was muss doziert, geübt und zur Meisterschaft gebracht werden!"

Die beiden Geistlichen starrten den graubärtigen Patienten an wie ehemals Käpt'n Ahab den weißen Wal.

„Ihr müsst die Sorgen der Menschen auf die Kanzel bringen und dann nach dem biblischen Wort suchen, das sie auffangen kann!", beendete Trödler-Luther scheinbar seine Rede und schlug dazu mit der flachen Hand wütend auf den Tisch. Doch wenn die beiden Geistlichen nun glaubten, das Erregungspotential ihres Gegenübers sei erschöpft, täuschten sie sich.

„Wie werdet ihr Pfarrer überhaupt bezahlt?", wetterte er nach einer kurzen Pause weiter. „Woher hat die Kirche das Geld zum Bauen und zum Kaufen der Kästchen und Schläuche? Ist es die Kollekte am Ausgang?"

Wenn das wirklich Luther ist, dachte sich Sabine Harder, dann haben sich bald 500 Jahre Frust aufgestaut. Klaus Schulz versuchte erneut, das Gespräch an sich zu ziehen. Ausführlich erläuterte er das Kirchensteuersystem der Bundesrepublik Deutschland und das partnerschaftliche Verhältnis von Kirche und Staat. Dieses Verhältnis habe sich bewährt, sagte er mit einem Lächeln. Das bereute er sogleich, stieg doch die Wut von Trödler-Luther ins Unermessliche.

„Da habe ich für die Trennung der Regimente gekämpft“, donnerte er los, „und jetzt, nach so langer Zeit, bindet sich die Kirche immer noch an den Staat. Macht sich abhängig von dessen Steuersystem!“

Sabine Harder rutschte ganz nach vorne auf ihrem Stuhl. Sie legte die Hände vor dem Gesicht flach aneinander, schloss die Augen und ging mit energischer Stimme dazwischen.

„Stopp! Stopp! Stopp, wütender Meister!“ Sie war zwei Jahre als Pfarrerin in den USA gewesen und schilderte das dortige Finanzierungssystem mit Vor- und Nachteilen. Es gebe heute eben verschiedene Systeme, Kirche zu finanzieren.

„Ich sehe schon, ich werde mir eine kirchliche Heimat in Amerika suchen“, sagte Trödler-Luther etwas ruhiger.

„Er nennt sich katholisch“, wandte er sich an Klaus Schulz. „Und was für eine Religion vertritt dann Sie?“ Sabine Harder war dankbar für die einfache Frage. „Ich bin evangelische Pfarrerin mit Dienstauftrag als Klinikseelsorgerin. Genaugenommen bin ich“, sie zögerte, „also, ähm, genaugenommen gehöre ich zur Evangelisch-Lutherischen Kirche.“

Das war zuviel für Trödler-Luther. Das Blut schoss ihm ins Gesicht und er schrie auf: „Ich habe doch gesagt, nach mir stinkendem Madensack und nach meinem heillosen Namen soll keine Kirche benannt werden. Warum tut Ihr es doch? Verdeckt es doch nur den Namen des Herrn! Nein, das geht so nicht weiter!“

Er fragte die Geistlichen nach den Unterschieden zwischen katholisch und evangelisch. Als sie von der fehlenden Tischgemeinschaft beim Abendmahl sprachen, fasste er sich ungläubig an den Kopf. Stammelnd fragte er, jetzt ganz ruhig und mit gesetzten Worten: „Ihr feiert getrennt das Mahl des Herrn? Warum? Wer gibt Euch dazu die Erlaubnis? Wisst Ihr nicht, wie Jesus im Gleichnis vom großen Abendmahl erzählt? Wie alle Geladenen Ausreden haben? Wie er sodann alle einlädt, die auf den Straßen und Gassen der Stadt sind? Die Armen, Verkrüppelten, Blinden und Lahmen, die Landstreicher, alle! Ohne Unterschied des Standes und der Religion! Erinnert Ihr Euch nicht der Worte des Apostels Paulus, geschrieben an die Gemeinde der Galater, dass alle, die auf Christus getauft sind, die haben Christus angezogen? Da ist nicht Jude noch Grieche, nicht Sklave noch Freier, nicht Mann noch Frau? Und Ihr baut neue Mauern untereinander auf? Wer erlaubt Euch das? Wo steht das in der Schrift? Wer gibt Euch die Vollmacht, Euch über die Worte des Herrn und Heilands zu stellen und zu trennen, zu spalten und sich dabei auch noch auf ihn zu berufen? Seit wann gibt es die Trennung in katholisch und evangelisch?"

„Seit der Zeit Ihres Wirkens, Meister Luther!" Ein ärgerlicher Blick von Klaus Schulz traf sie.

„Dann bin ich da mit schuld?", fragte Trödler-Luther mehr sich selbst als die beiden Geistlichen. Er blickte lange trübsinnig, dann beugte er sich vor und flüsterte, so dass auch die beiden sich zu ihm hin beugten: „Da ist Satan höchstpersönlich am Wirken und er gebraucht Euch als seine Werkzeuge. Auch ich habe ihn damals nicht erkannt. Das habe ich doch nicht gewollt!"

Der katholische Geistliche, der die ganze Zeit unruhig auf seinem Stuhl hin und her gewippt war, betonte jetzt die unterschiedlichen Verständnisse des Abendmahls. Außerdem sei aus Sicht der katholischen Kirche, jedenfalls aus Sicht des Papstes und der Kurie, die evangelische Kirche im eigentlichen Sinne keine Kirche.

„Was, den Papst gibt es immer noch?", warf lachend Trödler-Luther ein. „Na dann wundert es mich nicht, wenn Ihr das Mahl des Herrn getrennt feiert. Der Antichrist hört niemals auf, das Werk des Ewigen anzugreifen …"

Jetzt war es Klaus Schulz, der den Graubärtigen nicht ausreden ließ. Eine Beleidigung des Papstes, das konnte er nicht dulden, auch wenn er selbst viele Vorbehalte gegen das jetzige Pontifikat hatte. Doch statt den Papst zu verteidigen, stellte er nicht ohne Berechnung dem hochfahrenden Gegenüber eine Frage, zu der ihm der Hinweis auf den Galaterbrief das Stichwort gegeben hatte:

„Sag Er mir", wandte er sich an Trödler-Luther und sah ihm fest in die Augen, „wie Er sich damals gegen die Juden geäußert hat, würde Er das heute wieder tun?"

Stille trat ein, um Trödler-Luthers Mund spielte ein Zucken und seine Augen schienen noch weiter in die Höhlen zurückzutreten. Erst langsam, dann immer heftiger begann der ganze Körper zu beben. Mit seinem Hemdärmel wischte er sich Schweißtropfen von der Stirn. Mit einem dumpfen Geräusch sank er vom Stuhl auf den Boden.

„Schnell, holen Sie Hilfe", rief Sabine Harder aufgeregt, „er ist wohl Epileptiker oder was weiß ich. Schnell!!!"

VII

Der Sommer war heiß und trocken. Das Wasser in der Blauen Bucht bot den Badenden nur wenig Abkühlung, so sehr hatte es die wochenlange Schwüle aufgeheizt. Die Hitze lähmte, und selbst der Flug der Libellen wirkte verlangsamt. Erneut eingetroffen waren die Ehepaare Omlor und Ruffing aus dem Saarland zu ihrem zweiten Urlaub und Beauchamps, die Lothringer, die ihren Sommerurlaub an der Ostsee beendet hatten.

Die vergangenen Wochen hatten Rosemarie an die Grenzen ihrer Belastbarkeit gebracht. Zwar hatte ihr das Arbeitsamt einen Hausmeister auf 1-Euro-Basis zugewiesen. Doch der erschien an manchen Tagen unentschuldigt nicht und trank viel zu viel Alkohol während der Arbeit. Sie teilte das dem Amt mit. Erst nach Wochen stellte sich Ersatz ein. Zeitweise setzte sie den Zivi an den Empfang. Sie begrüßte die Stammgäste, die es gewohnt waren, nicht mehr das Rezeptionshäuschen zu betreten, persönlich und händigte ihnen die Unterlagen aus. Spätabends, wenn Nachtruhe auf dem Campingplatz eingezogen war, widmete sie sich der Buchhaltung, überwies online die

Handwerkerrechnungen und bereitete die Unterlagen für die Gäste am nächsten Tag vor. Oft legte sie sich weit nach Mitternacht zu Bett und schlief trotzdem nicht ein. Neben ihr fehlte jemand. Was wohl jetzt gerade in Wolles Kopf vorging? Welche Träume er hatte? Ob er da auch Martin Luther war? Solche Fragen plagten sie meist bis in die frühen Morgenstunden. Gerädert von der Nacht versuchte sie sich mit extra starkem Kaffee für den bevorstehenden Arbeitstag hochzuputschen. Nein, noch so einen Sommer würde sie gesundheitlich nicht durchstehen.

Von Wolle hatte sie nur unregelmäßig etwas erfahren. Mal rief sie den Stationsarzt oder die Stationsschwester an, mal erfuhr sie etwas von Steiners, die beim Besuch von Ingo bei Wolle vorbeischauten. Doch die Nachrichten waren betrüblich: Er beharrte nach wie vor darauf, Martin Luther zu sein. Erinnerungen an den Campingplatz und sein Leben dort hatte er keine, beim Namen Rosemarie starrte er abwesend ins Leere. Nur seine körperlichen Blessuren nahmen ab. Aller Voraussicht nach blieben keine Schäden. Sogar Inlineskaten war theoretisch wieder möglich. Ein bisschen hoffte sie, der Anblick der weiß-pinken Inliner, vielleicht ein Versuch, damit zu fahren, könnte ihm seine alte Identität wieder verschaffen. Auf diese Weise hatte er sie ja auch verloren.

Am Anfang war ihr das Telefonat mit der Klinikseelsorgerin peinlich gewesen. Sie hatte ihr fast nichts über die Vergangenheit Wolles berichten können! Diese Sabine Harder weckte aber ihr Vertrauen. Sie wollte sich auf die Spur nach Wolles Vergangenheit machen. Jura-Studium in München, das, fand sie, sei zum Beispiel ein guter Anknüpfungspunkt. Irgendwann in seinem Leben musste sich Wolle intensiv mit Luther beschäftigt haben.

Inlineskaten, die Recherchen der Seelsorgerin, das waren zwei kleine Hoffnungen, an denen sich Rosemarie in ihren dunklen Stunden aufrichtete. Noch ein dritter Gedanke stieg in ihr hoch, wie Wolle wieder der Alte werden konnte. Ein Gedanke, der ihr zugleich zusetzte und den sie immer auch wieder verwarf: Was, wenn sie ihn mit dieser Liesel aus Leuna konfrontierte? Das Kaffeetrinken bei ihr und was immer damit zusammenhing, auch bei anderen Damen, war ein großer Teil seiner Identität gewesen. In einer Zeitschrift hatte sie gelesen, ein Mann denke alle acht Minuten an Sex. Lag hier der Schlüssel für die Rückkehr in die alte Identität? Nein, hielt sie sich dann selbst entgegen, das schaffe ich nicht, ihn einer solchen Person auch noch zuzuführen. Ekel überkam sie. Lieber wollte sie mit ihm zum Country-Club gehen, mal wieder linedancen, die Traverse über die alten Bohlen der Ranch zelebrieren. Den Canadian Stomp hören, einen Whisky danach trinken, ach, dann ein Knacks im Gehirn und alles ist wieder wie zuvor. So träumte sie.

Endlich war der Zeitpunkt da, an dem Wolle zur Blauen Bucht zurückkehrte. Wie hatte sie diesen Tag herbeigesehnt! Noch wenige Tage zuvor stand alles auf der Kippe. Wolle war zusammengebrochen. Sabine Harder teilte ihr die Umstände mit. Der anfängliche Verdacht auf einen epileptischen Anfall bestätigte sich nicht. Die Ärzte empfahlen, die Ernährung umzustellen, Ausdauersport zu treiben, und verschrieben ihm verschiedene Tabletten. Sabine Harder versicherte Rosemarie, sie werde ihre Zusage halten und über die Vergangenheit von Wolfgang Trödler recherchieren. Sie berichtete auch, wie Wolle auf die bevorstehende Rückkehr reagiert habe. Gelegentlich hatte er gesagt, er freue sich auf seine Käthe. Schon Ewigkeiten habe er sie nicht mehr gesehen. Käthe, das wusste Rosemarie durch die Luther-Biographie, die sie gebannt gelesen hatte, war Luthers Frau Katharina von Bora. Manchmal nannte er sie Herr Käthe. Sie war die Chefin seines Hauses, verantwortlich für die Bewirtung der vielen Gäste, die in Wittenberg zu Besuch kamen. Nun also sollte sie Käthe sein? Sie fragte sich, was Wolle als Martin Luther sagen würde, wenn er sah, dass seine Käthe einen Campingplatz leitete.

Ein wenig Furcht beschlich Rosemarie bei dem Gedanken, Wolle am Hauptbahnhof alleine abzuholen. Um 14.43 Uhr sollte der Zug aus Dresden eintreffen.

Wie gut war es, empathische Freunde zu haben! Als sie am Abend vorher mit den Ehepaaren Ruffing und Omlor zusammensaß und von Wolles Heimkehr erzählte, merkten vor allem die Frauen Rosemaries Unsicherheit. Sie baten die Männer, sie zum Bahnhof zu begleiten. So stand sie um 14.00 Uhr, viel zu früh, am Bahngleis. Neben ihr Richard Omlor, 1,88 Meter groß, mit Baskenmütze, und Heinz Ruffing, 1,62 Meter groß, mit Baskenmütze und Pfeife, deren süß-strohiger Virginia-Tabak den halben Bahnsteig einnebelte. Durch ihre unterschiedliche Körpergröße hing auch das Transparent etwas schief, das sie hochhielten: *Willkommen, Wolle, in der Blauen Bucht!* Rosemarie war das Transparent peinlich, aber sie sah den guten Willen dahinter und sagte nichts.

„Wenn der Wolle darauf besteht, als Martin Luther respektiert zu werden, macht ihr da mit?", fragte sie nervös die beiden Saarländer.

„Ei warum dann nedd, wenn er dodedorsch glicklisch werd!", besänftigte Heinz Ruffing sie, die nervös an den Fingernägeln kaute.

„Aber", gab sie nach einer Weile zu bedenken, „wenn der weiterhin die Campingurlauber empfängt und denen abverlangt, ihn als Martin Luther zu begrüßen, da glauben die doch, bei einer Sekte gelandet zu sein. Oder bei einem Bekloppten. Und reisen ab. Und unser Campingplatz wird die Lachnummer der Nation!"

Richard Omlor wollte gerade etwas Beruhigendes sagen, als ein junger Mann mit Dreitagebart auf sie zukam. Über der Schulter trug er einen Fotoapparat mit großem Objektiv.

„Entschuldigung", sprach er alle drei gleichzeitig an, „warten Sie hier auch auf den Herrn, der behauptet, Martin Luther zu sein?"

Verdutzt schauten sie ihn an.

„Ja, unn?" Heinz Ruffing sprach betont unfreundlich.

„Nun, ich bin vom *Freien Anzeiger* und möchte den Herrn Reformator gerne fotografieren, wenn er bei uns eintrifft. Kommt ja nicht jeden Tag vor, dass wir hier so hohen Besuch haben!“

Er zwinkerte mit einem Auge den Dreien zu.

„Woher …?“

Die Frage hatte der Journalist erwartet.

„Tut mir leid, meine Quelle darf ich Ihnen nicht verraten. Informantenschutz!“

Er entfernte sich von der Gruppe, verhieß doch die böse Miene der beiden Herren und der erschrockene Anblick Rosemaries nichts Gutes.

„Das musste irgendwann kommen“, stöhnte Rosemarie auf, „die Stationsschwester hat mir erzählt, sein Auftreten als Martin Luther sei Klinikgespräch. Einmal habe er sich sonntags, als die ganzen Besucher kamen, mit einem umgedrehten Xylophonkasten an den Haupteingang gestellt. Das sei der Gemeine Kasten, habe er den Besuchern entgegengerufen und um eine Spende für Mütter ohne Männer gebeten, die sich keinen Urlaub in der Sächsischen Schweiz leisten könnten. Tatsächlich habe er viel Geld gesammelt und es anschließend einer Frau mit Nasenpiercing übergeben. Er hatte sie auf dem Spielplatz in der Nähe kennengelernt. So jedenfalls habe er es ihr, der Schwester, erzählt. Da hat irgendeiner der Besucher oder Patienten den Abschiedstermin in der Reha-Klinik mitbekommen und den an diesen Zeitungsmenschen weitergeleitet.“

Die Bahnansage kündigte die Einfahrt des Zuges an. Beim Einbiegen der weißen Zugschlange in die Zielgerade zum Bahnhof hörte Rosemarie das Blut in ihren Ohren rauschen. Auch ihre beiden Begleiter bäumten sich nervös auf beim aussichtslosen Versuch, durch die getönten Fenster des einrollenden Zuges etwas zu erkennen. Der Journalist brachte sich in Position und probierte den Fotoapparat schon einmal an den drei Wartenden aus. Die Zugtüren schoben sich auf, die ersten Reisenden betraten den Bahnsteig. Die Blicke der drei Wartenden wechselten in schneller Folge die Richtung, bahnsteigabwärts, bahnsteigaufwärts. Neugierig betrachtete eine dunkelhäutige Frau, die dem Zug entstieg, das Transparent. Auch wenn Wolle nicht besonders groß war, seine stattliche Erscheinung brach sich auch im dichtesten Gedränge Bahn. Das dachten Rosemarie und die beiden Baskenmützen. Doch die Türen des Zuges begannen sich schon wieder zu schließen, ein Zugbegleiter drehte einen Schlüssel an einem Mast herum und signalisierte Abfahrbereitschaft. Die Begrüßungsknäuel am Bahnsteig lösten sich in händchenhaltend dahinspringende Paare oder fröhlich schauende Rentner mit Enkelkind auf – nur von Wolle keine Spur.

Rosemarie rief mit dem Mobiltelefon noch vom Bahnsteig aus in der Reha-Klinik an. Ja, Herr Trödler sei von zwei Zivis zum Bahnhof gebracht worden. Er hätte auch die richtige Fahrkarte dabei gehabt. Was, er sei nicht am Ziel angekommen? Das sei ja gar nicht möglich.

Ist es aber, hauchte Rosemarie und drückte Schwester Petra weg. Der Journalist hatte sich unbemerkt an sie herangeschlichen und das Gespräch mitgehört. Schnellen Schrittes ging er davon. Er hörte nicht mehr, wie Richard Omlor ihm hinterherrief: „Mach, dass de fordkommsch!“

VIII

„Wo ist mein Herr Käthe?“

Die Schwester des örtlichen Krankenhauses sah ihn erstaunt an. Nach seinem Zusammenbruch im Gespräch mit den beiden Geistlichen hatte man Wolfgang Trödler zur Beobachtung vorübergehend verlegt.

„Herr Käthe? Wer soll das sein?“, fragte sie unschuldig.

Zwei, drei Stunden hatte er nach dem Zusammenbruch vor sich hingedämmert. Bilder plagten ihn, er sah sich umgeben von Wesen mit Klumpfüßen und Pferdeköpfen, apokalyptischen Gestalten, die ihm zusetzten und ihn in einen dunklen, reißenden Strom zu ziehen versuchten. Sein Kopf drehte sich unter unsagbaren Schmerzen um 180 Grad nach hinten und er sah eine Spur der

Verwüstung, Totenköpfe, verbrannte Gotteshäuser, zerstörte Kultgegenstände, die er mit seinen Reden und Taten hinterlassen hatte. In wachen Phasen stammelte er hebräische Worte oder Texte aus der Offenbarung des Johannes in Griechisch. Dann fiel er wieder in Träume, während der er sich aufbäumte und laut schrie, das Mahl des Herrn ertrage keine Spaltungen und Ausschlüsse. Alle seien eingeladen und wer das Mahl mit ausdrücklichem Ausschluss anderer Menschen feiere, der sei vom Antichristen geritten. Das Kopfkissen durchnässt, die Haare wild abstehend, sah er gespenstisch aus, als er jetzt im Krankenhaus erwachte. Die Schwester stellte ihm das Abendbrot hin und entfernte sich schnell. In einer Stunde war Visite, dann sollten die Ärzte entscheiden, ob dieser sonderbare Mensch weiter im Krankenhaus blieb oder in die Reha-Klinik zurückkam. Die Schwester hielt den Mann reif für eine Einweisung in eine geschlossene psychiatrische Anstalt.

Als die Visite ins Zimmer rauschte, der Chefarzt, der sich selbst den inzwischen in der ganzen Stadt bekannten Patienten ansehen wollte, die Oberärztin, zwei Assistenzärzte, die Oberschwester, da überraschte sie der Anblick. Mit einem siegesgewissen Lächeln im Gesicht lag der Patient auf dem Bett, schlummernd, träumend, Sätze formulierend wie: „Danke, Jakob, für den Traum! Ach Herr, danke für die lieben Engelein! Ich bin erlöst." Das Gesicht strahlte tiefe Zufriedenheit aus, wirkte wie gelöst. Das ansonsten so hektische Visitenteam sah gebannt auf den Patienten, der schließlich erwachte und sprach: „Der böhmische Kelch, der böhmische Kelch!"

Der Chefarzt studierte den Anamnesebogen, die Werte der letzten Stunden. Organisch war, von einigen leicht überhöhten Leber- und Blutdruckwerten abgesehen, alles im Lot. Einer Entlassung aus dem Krankenhaus und am Ende der Woche aus der Reha-Klinik stand nichts im Weg.

„Herr Trödler, Sie müssen nur über ihre Ernährung wachen, nicht wahr?" Er strahlte ihn mit seinen schneeweißen Zähnen an.

„Trödler! TsssTsss!", zischte der nur. Dieser Arzt, der so wichtig tat, hatte keine Ahnung, welche Erleuchtung ihm Gott in seinem Traum geschenkt hatte. Alle Schuld, die durch sein reformatorisches Wirken entstanden war, sie war womöglich zu tilgen, wenn er den Kelch wiederfand. Der Kelch, den der jüdische Goldschmied Jakob um 1350 in seiner Werkstatt nahe des Gothaer Marktes angefertigt hatte. Der Kelch, den Jan Hus und seine böhmischen Brüder benutzt hatten, um endlich wieder das Mahl des Herrn in beiderlei Gestalt für alle zu feiern: Brot und Wein! Der Kelch, den dann die böhmischen Brüder mehr als hundert Jahre versteckt hielten. Auf irgendeine Weise war der Kelch in den Handel gelangt. Er erinnerte sich, ihn selbst über einen Mittelsmann von einem Händler erstanden zu haben, der ihn aus dem Böhmischen nach Wittenberg brachte. In Wittenberg war mit diesem außergewöhnlichen Kelch etwas passiert. Etwas Schwerwiegendes. Doch was? Dichter Nebel lag über den Geschehnissen. Riss die Nebeldecke einmal kurz auf, tauchte das Gesicht von Karlstadt auf. Was war damals nur mit ihm? Lange lagen die Ereignisse zurück! Bald 500 Jahre! Irgendwann würde die Nebeldecke ganz aufreißen. Das hoffte er. Denn für ihn stand fest: Er musste den Kelch finden!

Wie einfältig und banal war dagegen die Rede von Schwester Petra vor seiner Entlassung. Man habe ihm einen Zugfahrschein gekauft, er werde von einer Rosemarie erwartet und die ganze Reha-Abteilung wünsche ihm alles Gute beim Wiedereinleben auf dem Campingplatz. Was sollte er, angesichts seiner historischen Mission, auf einem Campingplatz? In einer Reportage hatte er gesehen, was ein Campingplatz war und was dort passierte: Rollende Metallkästen, viele mit gelben Ziffern auf Schildern, zogen einen anderen riesigen Metallkasten über die Straßen, um dann einen Platz anzusteuern, auf dem man diese Kästen an Rohre mit Wasser anschloss. Auf wundersame Weise erhitzten sich auch Platten, in denen Schnitzel brieten, die sie nach der Hauptstadt der Habsburger nannten. Auf dem Campingplatz feierten die Menschen fröhlich miteinander. Manche Männer machten Ausflüge mit Zweirädern, während die Frauen kochten oder mit dem Meister des Campingplatzes kokettierten. Was sollte er auf einem solchen Platz? Er liebte zwar ein Wittenbergisch Bier und war nicht ungesellig. Aber als Lebensinhalt mit einer Rosemarie auf einem Campingplatz zu hausen? Womöglich noch als Hausmeister, der mit alleinstehenden Frauen kokettierte? Das war weit unter seinen Möglichkeiten. Und was würde seine Katharina sagen, wenn er plötzlich eine Rosemarie aufsuchte? Würde die liebe Frau Katharina nicht sehr schnell zum gestrengen Herrn Käthe? Und was sollte das sein: Ein Zugfahrschein?

„Wo ist überhaupt mein Herr Käthe?"

Die Schwester räumte gerade sein Abendbrot ab, das er nicht angerührt hatte. Kopfschüttelnd verließ sie das Zimmer.

Die beiden jungen Männer von der Klinik setzten ihn vor dem Bahnhof ab. Sie erklärten ihm, was es mit den Zügen auf sich habe. Ihm gefiel die Vorstellung, mit diesen riesigen Metallrössern durch die Landschaft zu reisen, auch wenn ihm die Geschwindigkeit Angst machte, die er bei einem durchrauschenden Zug beobachtet hatte. Trotzdem besser als ein Rollwägelein, dachte er sich und sagte den beiden Klinikmitarbeitern, er fände sich jetzt alleine zurecht. Er dankte ihnen und wartete, bis sie um die nächste Ecke waren. Am Bahnhofsschalter erkundigte er sich nach den Grundregeln des Bahnfahrens. Es war Sonntag und viele Reisewillige standen in der durch ihn verursachten Schlange.

„Hören Sie, junger Mann, wir haben auch noch andere Fahrgäste zu bedienen", sagte die Dame im Bahndress nach zehn Minuten Einführung in das Schöne-Wochenende-Ticket.

„Unverschämtheit!", schrien einige in der Schlange, die seine naiven Fragen gehört hatten und glaubten, er nehme die Schalterfrau auf die Schippe. „Als ob er alleine in der Welt wäre!"

„Oh, welch wahrer Satz!“, wandte sich Luther lächelnd an die Empörten. „Ich habe in der Krankenhauszeitung ein Gedicht von einem Herrn Hesse gelesen, das vom Nebel handelt. Genau Ihr Satz findet sich darin bestätigt. Wir sind letztlich alleine in der Welt! Einen schönen Tag Ihnen noch wünscht Martin Luther.“

Gegenüber dem Bahnhof war ein kleiner Park. Dort setzte er sich auf eine Bank und ging seine nächsten Pläne durch. Bei sich hatte er eine große Gepäcktasche und sein Akkordeon. Sein Bargeldbestand betrug nicht einmal 20 Euro. Damit würde er nicht weit kommen. Wie wollte er überhaupt den Kelch wiederfinden? Er sah zwei Möglichkeiten. Die eine war, seine Katharina zu befragen. Er hatte sie aber seit Ewigkeiten nicht mehr gesehen, ja, er war sich gar nicht sicher, ob er sie überhaupt noch erkennen würde. Komisch, wie sie sich auseinandergelebt hatten. Vielleicht hielt sie ihn für gestorben, vielleicht war sie selbst schon tot. Ein Gefühl von Traurigkeit stieg in ihm hoch, aber er verbot es sich. Zu viele andere Baustellen waren fürs Erste zu bewältigen. Blieb noch die andere Möglichkeit: Sich selbst auf die Suche nach dem Kelch zu machen! Aber wo sollte er da anfangen? Seit dem Engelstraum hatte er sein Gedächtnis kreuz und quer durchpflügt, manchen Einfall auf einen Zettel notiert, Skizzen all seiner bisherigen Wirkungsorte entworfen. Allein ihm fehlte der entscheidende Gedanke, die heiße Spur. Er hatte das, was ein Autor in *Psychologie heute* einen Blackout nannte. Es half nichts, er musste seine früheren Wirkungsorte anfahren in der Hoffnung, sich durch den Anblick der Städte und Wirkungsstätten wieder daran zu erinnern, was mit dem Kelch damals geschehen war. Doch wie sollte er das finanzieren? Er sah auf sein Gepäck, auf sein Akkordeon, die fast leere Geldbörse. In der Ferne hörte er eine Bahnhofsansage und Geigentöne. Er erhob sich, blickte zur Fußgängerzone. Da stand er: Der Geiger im zerknautschten Anzug, der sich mit Straßenmusik seinen Unterhalt verdiente. Wenn das kein Wink des Himmels war! Überhaupt sollte er mehr dem Himmel überlassen! Er nahm sich vor, mit dem gültigen Zugfahrschein einige Stationen weit zu fahren, dann umzusteigen und abzuwarten, in welche Richtung ihn der Herrgott sandte. Zufrieden trottete er zum Bahnhof und stieg in den vorgesehenen Zug. Die Zugbegleiterin stempelte den Fahrschein ab. In Leipzig machte der Zug wegen des Richtungswechsels eine kurze Pause. Das war die Gelegenheit zum Umsteigen. Er stieg in den Zug auf der anderen Seite des Bahnsteigs. Schon wenige Sekunden später schloss sich die Tür. Der Zug war überfüllt. Erst kurz vor Nürnberg kam die Fahrscheinkontrolle. Er stellte sich dumm, schimpfte dann auf sich selbst, wie blöd er gewesen sei, in den falschen Zug zu steigen. Die strenge Zugbegleiterin wollte ihm erst keinen Glauben schenken, hatte es doch keine Notwendigkeit gegeben, den richtigen Zug, in dem der Fahrschein schon abgestempelt war, zu verlassen. Doch er hatte Glück: Der Zug fuhr in Nürnberg ein und eine alte Dame, die schwerhörig war, beschlagnahmte die Kontrolleurin mit ihren Fragen, wann sie wie nach Gerolzhofen komme. Die Tür öffnete sich, und Martin Luther entwand sich der Kontrolle durch die Deutsche Bahn, indem er schnell den Bahnsteig entlang und die Treppen hinunter durch die Bahnhofshalle auf den Vorplatz stürmte.

An Nürnberg, überlegte er, hatte er keine guten Erinnerungen! Hatte man ihn hier nicht im Stich gelassen, als er zum Augsburger Reichstag wollte? 1530! Die mächtige freie Reichsstadt, sie ist vor dem Kaiser eingeknickt. Eigentlich eine Schande. Er packte sein Akkordeon aus und begann, Choräle anzustimmen. Den Akkordeonkoffer legte er offen vor sich. Es dauerte eine Weile, bis die erste Münze in den Koffer flog. Die Sonne an diesem Sonntagnachmittag stand noch hoch und er schwitzte gewaltig. Junge Menschen in Uniform und mit Gepäcksäcken stürmten an ihm vorbei in die Bahnhofshalle. Anzüge wie zur Tarnung. Aha, offenbar Söldner. Dass es die noch immer gab! Er stimmte *Verleih uns Frieden gnädiglich* nach der Antiphon *Da pacem, Domine* an, wie er es selbst getextet und komponiert hatte. Zum Abschied aus der Klinik hatte ihm die Seelsorgerin ein evangelisches Gesangbuch geschenkt. Er holte es hervor und begann, einige Melodien zum ersten Mal zu spielen. *Hevenu schalom alejchem* hieß eines. Aus Israel.

„Schneller, immer schneller", gab ihm eine Studentin zu verstehen. „Bis mein Zug nach Weimar kommt, ist noch etwas Zeit." Sie packte ihre Flöte aus und spielte ihm die Melodie in beschleunigtem Rhythmus vor.

„Und jetzt zusammen!" Er hatte Mühe, mit der Studentin mitzuhalten, aber sie kamen gemeinsam zum Ende. Eine kleine Menschentraube hatte sich gebildet, die jetzt klatschte und viele Münzen in den Koffer warf.

„Bitte, nehme Sie sich etwas", bot er der Studentin an und zeigte auf den Koffer. Sie lehnte dankend ab, fragte ihn aber, ob er von der Straßenmusik lebe. Er bejahte das.

„Und warum haben Sie nur dieses Gesangbuch und keine richtigen Noten?"

Er erzählte ihr, in dem Buch seien auch einige Lieder, die er gedichtet und komponiert habe. Sie sah ihn skeptisch an. Sein Äußeres deutete nicht unbedingt auf einen etablierten Dichter und Komponisten hin, zumal einen, der sich mit Straßenmusik über Wasser halten musste.

„Wirklich? Wie heißen Sie denn?"

„Martin Luther."

Sie starrte ihn fassungslos an, packte ihre Flöte ein und eilte zum Bahnhof. Erst in der Bahnhofshalle löste sich die Erstarrung in ein kaskadenartiges Gelächter auf.

Er packte sein Akkordeon ein und machte Kassensturz: 47 Euro und 11 Cent. Nicht schlecht für den Anfang. Im Bahnhof kaufte er sich mehrere Butterbrezeln und Wasserflaschen und studierte die Anzeigentafel. In zwanzig Minuten fuhr ein Zug nach München über Augsburg.

Augsburg, Augsburg, sinnierte er, da habe ich ganz schöne Ängste ausgestanden. Dieses furchtbare Verhör mit dem Kardinal Cajetan. Da fahr ich hin.

Er kaufte einen Fahrschein und bestieg den Zug. An einem Tisch im Großraumwagen verzehrte er seine Butterbrezeln und sah die Landschaft vorbeigleiten. Zu dieser Zeit hielten zwei Männer ein Transparent an einem Bahnsteig hoch und eine Frau fieberte seiner Ankunft entgegen. Auch ein Journalist machte sich Hoffnungen.

IX

Seit sie den Mann im blauen Bademantel mit seinem Akkordeon im Psalmgarten zum ersten Mal gehört hatte, beschäftigte er sie Tag und Nacht. Das war kein normaler Patient. Er wusste so viel über Luther. Manches Mal ertappte sich Sabine Harder bei dem Gedanken, ob er vielleicht wirklich eine Art Reinkarnation von Luther sei. Sie war offen für übersinnliche Erfahrungen, war gegen eine zu starke Intellektualisierung des Glaubens. Wer das Reich Gottes nicht empfängt wie ein Kind, der wird nicht hineinkommen, dieser Satz von Jesus war ihr Richtschnur. Sie sah die enormen spirituellen Bedürfnisse der Menschen und spürte zugleich die Schwäche ihrer Kirche, diese Bedürfnisse abzudecken. In ihrer früheren Stadtgemeinde hatte sie eine Thomasmesse initiiert, um den Bedürfnissen entgegenzukommen. Bei dieser speziellen Form des Gottesdienstes gab es Möglichkeiten, sich persönlich den Segen Gottes zusprechen zu lassen, den Glauben sinnlich zu erfahren durch Salbungen mit ätherischen Ölen, durch ritualisierte Fußwaschung oder durch meditative Musik in separaten Räumen. Der Zuspruch war gut, aber eine Wiederholung scheiterte am großen Aufwand, den die Vorbereitung den vielen Ehrenamtlichen abverlangte. So sehr sie also für übersinnliche Erfahrungen offen war, an eine Reinkarnation Martin Luthers zu glauben, ging dann doch zu weit. Aber es als Rätsel einfach hinzunehmen, nein, das ging nicht. Dazu war der Mann viel zu spannend. Hinter seinem Identitätswechsel steckte mehr als nur ein neurologisches Phänomen. Wenn sie an dem Fall dranblieb, eröffneten sich neue Perspektiven für den Glauben. Das sagte ihr eine innere Stimme.

Außerdem hatte sie seiner Lebensgefährtin zugesagt, sein Vorleben zu recherchieren.

Sie blätterte in ihrem Adressbuch. In Erlangen und München hatte sie Theologie studiert. Mit ihren 38 Jahren war sie 12 Jahre jünger als Trödler. Wenn er in München Jura studiert hatte, waren sie sich zwar kaum noch begegnet, sofern er das Studium direkt nach dem Abitur begonnen hatte. Aber sie kannte noch einige Kommilitonen und Kommilitoninnen von damals, die schon vor ihr an der Ludwig-Maximilians-Universität waren. Christiane Lepski, richtig, die war vier Jahre älter als sie und arbeitete als Wissenschaftliche Mitarbeiterin an der Evangelisch-Theologischen Fakultät. Ihre Mailadresse und Telefonnummer standen im Adressbuch. Sie tippte die Nummer in ihr Handy. Christiane freute sich über den Anruf, staunte aber nicht schlecht über das Anliegen.

„Martin Luther lebt? Huch, das ist an unserer Fakultät glatt vorübergegangen."

„Christiane, ich weiß, das reizt zu Scherzen. Auch sind wir uns einig, dass einzig Jesus über die Zeiten hinweg lebt und Luther 1546 in Eisleben gestorben ist. Aber du musst mir helfen. Ich muss wissen, ob vor 15, 20, 25 Jahren ein Wolfgang Trödler bei euch an der Fakultät aufgekreuzt ist. Also vor meiner und vermutlich auch vor deiner Zeit. Bitte frag unter deinen Kollegen, bei den Professoren, von mir aus auch bei den Hausmeistern. Sieh die Ausleihkarteien nach, vor allem bei den Büchern von und über Luther."

Sie beschrieb sein Äußeres, das wohl auch damals schon auffällig war.

„Ich werde es versuchen, Sabine. Aber wenn er für Jura eingeschrieben war, wird er kaum bei uns in den Karteien auftauchen. Du hörst von mir."

Das Erste ist geschafft, sagte sich Sabine und rief bei Rosemarie Aicher an. Sie verabredete sich mit ihr auf dem Campingplatz. Gemeinsam wollten sie das wenige Hab und Gut inspizieren, das Wolle in den gemeinsamen Haushalt mit eingebracht hatte. Auch versprach sie sich unerwartete Aufschlüsse durch das Gespräch mit seiner Lebensgefährtin.

Nach Wolles unerklärlichem Verschwinden hatte Rosemarie eine Vermisstenanzeige aufgegeben, allerdings mit wenig Hoffnung. Der Polizeibeamte sah erst sie und dann das Foto von Wolle an. Ob sie verheiratet seien, fragte er. Was er anschließend murmelte, verstand sie nicht richtig. Es klang wie „Da hat sich wohl wieder mal einer aus dem Staub gemacht", aber vielleicht hatte sie sich verhört. Jedenfalls nahm der Beamte nur halbherzig die Anzeige auf. Die Prognose, die Anzeige habe nur wenig Erfolgsaussichten, bestätigte sich. Sie hörte nichts mehr von Seiten der Polizei.

Ohnehin setzte sie mehr Hoffnungen in die Klinikseelsorgerin. Sie hatte eine vertrauenerweckende Stimme, war empathisch und überhäufte sie nicht wie alle anderen mit Tipps.

„Erst trinken wir mal einen Kaffee", schlug Rosemarie vor, „nach der langen Reise, die Sie da auf sich genommen haben."

Sabine Harder saß auf der Terrasse der *Seeklause*. Es war noch sehr früh am Tag und sie fröstelte ein wenig. Zwei Schwäne zogen einsam ihre Kreise in der Blauen Bucht. Rosemarie Aicher kam mit zwei dampfenden Jumbotassen zurück.

„Ja, das ist mein kleines Reich", seufzte sie. Sie erzählte von Eberhard, ihrem Mann, von der Zeit als sie noch die Küchenchefin der *Seeklause* war. Damals hatten sie in der Hochsaison 15, 16 Stunden am Tag gearbeitet. Gemeinsame Zeit außerhalb des Campingplatzes gab es so gut wie nicht. Aber man verstand sich gut in der Arbeitsteilung und hatte viele gemeinsame Erfolgserlebnisse, vor allem wenn die Campingurlauber zufrieden waren und immer wiederkamen. Erst im Rückblick wurde ihr bewusst, was für eine glückliche Zeit sie miteinander hatten.

„Kommen Sie, wir gehen ein bisschen spazieren", schlug die Seelsorgerin vor. Sie ging zur Informationstafel und besprach mit Rosemarie den Weg, den sie gehen wollten. Etwa eine Stunde würde der Spaziergang dauern. Dieses Sprechen beim Spazieren, dieses Festlegen einer Route im Voraus war eine spezielle Form der Seelsorge, die sie von einem älteren Kollegen aus Schwerin übernommen hatte. Kamen Gemeindeglieder mit großen Problemen zu ihm, vereinbarte er mit ihnen einen Termin für einen Spaziergang. Meist gingen sie um den Pfaffenteich, ein Weg von ungefähr einer Stunde. In DDR-Zeiten hatte das einen ganz praktischen Grund: Nie konnte er sich sicher sein, ob nicht in seinem Arbeits- oder Wohnzimmer Abhörwanzen der Staatssicherheit versteckt waren. Von einem Kollegen wusste er, wie nahe dieser dem DDR-Staat stand. Auch kamen oft Menschen zu ihm, die Probleme mit der DDR hatten und Ausreiseanträge gestellt hatten. Wie sollte ein seelsorgerisches Gespräch möglich sein, wenn dahinter ständig die Furcht stand, abgehört und entsprechend abgestraft zu werden? Da bot sich der Spaziergang um den See an. Auch nach dem Ende der DDR hatte der Kollege die spazierende Seelsorge beibehalten. Wichtig war dabei, die Strecke und die Dauer des Gesprächs gemeinsam festzulegen. Sonst bestand die Gefahr, sich ständig zu wiederholen und in das zu verfallen, was jedes Gemüt in den Keller zieht: das Grübeln. Durch den Spaziergang im Kreis war es möglich, im übertragenen Sinn auch das Problem einzukreisen und über Lösungen nachzudenken. Im günstigen Fall war am Ende des Spaziergangs zwar nicht das Problem beseitigt, aber es hatte seine dominierende und dämonische Macht verloren. Der mit Sorgen Beladene erkannte wieder eine Zukunft. Sabine Harder hatte dieses Verfahren anfangs im Psalmgarten der Klinik ausprobiert, dann aber eine größere Strecke ausgewählt. So auch jetzt. Sie betrachteten den Plan an der Begrüßungstafel und entschieden sich, am Tiergehege vorbei zum Country-Club und bis zur Bundesstraße zu spazieren, um dann an der Unfallstelle vorbei zurückzukehren.

„Sie sind nicht nur wegen des rätselhaften Verschwindens traurig, Frau Aicher. Ihnen fehlt auch die Zeit mit Ihrem Mann Eberhard“, sagte Sabine Harder ruhig.

Bei Rosemarie öffnete sie damit eine Schleuse. Endlich konnte sie die aufgestauten Gefühle aussprechen. Mit den Campingfreunden redete sie zwar oft über Wolle. Aber das waren eher die praktischen Dinge. Weiterführend waren die Gespräche in der letzten Zeit nicht.

„Können Sie sich vorstellen, sich als Frau mit 58 noch einmal einen Partner zu suchen? Sie haben das Leben mit ihrem Mann geplant, malen sich aus, wie es sein wird, wenn man gemeinsam im Ruhestand ist. Wir wollten in die Stadt ziehen, uns eine kleine Wohnung kaufen. Und dann alle die Dinge tun, für die wir die ganzen Jahre keine Zeit hatten. Wir hatten ja nur den Campingplatz im Kopf! Vor allem wollten wir reisen, uns die Welt anschauen. Oder zumindest Europa. Mit einem Wohnwagen auch mal andere Campingplätze besuchen, von denen uns unsere Gäste immer erzählen. Und dann kam diese Diagnose. Nichts mehr zu machen. Darmkrebs in fortgeschrittenem Stadium. Mein Eberhard wollte ja auch nie zum Arzt. Und jetzt ist er seit fünf Jahren tot und fehlt mir immer noch."

„Haben Sie eigentlich Kinder?"

„Ja, einen Sohn, Lars. Er ist Kapitän auf einem Kreuzfahrtschiff. Nur eine Frau findet er nicht. Ich glaube, er ist da sehr wählerisch. Mit 30 Jahren könnte er aber überlegen, ob er nicht mal heiratet. Er weiß ja, wie das geht, den Hafen ansteuern. In diesem Fall den Hafen der Ehe."

Sie blieben für einen Augenblick stehen. Rosemarie wischte sich ein paar Tränen mit einem Papiertaschentuch weg und atmete tief durch. Lars wohne in Rostock, er komme nur selten zur Blauen Bucht, rufe aber öfter an. Nur helfen könne er ihr in ihrer jetzigen Situation nicht. Sie überlege, was sie machen sollte, wenn Wolle nicht mehr auftauchte.

„Alleine, nur mit Aushilfskräften, schaffe ich nicht noch so eine Saison wie diese. Vielleicht übernehme ich dann wieder die *Seeklause* für die letzten zwei, drei Jahre vor dem Ruhestand und die Gemeinde sucht sich einen anderen Pächter für den Campingplatz."

Jetzt hat sie schon mal eine Lösung formuliert, freute sich Sabine Harder still. Sie waren am Tiergehege angekommen, wo eine Wildsau ein Dutzend Ferkel geworfen hatte. Die Kleinen suhlten sich leidenschaftlich im vom Regen aufgeweichten Boden. Auf dem Weg zum Country-Club überlegte Rosemarie, ob sie auch von dem Herrn erzählen sollte, der ihr dort Avancen gemacht hatte, bevor Wolle in ihr Leben trat. Doch Howdie, der Clubchef mit den langen Koteletten und dem Texashut, unterbrach sie in ihren Gedanken. Er kam ihnen ein Stück Weges entgegen und lud sie zu einem Whisky ein, was die beiden Frauen dankend ablehnten.

„Es ist nicht mal Mittag, Howdie, wo kommen wir hin, wenn wir uns da schon deinen Single Malt reinkippen?"

„Weiß ich nicht", entgegnete der Clubchef, „aber die Omlor Renate hat das auch getan."

Er heischte nach neugierigen Blicken und Nachfragen. Sabine Harder wäre gerne weitergegangen, um Rosemarie nicht in ihrem Selbstfindungsprozess zu unterbrechen. Aber die Campingplatzchefin hatte schon an Howdies Köder angebissen.

„Willst du sagen, die hat heute schon Whisky getrunken?"

Howdie sprudelte los.

„Sie hat heute Morgen ihrem Richard eine Kaffeetasse an den Kopf geworfen."

Er genoss die entsetzten Blicke der beiden Frauen.

„Ja, aus Wut und Eifersucht hat sie das gemacht! Sie hat ihm nachspioniert und ihn im Wohnwagen einer aufgetakelten Frau schließlich gefunden. Der Renate hat er gesagt, er muss in die Stadt, das Öl an seiner Vespa wechseln. Die Vespa hat er hier im Wald abgestellt und ist dann zum Campingplatz zurückgelaufen. Zu der Tussie, wie sie das ausdrückt. Dort hat sie ihn dann gefunden. Im Wohnwagen! Und bei was hat sie ihn dort wohl erwischt? Was glaubt Ihr? Bei was?"

Ohne gefragt zu haben, wer Rosemaries Begleiterin

war, vereinnahmte er sie und setzte voraus, dass auch sie die Antwort brennend interessierte.

„Na, bei was?“, sprach endlich Rosemarie aus.

„Beim Kaffeetrinken! Der Renate hat das jedenfalls gereicht. Täter eindeutig überführt aus ihrer Sicht. Sie hat seine Kaffeetasse geschnappt und sie ihm an den Kopf geknallt. Mit Inhalt! Und dieser Liesel hat sie vor die Füße gespuckt, weil die so dreckig gelacht hat. Und dann ist sie zu mir gekommen und hat sich einen *Johnnie Walker* bestellt. Einen doppelten! Und den hat sie mit einem Mal runtergekippt!“

Befreit schnaufte Howdie durch und genoss den erstaunten Blick Rosemaries. Sabine Harder hakte Rosemarie unter und sie gingen weiter. Rosemarie begann von ihrer Begegnung mit Liesel aus Leuna zu erzählen. Wie sie damals die Sache auf sich beruhen ließ, aus Angst, Wolle zu verlieren. Wie sie glaubte, er liebe sie trotzdem. Dass das mit dieser Liesel nur eine Eskapade, etwas rein Körperliches war, wenn überhaupt. Sie sei nun mal 13 Jahre älter und sie könne da vielleicht nicht erwarten, dass er sich völlig treu erweise, wenn es um die eine Sache ging.

El Condor Pasa hatte sich dem Rand der Koppel genähert. Der klapprige Gaul erhoffte sich ein paar Streicheleinheiten. Die beiden Frauen gewährten sie ihm. Das Ehepaar Steiner kam ihnen vom Parkplatz an der Bundesstraße entgegen. Im Rollstuhl schoben sie ihren mit dem Kopf zuckenden Ingo zu El Condor Pasa hin. Sie begrüßten Rosemarie und die Seelsorgerin und erzählten, Ingo zeige erstaunlich positive Reaktionen auf die Begegnung mit dem alten Pferd. Sie hätten sogar schon überlegt, sich selbst ein Pferd anzuschaffen. Frau Steiner sei als Kind geritten, sie hätten ein Grundstück hinter dem Haus. Aber so ein Pferd sei ja auch viel Arbeit und finanziell, angesichts der Kosten von Ingo, kaum zu stemmen.

Sabine Harder dachte nach. Auch sie war mal eine begeisterte Reiterin. Erst mit dem Abitur und dem Wechsel nach Erlangen zum Studium hatte sie das Reiten aufgegeben. Ob ein Pferd Ingo wirklich helfen konnte?

Sie kamen zur Unfallstelle. Rosemarie wunderte sich über sich selbst, wie wenig emotional sie heute beim Anblick des Baumes reagierte, an dem ihr Wolle verunglückt war.

Auf dem letzten Stück Weg erzählte sie Sabine Harder von den Omlors, den Ruffings, den Beauchamps und all den anderen Freunden. Vom Ehepaar Schmitz aus Köln, das viele Jahre Stammgast an der Blauen Bucht war, gab es Neuigkeiten.

„Stellen Sie sich vor, die wollen nicht mehr zur Blauen Bucht kommen, nur weil einige der Männer einen Witz über den 1. FC Köln gemacht haben. Dass die zu den Abstiegskandidaten in der Fußball-Bundesliga gehören. Das haben die Schmitz' total ernst genommen. So etwas würden sie sich nicht gefallen lassen, haben sie empört gesagt und sind am nächsten Tag abgereist. Ich könne sie aus der Kartei streichen. Ist es denn möglich, Fußball so ernst zu nehmen?"

Sie waren lachend zum Ausgangspunkt zurückgekehrt. In der Wohnung über der *Seeklause* zeigte sie der Seelsorgerin Wolles Hab und Gut. Außer Kleidern, ein paar Schallplatten und einigen Fotos mit ihm und Campingplatzbesuchern war nichts Persönliches vorhanden. Keine Bücher, keine Bilder von früher, keine Briefe. Als ob er bewusst seine frühere Identität beseitigt hätte. Überrascht war Sabine Harder nur von der Sammlung aus Biergläsern und Weinkaraffen, Humpen und Krügen, die, leicht angestaubt, aber fein säuberlich angeordnet in einem konzentrischen Kreis auf einem Regalboden im Schlafzimmerschrank standen. Und in der Mitte des Kreises stand ein schlichter vergoldeter Kelch. Vorsichtig hob sie ihn an. Auf dem Fuß des Kelches war eine winzige Gravur. Sie hielt den Kelch gegen das Licht, ja, es waren vier Zahlen und zwei Buchstaben. Das Auge stellte sich erst langsam auf die sehr kleinen Zeichen ein. Zuerst entzifferte sie die Buchstaben: *i. c.* Dahinter standen vier Zahlen, die wohl eine Jahreszahl waren: *1521*

X

Luther war zum Landstreicher verkommen. Die erste Nacht nach seinem Aufbruch aus der Reha-Klinik hatte er auf einer harten und von Tauben zugekoteten Bank am Augsburger Hauptbahnhof verbracht, ohne Decke und nur mit einer lauwarmen Currywurst im Magen. Für ein Hotel hatte sein Nürnberger Musiziergeld nach dem Kauf der Fahrkarte nicht mehr gereicht.

Kaum hatte er sich aufgerappelt, seine müden Glieder ausgestreckt und die Vorbeieilenden laut angegähnt, da ging seine Laune noch tiefer in den Keller, als er ein großes Plakat entdeckte: *Augsburg, Stadt der Fugger, Mozarts und Brechts.*

„He, hallo!", versuchte er einen Passanten anzuhalten. Doch mit Tunnelblick strömten alle zum Zug oder in die Büros und Geschäfte, um ihre Arbeit aufzunehmen.

„Sapperlot, will mir denn keiner einmal eine Frage beantworten?"

Er hatte laut gesprochen. Tatsächlich blieb jetzt ein Mann in Lodenjacke stehen. Er lüpfte seinen Hut mit Gamsbart und fragte höflich: „Wo fehlts eana denn, Herr?"

„Wer ist denn Brecht?"

„Jo mei, geh weida, woaßt des net, der Brecht, des war a Kommunist. Stanzerl hada oach geschriabn. Lauder so a sozialisdischer Kram. Aber gescheid beriamht is a wordn. Der war sogar in Kalifornien. Aba, under uns gesogt, mei Freind is a ned."

Kommunist, Stanzerl, sozialistischer Kram, damit konnte Luther nichts anfangen. Aber offenbar war dieser Brecht nicht sehr beliebt, jedenfalls nicht bei Leuten mit Lodenjacken und Gamsbarthut.

„Und wer war der Mozart?"

„Ach, geh weida, wuist mi jetzat veroarschen? I sog dir, da mussd da aan Damischern suchen!"

Schon wollte der Gamsbart weitergehen, da sah er die ernste Miene seines Gegenübers.

„Also guad, es gibt offenbar Leit, an deana geht die Weltgeschicht vorieber. Schaugst mir ja aus wie so a Waldschrat. Der Mozart, das war oaner von de greeschde Komponischde. Woaßt? Oane kloane Nachtmusik? Di, dadi, dadidadidadi, di, dadi, dadidadidada?"

Der Gamsbart tänzelte vor ihm. Reaktionsschnell packte Luther das Akkordeon aus und spielte die Melodie nach.

„Sehr guat!"

Die erste Münze flog in den Kasten. Nach einer Weile drückte er mit der linken Hand die Bässe dazu und begann die Melodie zu variieren. Der Gamsbart sang fröhlich weiter.

„Sechs Euro und ein paar Zerquetschte!" Er bot dem Gamsbart an, das Ergebnis zu teilen. Der lehnte dankend ab: „Passt scho, du brauchst des mehr als i. Aber sag emol, jetzat müsstest mi oagentlich auch noch nach de Fugger froagn!"

„Nein, von denen weiß ich genug. Die haben mit ihren Geldgeschäften früher die ganze Politik regiert. Der Kaiser, die Fürsten, alle hingen von deren Krediten ab. Die haben alles finanziert, vor allem auch die, die für Kriege Geld brauchten."

„Joa, des is ja heit noch genau so!" Der Gamsbart wieherte vor Vergnügen. Er fand zunehmend Gefallen an seinem Gegenüber. Eine Frage drängte sich ihm auf:

„Sag emoal, was bisch du denn füar a komischa Vogl? Kennst den Mozart neda, den Brecht neda, aber ausgerechnet bei die Fugger kennst di aus?"

„Ich bin Martin Luther. Hier in Augsburg habe ich mit dem Kardinal Cajetan vor langer Zeit eine schwierige Begegnung gehabt."

Ehrfürchtig musterte der Gamsbart sein Gegenüber, besah in von hinten und vorne und tastete seinen Arm ab, wie wenn er fühlen wollte, ob der andere echt sei. Nicht viel hätte gefehlt, und er hätte ihm wie auf dem Pferdemarkt die Zähne befingert.

„Sauba, ja do legs di niada", stieß er schließlich hervor, „der Luther bisch dua. Aber da muschd di vor de Augschburger hiata. Die san nämlich faschd alle kadolisch, mei Freind! Ich kemma von Minga. Do giabts mehr von deane Lutherische. Die goanzan Preiß'n herunt bei uans. Und die Franken san aach alle von dera Sort'n. Sauba, so so, der Luther bisch dua also. Und jetza spielsch also in Augsburg vom Mozart Wolferl die kloana Nachtmusik. Na, dann, hoabe die Ehre!"

Der Gamsbart entfernte sich mit wiegendem Kopf. Der erste Mensch, der nicht von vornherein an meiner Identität gezweifelt hat, freute sich Luther. Er steuerte in Richtung Bahnhofs-WC. Vor dem Spiegel erschrak er, so zersaust und gerupft sah er von der Nacht aus. Er tauschte sein schwarzes Hemd gegen ein anderes aus. Es wallte weit über seinen Hosenbund hinunter und ähnelte einem Talar. So fühlte er sich wohl. Er erinnerte sich, früher immer ein Barett als Kopfbedeckung getragen zu haben. Ob es in Augsburg ein Hutgeschäft gab? Mit der Gepäcktasche und dem ebenso schweren Akkordeonkoffer kam er nur mühsam vorwärts auf seinem Weg durch die Stadt. In der Bahnhofsbuchhandlung hatte er einen Stadtführer durchgeblättert und etwas vom Palazzo Fugger gelesen. Dort wollte er hin, war es doch der Schauplatz des Gesprächs, das er einst mit Cajetan geführt hatte. Diese Erinnerung verursachte ihm einen Stich in der Herzgegend: War nicht dieses Gespräch eine Chance gewesen, den Bruch mit Rom zu verhindern? Der Kardinal hatte damals einen großen Auftritt hingelegt. In feinstem rotem Satin waren seine Zimmer ausgekleidet. Er, Luther, hatte sich, wie es die Sitte verlangte, längs vor ihm hingeworfen. Der Kardinal hatte ausgesprochen freundlich mit ihm das Gespräch begonnen. Zuvor hatte er sogar den Tetzel, diesen eifernden und geifernden Ablasskrämer, abgestraft. War damit nicht schon viel gewonnen? Andererseits: Wenn er damals beigegeben hätte, wäre dann nicht sein ganzes Werk zum Scheitern verurteilt gewesen? Ein kleines Wittenberger Mönchlein hat den Aufstand versucht und ist beim ersten Widerstand eingebrochen! Kein Mensch würde heute mehr von ihm und seinen Reformen sprechen. Aber wenn er an das Plakat dachte, also nein, diese Augsburger! Die Fugger hielten sie in Ehren, diese Finanzgeier, und den Nachtmusiker und den Stanzerlschreiber, aber von ihm war bisher kein Wort zu entdecken! Er hatte sich hier den Arsch aufgerissen, sein Leben riskiert, auch für die einfachen und tiefgläubigen Leute in Augsburg. Was taten die? Ihn ignorieren! Das Ganze war, er rang nach einem Begriff und sprach schließlich laut aus, was er bisher nur in seinem Kopf bewegt hatte: „Eine Fuggerei ist das! Eine einzige große Fuggerei!“ Einige Passanten schauten kurz zu ihm hin, um dann umso schneller weiterzugehen.

Zufällig kam er an einem Hutgeschäft vorbei. Ein Barett hatten sie zwar nicht, wohl aber verschiedene Varianten von Baskenmützen. Er probierte eine schwarze an. Mit dem langen schwarzen Hemd, der schwarzen Cordhose und der Mütze sah er aus wie früher, als er noch in Wittenberg lehrte, fand er. Das sah offenbar auch die Hutverkäuferin so, denn sie verabschiedete ihn zu seiner großen Freude mit den Worten: „Pfüa Gott, Hochwürden!“

Beschwingt setzte er seinen Weg fort. Orientierung waren ihm die Kirchtürme, an die er sich einzig erinnerte, Die vielen neuen Konsumtempel lenkten ihn eher in die Irre. Moritzplatz las er auf einem Schild. Dort war viel Publikumsverkehr. Er packte sein Akkordeon aus und begann zu spielen. Noch eine Nacht wollte er nicht auf einer Bank verbringen. Die Münzen flogen nur spärlich, Scheine schon gar nicht. Erst als eine Flötengruppe der nahegelegenen Musikschule auf ihn zukam und ihn die adrette Lehrerin fragte, ob ihre jungen Mädchen ihn unterstützen könnten, wendete sich das Blatt. Die fünf Mädchen spielten anmutig, und binnen einer Stunde waren achtzig Euro im Koffer.

So groß die Freude über diese Einnahme war, so ernüchternd war der Besuch des Palazzo Fugger. Neugierig betrat er den Innenhof des Gebäudes und versuchte sich fieberhaft der Geschehnisse von 1518 zu erinnern. Bögen,

Säulen, Palmen, ein Wasserbecken, wo war er nur hier gelandet? *CreativCatering Stranky und Treutler im Damenhof*, las er in einer der ausliegenden Speisekarten.

„Ein Latte?", sprach ihn ein Ober an und verzog leicht die Nase. Luther müffelte.

„Ähm, nein, keine Latte!", antwortete er und grübelte, wieso der Kellner ihm wohl eine Latte anbot. Das Deutsch des Kellners schien ihm unzureichend. Auch die Bezeichnung der Lokalität befremdete ihn. CreativCatering Stranky, was war das für eine Sprache? War er hier auf ein exterritoriales Gebiet gelangt? Ein Staat im Staate? So wie der Kirchenstaat des Papstes, der Vatikan?

Entspannt saßen adrett gekleidete Augsburgerinnen und Herren in feinstem Tuch mit aus der Brusttasche hervorlugenden Taschentüchern an kleinen Tischen und tranken Kaffee aus winzigen Tassen. „Espressi", rief der Kellner ständig. Luther tat so, als lese er in der Speisekarte, hörte aber die Gespräche der Damen und Herren mit. Über alles Mögliche wurde von allen möglichen Leuten gesprochen, auch flirtende Töne fehlten nicht. Allein über ihn und seine Reformation sprach niemand auch nur ein Sterbenswörtchen.

„Hallo?", rief er dem geschäftigen Kellner zu.

„Doch ein Latte?", fragte dieser mit kritischem Blick.

„Nein, keine Latte, aber Damenhof, warum heißt das so?"

„Oh, das hängt mit der Geschichte des Hauses zusammen. Früher war das ein Hof, wo sich besser gestellte Damen zum Zeitvertreib getroffen haben."

„Besser gestellte Damen? Zeitvertreib?", wiederholte Luther abwesend. Er dachte an seine Katharina. Sie hatte immer zu tun. Herr Käthe im Damenhof, das konnte er sich nicht so richtig vorstellen. Der Kellner hatte unschlüssig gewartet und eilte jetzt davon. Die nächsten Espressi waren geordert.

Luther verließ den Damenhof und grummelte vor sich hin. Wer hätte das gedacht, dass dieser Holzkopf Cajetan hier so einen Erfolg hat! Nichts scheint mehr an mich zu erinnern! Und bei der Papstlehre sind diese Augsburger immer noch, schnaubte er vor sich hin.

In einer herumliegenden Zeitung las er, der Augsburger Bischof sei zurückgetreten. Er habe Kinder misshandelt, Geld unterschlagen und gelogen. Auweia, schimpfte er halblaut, auch das gibt's noch bei den Kirchenfürsten. Wie früher!

In einem Hotel an einer viel befahrenen Straße buchte er ein günstiges Zimmer. Ein junger Mann an der Rezeption legte ihm einen Meldeschein hin. Er nahm sich einen Stift und schrieb bei Name „Martin Luther" hin, bei Adresse schrieb er „zur Zeit ohne festen Wohnsitz" und bei Beruf „Doktor der Theologie". Herr Spreitz, als solchen wies das überdimensionierte Namensschild den Herrn an der Rezeption aus, überflog den ausgefüllten Schein. Kurz zögerte er, dann erzählte er von seinem Ehrenamt als Messdiener und seinem Engagement in der schmucken katholischen Kirche eines Augsburger Vorortes. Er sei sehr gerne Messdiener, die katholische Kirche sei seine Heimat und der Rücktritt des Bischofs, jo mei, der Herr Bischof sei halt auch nur ein Mensch.

Kommentarlos ging Luther zum Lift, der ihn zu seinem Zimmer in der vierten Etage brachte. Er duschte ausgiebig, warf sich aufs Bett und konzentrierte sich. Hatte er hier in Augsburg den Kelch schon besessen? 1518 war das Gespräch mit Cajetan. Viel Pomp, erinnerte er sich, umgab den Kardinal. Der Nebel seiner Erinnerungen riss kurz auf. Wieder sah er Karlstadt, mehr aber nicht. Mit Augsburg im Jahre 1518 hatte das nichts zu tun. 1530 beim Augsburger Reichstag war er nicht dabei, weil es zu gefährlich war. Sein Herzog hatte ihn in Coburg zurückgelassen, weil ihm die feigen Nürnberger das Asyl verweigerten. Coburg, Coburg, sagte er sich. Da war doch was! Er wusste, wohin er am nächsten Tag aufzubrechen hatte. Tiefer Schlaf übermannte ihn. Das Schnarchen war noch im Flur zu hören.

„Machen Sie's gut, Herr Luther!" Herr Spreitz hatte ihm am nächsten Morgen die Tür geöffnet und schenkte ihm ein verklemmtes Lächeln. „Und übrigens, ich bleib mein Leben lang katholisch“, schob der Messdiener mit schiefem Mund nach.

XI

Der Sekretär zögerte, das Anliegen vorzutragen. Die versammelten Mitglieder des Rates der Lutherischen Kirchen in Süd-, Mittel- und Südwestdeutschland, abgekürzt RLKSMSWD, sahen ihn fragend an.

„Na, Herr Kohlhoff, kommt nun Ihr Beitrag unter Verschiedenes?“

Der leitende Bischof sah auf die Uhr. Sie waren schon eine halbe Stunde über dem Zeitplan. Ulrich Kohlhoff drückte sich die randlose Brille auf die Nasenwurzel. Das tat er immer, wenn er nervös war. Erst vor wenigen Monaten hatte ihn der Rat zum Generalsekretär berufen. Schon einige kleinere Fehler und Versäumnisse waren ihm unterlaufen. Doch konnte er den Brief unterschlagen? Er war an den Vorstand des RLKSMSWD gerichtet. Für das Überwachen des Posteingangs war der Generalsekretär verantwortlich. Also hatte er keine Alternative.

„Ja, also, ähm“, begann er zögerlich und sein Gesicht war fleckig vor Aufregung. Der leitende Bischof musterte ihn über die Brille hinweg.

„Ich muss von einem Brief berichten, der an den Rat gerichtet ist. Er ist erst heute morgen eingegangen, so dass ich ihn nicht mit den Unterlagen für die heutige Sitzung versenden konnte. Der Rat muss beschließen, wie er sich diesem Brief gegenüber verhalten will. Natürlich bereite ich gegebenenfalls ein Antwortschreiben vor.“

„Ja, und? Was ist denn mit dem Brief?“ fragte ihn der leitende Bischof. Kohlhoff hielt ihm den Brief entgegengehalten, in der Hoffnung, der Bischof möge den Brief selbst vorlesen. So geschah es, der Bischof setzte sich die Lesebrille auf, murmelte etwas von schwieriger Handschrift und begann halblaut vorzulesen:

Augsburg, im Damenhof des Palazzo Fugger

Hochverehrte Geistlichkeit,

ein junger Herr in oben genanntem Hof, seines Zeichens Schreiber bei einer großen Zeitung, war so freundlich, mir Sie als zuständige Institution ausfindig zu machen. Auch wenn Sie wie so manche andere Leute hier den Kopf schütteln werden, Sie haben es mit Martin Luther zu tun. Wie ich erfahren habe, nennen Sie sogar Ihre Kirche nach meinem heillosen Namen. Das gegen meinen Willen, ob wissentlich oder unwissentlich, sei dahingestellt. Was ich in jedem Fall von Ihnen erbitte, ist eine geldliche Zuwendung. Stelle sich die versammelte Geistlichkeit einmal vor: Der, nach dem Sie Ihre Kirche benennet haben, muss gelegentlich auf harten Holzbänken zwischen Taubenkot die Nächte verbringen und ansonsten als Straßenmusikus sein Einkommen verdienen. Der Winter steht bevor und ich fürchte das Erfrieren auf der Straße. Mögen ihre Kameralbeamten berechnen, wie hoch meine Versorgungsansprüche über die Jahrhunderte angewachsen sind und wie hohe Gebühren die Nennung meines Namens in ihrem Kirchennamen ebenso erwarten lassen, so dürfte ein hübsches Sümmchen akkumuliert sein. Ich bitte um Übergabe einer Zuwendung in bar in der Stadt Worms, wo ich in der nächsten Woche in der Fußgängerzone musizieren werde.

Hochachtungsvoll
Ihr Diener
Martin Luther, Doktor der Theologie

Zwei, drei Mitglieder des Rats konnten ein Lachen nicht unterdrücken, andere sahen, scheinbar vertieft, in ihre Unterlagen.

„So, so, auch mit so was sollen wir uns also beschäftigen", sprach der leitende Bischof mit kritischem Blick zum Generalsekretär. Da kein Beitrag aus der Runde kam, entschied der leitende Bischof: „Ich schlage vor, wir ignorieren das Schreiben. Was haben wir noch unter Sonstiges?"

Stille, unruhige Stille. Alle waren gedanklich bei dem merkwürdigen Brief, auch wenn das niemand offen aussprechen wollte. Es dauerte noch eine Weile, dann meldete sich Oberkirchenrätin Elisabeth Klippert-Großkranz zu Wort: „Also, ich weiß nicht, einfach zu ignorieren, ob das die richtige Taktik ist."

„Dann erbitte ich andere Vorschläge", entgegnete der leitende Bischof. Er rückte seinen Stuhl vom Tisch weg und schlug die Beine übereinander.

„Gibt es denn auf dem Briefumschlag eine Adresse?"

Kohlhoff, in dessen Richtung die Frage ging, schüttelte den Kopf.

„Keine Adresse, gut", fuhr die Oberkirchenrätin fort, dann bin ich dafür, wir bitten den Wormser Dekan oder einen geschäftsführenden Pfarrer sicherheitshalber mal nächste Woche in die Fußgängerzone zu gehen."

„Das ist nicht Ihr Ernst", ging jetzt ein Regionalbischof mit weißem Stehkragen dazwischen, „dann tappen wir auf eine Falle herein. Wer weiß, welche Zeitung dahinter steht und wie die uns dann vorführen."

„Genau deswegen, Herr Kollege, bin ich dafür, dass wir jemanden nach Worms in die Fußgängerzone entsenden. Wenn das nämlich wirklich von einer Zeitung angestiftet ist und wenn, ich betone, wenn es eine Person gibt, die sich als Martin Luther empfindet, ein Obdachloser, ein Straßenmusiker, und wenn, ich betone nochmals, *wenn* es diesem Musiker wirklich schlecht geht und er vielleicht sogar vom Erfrieren bedroht ist, das alles vorausgesetzt, kann die kritische Situation entstehen, dass die Zeitungen titeln: *Kirche eiskalt. Schicksal eines Obdachlosen stieß auf taube Ohren bei Sitzung des RLKSMSWD*!"

Die Worte zeigten Wirkung. Nachdenklich sahen sich die Ratsmitglieder an. Mit einem Lächeln sagte der leitende Bischof schließlich: „Oder stellen wir uns die Schlagzeile vor: *Lutherische Kirchen verweigern Martin Luther das Gnadenbrot*."

Das allgemeine Gelächter war ein Sitzungsgelächter, kollektive, künstlich verstärkte Heiterkeit, um den Ernst einer Situation zu bagatellisieren. Mehr beiläufig stellte der Sekretär die Frage: „Soll die zu delegierende Person auch Bargeld mitnehmen?“

„Liebe Schwestern und Brüder“, antwortete der leitende Bischof schnell, bevor die Diskussion ausuferte, „den Brief hat offenbar ein geistig verwirrter Mann geschrieben. Wenn es nicht ein Journalist ist, der uns hier eine Falle stellt! Ich schlage vor, wir machen für den Fall aller Fälle jetzt hier eine kleine Sammlung. Unser Sekretär wird das Geld an die zuständige Kirchenstelle in Worms überweisen mit der Bitte, eine Ermessensentscheidung zu fällen, ob das Geld dem Verwirrten gegebenenfalls ausgehändigt werden soll. Anderenfalls sollen sie es für die Sauberhaltung des Lutherdenkmals verwenden.“

Ein Körbchen machte die Runde, manche leerten ihren Kleingeldbestand hinein, auch zwei Fünf-Euro-Scheine fanden sich ein. Sekretär Kohlhoff zählte den Betrag, 34 Euro und 22 Cent, und trug ihn ins Protokoll ein.

Der Tagesordnungspunkt ist abgeschlossen, dachte sich der leitende Bischof, allein ein Aufschrei von Oberkirchenrätin Klippert-Großkranz verhinderte das.

„Moment mal, ich glaube, ich weiß, wer den Brief geschrieben hat“, erinnerte sie sich langsam. „Bei einem Konvent in meinem Visitationsbereich, da hat mir eine Krankenhausseelsorgerin vertraulich von einem Mann erzählt, der sich für Martin Luther hält. Die werde ich gleich mal anrufen und fragen, was der aktuelle Stand ist. Ich erinnere mich. Sie hat erzählt, er spiele Luther-Lieder mit dem Akkordeon. Irritiert war sie, weil er sehr genaue Kenntnisse von Luthers Leben und Werk hat. Das ist ja ein Ding, dem jetzt auf diese Weise zu begegnen!“

Die Sitzung war beendet. Nachdem alle Mitglieder des RLKSMSWD abgereist waren, googlete Sekretär Kohlhoff die Worte „Luther lebt“. Keine relevanten Links erschienen. Er versuchte es mit „Luther Akkordeon“. Der Link zu einer Werbezeitung tauchte als erster Eintrag auf. Er klickte den Beitrag an. Aufgeschreckt las er einen gerade erst erschienenen Artikel:

Martin Luther am Akkordeon

Ein unerwarteter Straßenmusiker trat gestern auf dem Augsburger Moritzplatz auf. Der imposante Mann in schwarzem Ornat (s. das Foto rechts) behauptet von sich, Martin Luther höchstselbst zu sein. Stimmt es, dass der wirkliche Reformator ein Poltergeist war, so ist er ihm zumindest in diesem Punkt sehr ähnlich. Nachdem er den Palazzo Fugger mit dem Damenhof besichtigt hatte und dort eine Broschüre gefunden hatte, in der Augsburg als die Stadt der Fugger, Mozarts und Brechts warb, rief er laut auf seinem Weg durch die Stadt den Passanten entgegen: „Ihr seid alle Cajetans!“ An der Sankt Anna-Kirche stieß er nach längerem Überlegen hervor: „Mein altes Quartier!“ Dann verharrte er vor dem Hinweisschild, das auf die gemeinsame Erklärung zur Rechtfertigungslehre von 1999 hinweist. Mit einem „lächerlich, einfach lächerlich“ zog er in Richtung eines Hotels, das nicht die unterste Kategorie in unserer Stadt darstellt, davon. Wie wir aus sicherer Quelle erfahren haben, hat er sich mit Martin Luther in besagtem Hotel eingeschrieben. Wir werden dem sonderbaren Gast in Augsburg ein ehrendes Andenken bewahren!

Zur gleichen Zeit klingelte Sabine Harders Mobiltelefon. Sie fuhr von der Blauen Bucht nach Hause. In die Freisprechanlage hinein bestätigte sie der Oberkirchenrätin das beim Konvent Gesagte.

„Ich glaube, da steckt mehr dahinter als nur die Phantasien eines Spinners“, gab sie ihrer Vorgesetzten zu verstehen, „wir sollten den Kontakt zu ihm suchen.“

„Aber Frau Kollegin, das ist nicht Ihr Ernst!“

„Doch, ich glaube, wir können von diesem Herrn Trödler auch vieles über Luther erfahren, was wir in unseren theologischen Fakultäten so nicht verhandeln.“

Die Oberkirchenrätin beendete leicht verwirrt das Gespräch. Sabine Harder wählte Rosemarie Aicher an:

„Er ist in Augsburg. Und nächste Woche will er in Worms sein. Er hat um finanzielle Unterstützung durch den RLKSMSWD gebeten.“

„Durch wen?"

„Ach egal, durch einige Kirchen, die sich auf Luther berufen."

„Was meinen Sie, Frau Harder, soll ich nächste Woche nach Worms fahren?"

XII

Bratwürste und Bier hatten sie sich hier gegönnt. Der Herzog und die Herren des Adels! Luther erinnerte sich nur langsam. In St. Moriz in Coburg, dieser Stadt ganz im Süden von Kursachsen, hatte er mehrmals gepredigt. Anno 1530. Der Herzog war mit großem Tross unterwegs nach Augsburg. Ein Reichstag mit dem Kaiser! Hatte es schon neun Jahre nicht mehr gegeben, seit Worms! Vor Luthers innerem Auge liefen die Gottesdienste noch einmal ab. Damals war die deutsche Sprache in der Messe schon die Regel. Und das Mahl des Herrn gab es in Form von Brot und Wein für alle. Er sah die Kelche der St. Moriz-Kirche vor sich. Alle wahrhaft würdig und edel. Doch der böhmische Kelch, war er damals dabei?

Stark schwitzend schleppte er sein Akkordeon und seine Tasche zum Marktplatz. Die Nächte dieses langen Sommers verschafften kaum Abkühlung und über Coburg lag schon am Morgen ein Hitzezelt. Er baute sich am Eingang der Spitalgasse auf, die in den Marktplatz einmündete und viel Publikumsverkehr hatte.

Als Straßenmusiker hatte er in Nürnberg und Augsburg erste Erfahrungen gesammelt. Um möglichst viele Spenden zu bekommen, musste er an einem Ort stehen, wo die Ausweichmöglichkeiten für die Passanten gering waren. Spenden hatte er dringend nötig. Die Fahrkarte von Coburg nach Augsburg hatte sein letztes Geld aufgebraucht. Er war pleite und benötigte Einnahmen, um duschen zu können und nicht wieder im Freien übernachten zu müssen. Seine Lebensverhältnisse hatten sich gegenüber 1530 verschlechtert, stellte er bitter fest. Die

Veste, die fränkische Krone, hatte ihm seinerzeit Schutz und Quartier geboten. Die zwei Zimmer in der Kemenate, sie hatten ihm trotz der Ungewissheiten und der Einsamkeit gefallen, ebenso der Blick auf den schönsten Wald in deutschen Gefilden, den Thüringer Wald.

„Krah, krah", jetzt hörte er sie wieder, „krah, krah"! Die Dohlen, sie waren damals immer um sein Verließ gekreist. Für ihn eindeutige Boten Satans! Er, einsam und mit wenigen Informationen über den Reichstag auf der Veste. Würde die ganze Sache der Reformation doch noch kippen? Wenn er nicht dabei war, machte ihn das ganz kribbelig. Der gute liebe sanfte Melanchthon, Bugenhagen, Jonas, ob sie dem katholischen Donner standhielten? Dazu war er krank, das Sausen der Ohren, das Ziehen im Kopf. Fieber, ein ständiger Schmerz. Nur die Gespräche mit dem Vertrauten Veit Dietrich sorgten für etwas Ablenkung.

Milde lächelte er jetzt. Ihm fielen die Fabeln ein, die antiken, mit denen er sich damals beschäftigt hatte. Sie waren ihm als Gattung lieb geworden, boten sie doch die Möglichkeit, auf angenehme Weise nützliche Dinge einzuprägen. Denn schon damals wollten die Leute nicht einfach nur hören: Mach das und tu jenes! Fabeln mit negativen Beispielen boten dem Lesenden und Hörenden die Möglichkeit, selbst auf das richtige Verhalten zu kommen. Vielleicht sollte ich mich auf meine alten Tage jetzt wieder mit Fabeln beschäftigen, sinnierte er.

Auch ob er die Veste besichtigen sollte, überlegte er. Ob da noch alles wie damals ist? Um nicht von jedermann erkannt zu werden, hatte er sich damals auf der Veste einen Bart stehen lassen. So wie heute. In Coburg müsste man ihn eigentlich mit Bart besser kennen als ohne.

„Grüß Gott, Herr Luther", schreckte ihn ein Mann in kurzärmeligem Karohemd auf und sah ihn erwartungsvoll an.

„Ja, womit kann ich dem Herrn dienen?"

„Also, Herr Luther, ich bin Ingo Tetzlaff vom Coburger Wochenblatt. Ein Kollege aus Augsburg hat mir gemailt. Sie klappern ihre früheren Wirkungsorte ab. Was hat sich Ihrer Meinung nach an Coburg zum Guten, was zum Schlechten verändert?"

Luther war verblüfft, wie selbstverständlich ihn der Mann in seiner Identität anerkannte. Das hatten ihm bisher die meisten versagt. Oder war das eine Falle? Er erzählte von den Dohlen, wie er ihnen Namen gegeben habe, nämlich die seiner Feinde.

„Interessant, Herr Luther, aber Sie weichen meiner Frage aus. Was hat sich aus Ihrer Sicht in Coburg verändert? Was ist schlecht, was ist gut?"

Luther schnupperte etwas. Was das nur war? Er ging ein paar Schritte Richtung Marktplatz, dann hatte er's raus:

„Die Bratwurst, die ist noch genauso wie damals. Und das Bier, ach, das hat mir schon immer geschmeckt."

Noch einige Fragen, dann verabschiedete sich der Journalist und Luther konnte endlich mit seiner Musik beginnen. Von allen Visionen, die er hatte, war in diesem Augenblick die des böhmischen Kelches die fernste und die der Bratwurst die nächstliegende. Nach einer halben Stunde hatte er das Geld zusammen, um die dringendsten körperlichen Bedürfnisse zu stillen, wie einst der Herzog und sein adliger Tross: Bratwurst und Bier.

Um die Mittagszeit leerte sich die Innenstadt. Die Freibäder lockten mehr als der Bummel durch das überhitzte Zentrum. Für Luther war das ein Problem. Das wenige Geld, das er bis dahin eingespielt hatte, reichte nicht für ein Hotel. Auf die Veste mit seinem Gepäck hochzustiefeln und anzufragen, ob er wieder die Kemenate beziehen könnte, war ihm trotz der klaren Ansprache des Journalisten als Herr Luther zu riskant. Was, wenn sie ihn dann dort doch nicht einließen? Dann hätte er Akkordeon und Tasche ganz umsonst hochgeschleppt. Er faltete die Hände und bat den Herrgott um Hilfe.

Manchmal hilft er sofort, sagte Luther sich, als kurz darauf eine junge Frau mit kräftigen Schultern, schönen Händen und langem hellblondem Haar auf ihn zukam.

„Hallo, Martin Luther, ich bin die Susi und eine Kollegin von dir. Ein Journalist, der dich interviewt hat, hat mir von dir erzählt."

„Äh, eine Pfarrerin?"

„Nein, Straßenmusikerin. Ich bin noch Schülerin. Ich spiele hier ab und zu, um mir mein Taschengeld aufzubessern. Von dir habe ich gestern in der Zeitung gelesen, dass du bald in Coburg aufschlagen wirst. Ich habe mir gedacht, Martin Luther triffst du auch nicht jeden Tag. Ich möchte dir gerne helfen. Also, ich spiel jetzt ein paar Lieder. Und die Einnahmen, die behältst du."

Sie packte ihre Gitarre aus und begann, Songs von Tracy Chapman mit voller Stimme in die Fußgängerzone zu schmettern. Die englischen Texte, der ganz andere Rhythmus, die laute und fetzige Stimme, Luther fühlte sich wie in einer anderen Welt. Diese Welt war ihm zunächst fremd, dann aber war er fasziniert und fühlte die Leidenschaft, die diese Lieder geboren hatte. Von einigen Liedern hatte Susi eine deutsche Übersetzung dabei, die er sich durchlas. Auch wenn er manches nicht verstand, war ihm bald klar, was ihn mit Tracy Chapman verband, nämlich der Wunsch mit Musik die Herzen der Menschen anzurühren. Gute Nachrichten sollten mit Hilfe eingängiger Melodien nicht in den Kopf, sondern ins Gemüt einziehen.

Schon nach wenigen Liedern beobachtete Luther etwas, was ihm bei seiner kümmerlichen Musik als Solist bisher versagt geblieben war: Es bildete sich eine Menschentraube, die immer größer anwuchs.

„Tolle Röhre", rief ein hochgeschossener Mann mit Rottweiler an der Leine nach dem ersten Song und unter lautem Applaus der Umstehenden. Die Münzen flogen in großer Zahl und einige Lieder später lagen auch eine ganze Zahl Scheine auf dem Boden des Akkordeonkoffers.

„Und nun, meine Damen und Herren, der absolute Höhepunkt des Tages", moderierte Susi mit lachendem Gesicht. „Sie hören Martin Luther höchstpersönlich mit mir, wir spielen Ihnen einen Gospelsong mit dem Titel

Go down, Moses. Er handelt von der Freiheit des Volkes Israel."

Sie kramte für Luther ein Notenblatt mit einfachen Akkorden aus ihrer Tasche hervor. Mit Verve stimmte sie das Lied an. Luther fand sich anfangs nur langsam in die Begleitung. Doch bei der dritten Strophe hatte er sich auf die Kollegin eingestimmt. Die Menschen auf der Straße schnippten rhythmisch mit den Fingern und einzelne warfen sogar die Arme hoch, wenn der Refrain mit dem Aufruf *Let my people go* ertönte.

Lang anhaltender Applaus, dann beendete Susi die Performance und die Menge ging auseinander. Luther zählte die Kollekte.

„162 Euro", verkündete er mit leuchtenden Augen. „Da gebe ich der jungen Frau die Hälfte aber ab."

„Nein, brauchst nicht, Martin, ich habe vorher schon genug eingenommen. Wir hatten das so ausgemacht. Und sag nicht Sie zu mir, ich bin die Susi. Wir Straßenmusiker brauchen nicht so förmlich miteinander umzugehen."

Sie lächelte ihn an, und er sah verschämt zu ihr. Hinter dem dichten Barthaar und der Brille leuchtete der Kopf rot wie die untergehende Sonne.

„Ich hätte noch eine Bitte, Martin. Ich muss mir noch die Pille besorgen. Kannst du solange auf meine Sachen aufpassen?"

Luther nickte. Susi stob davon. Als sie zurückkam, öffnete sie eine Packung, drückte eine winzige Tablette aus einer perforierten Folie und schluckte sie mit Wasser aus einer Plastikflasche hinunter. Er beobachtete das Ganze wortlos, doch dann drängte es ihn, der er ihr so dankbar war, zu einer Frage.

„Muss ich mir Sorgen machen, liebe Susi?"

„Wieso denn?"

„Na, wegen der Pillen, die Sie da nehmen muss. Ist es eine ernsthafte Krankheit?"

Susi blicke ihn fragend an. Auf der Stirn bildeten sich kleine Falten. Dann brach ein Lachen aus ihr heraus: „Oh Mann, Martin, alter Kupferstecher, das kannst du ja gar nicht wissen, klar. Also, die Pille nehme ich, damit mein Freund und ich nicht schon jetzt Eltern werden."

Luther schluckte.

„Aber warum wollt Ihr keine Eltern werden? Das ist doch der Sinn einer Ehe."

„Richtig, Martin, da geh ich sogar ein Stück mit. Aber ich bin ja nicht verheiratet und ob ich den Sebastian mal eheliche, steht in den Sternen. Aber deswegen muss man doch nicht auf jeden Spaß verzichten, oder?"

Sie sah ihn herausfordernd an. Luther schwieg.

„Habt Ihr damals nicht verhütet? Aber egal, ich will nicht zu persönlich werden, weil, ich merke schon an deinen roten Ohren, dass dir das peinlich ist. Sag, Martin, was glaubst du? Wieviel mal sollte ich mit meinem Freund, oder nein, halten wir es mal in deinen Gedankenbahnen: Wie oft sollten Mann und Frau miteinander schlafen, damit es für beide erfüllend ist?"

Ein schelmischer Blick aus Susis grünblauen Augen traf Luther. Er kraulte sich den Bart mit der einen Hand und den Hinterkopf mit der anderen, gerade so als rechne er nach. Dieses Mal wollte er nicht kneifen.

„In der Woche zwier, schadet weder ihm noch ihr", gab er tonlos zurück. „Das habe ich so mal gehört, als ich als Kind heimlich bei einem Gespräch von Erwachsenen in einer Schenke zugehört habe."

„Viermal die Woche, Martin Luther, Junge, Junge, du bist mir aber ein Schlingel. Wenn das für verheiratete Paare gilt, dann ist das für uns Jüngere ja das Mindestmaß. Ganz schön gut drauf bist du ja." Susi bekam ihr Lachen nicht mehr in den Griff.

„Ähm, zweimal habe ich gesagt! Zwier, das ist zwei", opponierte Luther.

„Nein, hast du nicht, du hast vier gesagt, das habe ich deutlich gehört. Jetzt willst einen Rückzieher machen. Das giltet nicht. Ich werde das gleich mal Sebastian sagen: Martin Luther ist für viermal."

Feixend sprang sie davon und Luther kaufte sich auf den Schreck hin erst mal noch eine Bratwurst und ein

Bier. Er mietete sich in einem Hotel ein und ging abends durch den Hofgarten nach Sankt Augustin. In Coburg hatte sich die Reformation durchgesetzt, wie er aus einem Stadtführer erfuhr. Fast 300 Jahre lang war dort kein katholischer Gottesdienst gefeiert worden. Erst 1860 erbauten die verbliebenen Katholiken Sankt Augustin. Der Graben zur evangelischen Lehre war für sie unüberbrückbar, reimte sich Luther zusammen und verzog schmerzhaft das Gesicht. Eine katholische Messe besuchen, zu erfahren, wie die Katholiken 500 Jahre nach der Reformation Gottesdienst feiern, das hatte er sich seit dem Debakel in der Friedenskirche mit diesem komischen Pfarrer Kraushaar vorgenommen. Er hatte keine Erwartungen oder gar Hoffnungen. Umso erfreuter war er über so manches, was er in Sankt Augustin erlebte. Die Selbstbekreuzigung der Gläubigen am Eingang der Kirchenbank vor dem Gottesdienst, er übernahm sie problemlos. Die Predigt handelte vom reichen Kornbauern, dem Gott die Frage nach dem Sinn seines Besitzstrebens stellt, gerade auch im Angesicht der Sterblichkeit des Menschen. Der Priester stellte den gesellschaftlich akzeptierten Satz vom „Hast du was, dann bist du was" in Frage und formulierte stattdessen: „Du bist von Gott beschenkt, mach was draus!" Luther fand den ganzen Redegang ansprechend und überzeugend, auch wenn der Priester am Pult und seinen Zetteln klebte statt frei aus vollem Herzen zu predigen. Ein Chor in Susis Alter sang moderne Lieder, in denen mehrmals sogar das Wort vom Geborgensein bei Gott auftauchte. Er atmete auf: Musik und Verkündigung waren hier wenigstens mit der Zeit gegangen, das Wort Gottes konnte auf diese Weise wirken wie der Same, der auf gutes Land fällt. Unschlüssig war er sich, wie er die farbigen Gewänder der Priester beurteilen sollte. Vor 500 Jahren war Schwarz eine der kostbarsten Farben. Auch Cajetans Kardinalrot in Augsburg stach hervor. Farben, die wegen ihrer Besonderheit dem Gottesdiener angemessen waren. Der einfache Bauer lief in ungefärbten Stoffen umher. Heute aber bot sich in den Städten eine bunte Farbenpracht. Offenbar war es keine Frage des Geldes mehr, Kleider zu färben. Warum also nicht die Schönheit der verschiedenen Farben auch für die Messe nutzen? Oder bediente man so die Eitelkeit mancher Priester?

Den Weihrauch fand er nach wie vor nicht ganz verkehrt, bediente er doch eine sinnliche Erfahrung, den Geruch, der im evangelischen Gottesdienst völlig abhanden gekommen war. Argwöhnisch war er nur gegenüber der Deutung des Weihrauchs und auch des Weihwassers, das er gerne als Erinnerung an die Taufe benutzt wissen wollte.

Was ihn allerdings störte, war all der Ministranten-Tand, der da geschah. Auch fragte er sich, warum die Gegenwart Gottes so oft in dieser Messe nachgeladen werden musste: Er hatte achtmal die Anrufung der Präsenz Gottes im Wechsel zwischen Priester und der Gemeinde durch „Der Herr sei mit euch – und mit deinem Geiste" gezählt. Bei dem Herrn Kraushaar in der Friedenskirche, so sagte er sich ein wenig spöttisch, wäre dieses Nachladen vielleicht sinnvoll gewesen. Da schien der Heilige Geist angesichts des leeren und lieblosen Gottesdienstes auf der Flucht zu sein. Aber hier? Offenbar war dieses Nachladen eine alte Gewohnheit, so routinemäßig kam es. War es aber auch gottgemäß? Auch gefiel ihm nicht, wie die Lektorin bei der Verlesung des Evangeliums ständig in die Gesichter der Menschen schaute. So, als ob es ihre eigene Rede wäre. Es war aber doch das Wort Gottes!

Schön fand er wiederum den Friedensgruß, nicht zuletzt weil nicht nur wildfremde Leute ihm dazu die Hand schüttelten, sondern auch der Priester bis zu ihm kam und ihm mit herzhaftem Händedruck ein „Friede sei mit dir!" entgegenrief. Merkwürdig, ich habe doch gar keinen Streit vor, dachte er sich spontan. Auch die anderen sahen nicht aus, als wollten sie jeden Augenblick gegen die Türken zu Felde ziehen. Dann besann er sich: Mit Friede war der Schalom gemeint, also etwas Umfassendes, der Friede mit Gott, das Heilwerden an der Seele. Dass dieser ihm fremde Priester und all die anderen Menschen ihm grundlos so etwas Schönes wünschten, freute ihn. In seinen Augenwinkeln bildeten sich kleine Strahlefalten.

Gerne ging er darum auch zur Kommunion. Bei so einer freundlichen und offenen Gemeinde würde das Mahl des Herrn ein Freudenmahl, dachte er sich. Wie erhebend musste es sein, den auferstandenen Herrn in Wein und Brot hier in diesem Umfeld zu erleben. Mit strahlenden Augen nahm er die Hostie entgegen, stoppte dabei aber die wandelnde Reihe der Gläubigen, indem er den Priester die leise, aber doch klar zu verstehende Frage stellte: „Und Wein, wann bekomm ich den?" Der Angesprochene zog eine strenge Miene auf, schüttelte den Kopf einmal hin und einmal her und sagte mit zusammengepressten Lippen: „Weiter, der Nächste."

Oh, oh, stöhnte Luther wehmütig und schuldbewusst. Ob der Priester ihm die Hostie auch noch verweigert hätte, wenn ihm klar gewesen wäre, dass Martin Luther vor ihm stand? Den Äußerungen von Klaus Schulz zu Folge wäre das wohl zu erwarten gewesen. Dabei sah er keinen wirklichen Grund für diese Exklusivität des Abendmahls für die katholischen Gläubigen und des Weins nur für die Priester. Außer irgendwelchen Ordnungen, die es einzuhalten galt, auch wenn sie dem Willen der Menschen widersprachen. In der Bibel stand jedenfalls nichts von dieser Trennung in weiße und schwarze Schafe. Welcher Mensch sollte außerdem das Recht haben, diese Trennung vorzunehmen? Er verlor sich in traurige Gedanken. Sein Blick ruhte auf dem Bild des heiligen Augustinus. Wie sehr hatte der Kirchenvater ihn geprägt!

Nach Ende der Messe stellte er sich vor die Muttergottes mit Kind. Ihn irritierte ein altes Mütterchen, das andächtig zu Maria betete. Er fürchtete, sein reformatorisches Werk sei hier in einem entscheidenden Punkt gescheitert. Wie hatte er immer wieder auf Christus als Orientierung für den Glauben hingewiesen! Der Auferstandene, der durch den Heiligen- und Marienkult so völlig verdeckt war. Und jetzt das! Auch andere blieben vor Maria stehen. Sie zündeten ein Teelicht an und stellten es in den Ständer vor der Plastik. Was zog die Menschen an Maria so an? Ganz langsam kam ihm ein positiver Gedanke zu dem Geschehen. Die Mutter und das Kind, die bergende Geste. War das nicht das Geborgensein, die Fürsorge Gottes, die die Menschen suchten? Bilder waren für den Glauben so wichtig. Das Kreuz war ein schlimmes Folterinstrument. Durch den Tod Christi war es zum Zeichen der Liebe Gottes zu den Menschen geworden. War das verständlich, emotional nacherlebbar? Die Liebe der Mutter zum göttlichen Kind als ergänzendes Bild zum Kreuz ist nicht so verkehrt, sagte er sich. Nur zur Maria beten, das ging nicht. Er nahm ein Teelicht, zündete es an und dankte Gott, der immer wieder Menschen auserwählt und sie zu Engeln für andere macht. Engel, die das Gefühl schenken, bei allen Enttäuschungen im Leben bei einer höheren Macht geborgen zu sein.

Als Letzter verließ er den Kirchenraum. Eine Frau fegte den Altarraum sauber und rückte die Lilien auf dem Altar in der Vase zurecht. Vor der Kirchentür kam ihm der Grund seines Reisens wieder ins Bewusstsein. Die Nebeldecke durchdringen. Was war nur mit dem böhmischen Kelch passiert? Er grübelte, bis er das Hotel erreicht hatte. Es half nichts: Auch Coburg brachte ihm keine entscheidenden Erinnerungen in dieser Frage. Als nächste Station nahm er sich den Ort *seines* Reichstags vor, des Wormser von 1521. Er gönnte sich noch einen nostalgischen Blick in die Morizkirche. Wie leidenschaftlich hatte er Ostern 1530 hier gepredigt und den Menschen in die Herzen, nicht in die Köpfe gesprochen! In einem Seitenschiff entdeckte er eine Büste, die ihn darstellte. Fluchtartig verließ er die Kirche und hetzte Richtung Bahnhof. Auf einer Karte vor der Büste hatte er neben seinem Namen und dem Geburtsjahr die Zahl „1546“ gelesen. Als ob er gestorben wäre! Wer war er denn dann, wenn er laut diesem Bildhauer tot war?

Er ahnte nicht, dass ihm in Worms ein noch viel größerer Schrecken bevorstand.

XIII

Die frühere Kommilitonin Christiane Lepski erwies sich für Sabine Harder als Volltreffer. Sie hatte in kurzer Zeit zahlreiche Bekannte an der Fakultät und frühere Mitarbeiterinnen, auch Bibliothekspersonal, befragt und im Internet, bei der Kirchen- und der Universitätsverwaltung recherchiert. Sie war auf Bekannte Wolfgang Trödlers gestoßen und hatte sich lange mit ihnen unterhalten. Die Informationen verwoben sich zu einem immer dichteren Netz. Vieles klärte sich, aber auch manche Ungereimtheiten blieben.

Nach diesen Recherchen war Wolfgang Trödler von 1980 bis 1983 als Jurastudent in München an der Ludwig-Maximilians-Universität eingeschrieben. Er wohnte am Ende seiner Münchner Zeit privat zur Miete bei einem älteren Ehepaar namens Bierbichler in der Nähe der neu eingerichteten U-Bahn-Haltestelle Holzapfelkreuth im Münchner Südwesten. Als Student war er sehr fleißig und bestand die ersten Prüfungen mit guten Noten. In seiner wenigen Freizeit fuhr er einmal in die Berge der bayerischen Alpen zum Wandern. Bei diesem Ausflug lernte er einen katholischen Theologiestudenten mit Namen Vincent Weber kennen, mit dem er gemeinsam auf einer Almhütte übernachtete. Weber arbeitete in dieser Zeit an seiner Dissertation. Das Thema lautete „Das lutherische Abendmahlverständnis aus katholischer Sicht. Eine quellenkritische Studie der Wittenberger Bewegung von 1521 und 1522". Aus diesem Grund tauchte Weber häufig auch in der Bibliothek der evangelischen Theologie auf, seit der Bergtour gelegentlich mit Wolfgang Trödler gemeinsam. Trödler versuchte in dieser Zeit, einen Studienplatz für evangelische Theologie zu bekommen. Um eine Perspektive für eine spätere Anstellung als Pfarrer zu haben, war es notwendig, auf einer Vormerkliste der Landeskirche zu stehen, in der man Abitur gemacht hatte. Nur dort wurde man in der Regel später in den Dienst übernommen. Bei der Kirchenverwaltung gab es eine entsprechende Akte Wolfgang Trödler, die allerdings aus datenrechtlichen Gründen nicht zugänglich war. Irgendetwas Unerklärliches musste dann passiert sein. Jedenfalls schaffte es Wolfgang Trödler nicht auf die Liste seiner Landeskirche. Deswegen trat er auch kein Theologiestudium an und gleichzeitig brach er das Jurastudium ab. Auch Vincent Weber kam von heute auf morgen nicht mehr in die Bibliothek, weder in die katholische noch in die evangelische. Er wurde nach dem Wintersemester 1983/84 exmatrikuliert. Seine Dissertation erschien nie. Zunächst für einige Zeit ganz abgetaucht, arbeitete er viele Jahre als Töpfer auf Frauenchiemsee.

„Einer seiner Professoren hat das spottend und herablassend gesagt", beendete Christiane ihren Bericht. „Der Vincent Weber sei ein vielversprechendes wissenschaftliches Talent gewesen. Aber er habe sich für einen anderen Weg entschieden und sich auf eine Insel zum Töpfern abgesetzt. Vielleicht habe er ja auch auf diesem Gebiet Begabungen. Und ein Leben auf Frauenchiemsee, warum nicht, hat er gelacht. Auf meine Frage, warum Vincent Weber das getan habe, hat er nur gemeint, an der Fakultät habe es nicht gelegen, sondern an dem Delinquenten selbst. Warum Vincent ein Delinquent sei, wollte er partout nicht sagen. Ich solle seine Wortwahl nicht so wörtlich nehmen."

Sabine Harder hatte Christianes Bericht atemlos zugehört.

„Und wo ist dieser Vincent Weber jetzt, Christiane?"

„Das konnte ich leider nicht herausfinden. Ich schätze mal, du musst dich auf den Weg an den Chiemsee machen. Im Internet habe ich nichts über ihn gefunden. Am Chiemsee verliert sich seine Spur. Ich muss jetzt in eine Besprechung. Wenn ich dir noch weiter helfen kann, melde dich bitte. Ist ja richtig spannend. Halte mich auch sonst auf dem Laufenden. Bis dann!"

An den Chiemsee, murmelte Sabine vor sich hin, auch nicht gerade die nächstgelegene Gegend. Sie hatte ein freies Wochenende vor sich. Ihr Mann hatte eine Weiterbildung und die Kinder wollten schon lange mal wieder zu den Großeltern.

„Wie haben Sie das nur alles herausgefunden?". Rosemarie Aichers Gefühle schwankten zwischen Freude und Staunen über Sabine Harders Anruf. Wolle mit dem Berufswunsch des Pfarrers, das warf ein ganz neues Licht auf den Mann, mit dem sie seit vier Jahren zusammenlebte. Warum hatte er davon nie erzählt? Das war doch nichts Anrüchiges, auch wenn sie selbst nie eine Beziehung zu Religion und Glauben hatte. Ihr Vater war Abteilungsleiter in einer großen Strickfabrik der DDR und Mitglied in der Partei. Ab einer bestimmten Ebene ging das damals kaum anders. Die Tochter ging selbstverständlich zur Jugendweihe. Konfirmation, das war nur etwas für die paar Sonderlinge in der Klasse. Manche parteigeschulten Lehrerinnen und Lehrer machten diese Schüler gerne lächerlich, grenzten sie aus, stellten sie an den Pranger. Sie erinnerte sich an eine Situation mit Johanna, einer Pfarrerstochter. Die sollte in der vierten oder fünften Klasse erklären, warum die DDR die Erntevorgaben des Vorjahres wieder deutlich übertreffen werde. Zwei Tage später feierten die Christen das Erntedankfest. Johanna hatte ihren Eltern geholfen, den Altar der Stadtkirche mit Erntedankgaben zu schmücken. Auf die Frage der Lehrerin antwortete sie: „Weil Gott uns die reiche Ernte geschenkt hat." Das war eine Steilvorlage. Was das denn mit Gott zu tun habe, wenn die Techniker der DDR neue, noch zugkräftigere Motoren für die Mähdrescher bauten, fragte die Lehrerin mit der strengen Brille und erwartete keine Antwort auf ihre Fragen. Was das mit Gott zu tun habe, wenn sich die Arbeiterinnen und Arbeiter auf den Feldern und in den LPGs mit noch mehr Eifer in den Dienst des Staates und des Aufbaus der sozialistischen Gesellschaft stellten? So ging das eine Weile weiter, bis Johanna die Tränen kamen. Damals hatte sie, Rosemarie, Mitleid mit ihrer Klassenkameradin. Einmal, da hatte sie sie sogar besucht. Sie blieb zum Abendessen, bei bei Johannas Vater ein Tischgebet sprach. Während alle die

Hände zum Gebet falteten, wusste sie gar nicht, wohin mit den Händen und den Augen. Sie war froh, als das Essen vorbei war. Mit Religion und Glauben, nein, da hatte sie nichts zu tun. War sie überhaupt schon einmal in einer Kirche gewesen? Sie überlegte. In einem Gottesdienst auf keinen Fall. Aber richtig, jetzt fiel es ihr ein. Bei einem der wenigen Male, als sie mit Wolle gemeinsam in der Stadt war, hatten sie getrennt eingekauft und sich dann am Markt treffen wollen. Sie war früher da und sah die offene Kirchentür. Da niemand drin war und es leicht nieselte, setzte sie sich einfach hinein. Durch die Lautsprecheranlage waren dezente Mönchsgesänge aus dem Mittelalter zu hören. Sie fühlte sich wie in eine andere Welt katapultiert. Angesichts ihrer täglichen Hektik wirkte der Kirchenraum beruhigend. Sie nahm sich vor, das bei Gelegenheit zu wiederholen. Was sie denn da drin gewollt habe, hatte sie Wolle damals angeherrscht, als er sie aus der Kirche kommen sah. Jetzt berichtete sie der Klinikseelsorgerin die Begebenheit.

„Er muss ein traumatisches Erlebnis im Zusammenhang mit Kirche gehabt haben", konstatierte Sabine Harder. „Damals in München muss das passiert sein. Ich werde am Wochenende an den Chiemsee fahren und versuchen, mehr herauszufinden. Ich glaube, der Schlüssel für vieles, was uns jetzt noch geheimnisumwittert ist, liegt bei Vincent Weber."

Die Unterlagen auf Rosemaries Tisch türmten sich: Neue Versicherungsangebote für den Campingplatz, eine Gruppenanfrage für die Blockhäuser, die Anträge für Aushilfskräfte vom Arbeitsamt. Doch sie war aufgewühlt von all dem, was sie soeben erfahren hatte. Sie rief Lars in Rostock an und teilte ihm die Neuigkeiten mit. Er war ihr in der letzten Zeit näher gekommen, spürte er doch die existenzielle Verunsicherung der Mutter. Von einem Tag auf den anderen war das Leben für sie komplett verändert. Bewältigen konnte sie das kaum alleine. Da bedurfte es des Zusammenhalts in der Familie und unter Freunden.

Mit den Freunden war das für Rosemarie nicht so einfach. Omlors und Ruffings aus dem Saarland, die Beauchamps aus Lothringen, sie waren alle sehr nett zu ihr. Doch letztlich gab es eine unsichtbare Grenze, an die sie bei ihnen stieß. Sie hatten zwar viele Tipps, was sie alles tun könnte. Sie spekulierten viel darüber, wie Wolle sich entwickeln würde. Doch zuhören, das taten sie ihr eigentlich nicht richtig. Oft sprachen sie davon, wie es ihnen mit der Verwandlung Wolles erginge. Das mache sie ganz fertig und so weiter. Das war sicher alles gut gemeint. Doch wenn sie wieder in ihre Heimatorte zurückfuhren, ging das Leben für sie in geordneten Bahnen weiter und Wolle interessierte sie kaum noch.

Es dämmerte, und sie erlaubte sich einen kleinen Spaziergang. Dieselbe Strecke, die sie mit Sabine Harder gegangen war. Das hatte ihr gut getan. Damals hatte sie erstmals das Gefühl, jemand habe ihr wirklich zugehört und sie verstanden.

Als sie aus dem Wald trat, dort, wo das Tiergehege lag, sah sie das Ehepaar Steiner mit ihrem Ingo an der Wildschweinkoppel stehen. Die Ferkel waren zu Pubertierenden herangewachsen und fielen wild quiekend übereinander her. Ingo warf den Oberkörper hin und her und gab undefinierbare Geräusche von sich. Da bückte sich Frau Steiner über ihn, drückte seinen Kopf an ihre Brust und der Vater streichelte ihm übers Haar. Rosemarie traten Tränen in die Augen. Eine Geste voller Liebe, ging es ihr durch den Kopf. Ihr fiel ein Bild ein, das sie bei ihrem einzigen Kirchenbesuch gesehen hatte. Die Heilige Familie, hatte darunter gestanden. Vater, Mutter, Kind. Sie freute sich für Ingo. Er war, trotz allem Leid, geborgen. Sie atmete durch. Was war ihr Leid gegenüber dem der Steiners?

Sie begab sich wieder in Richtung Campingplatz. Erstmals stieg ein leichtes Gefühl von Wut gegen Wolle in ihr auf. Warum erkannte er sie nicht mehr? Hatte sie ihn nicht aus dem Nichts gerettet? Er war ohne Arbeit, hauste, so vermutete sie, in einer winzigen Mansarde. Warum sonst durfte sie die damals nicht sehen? Mit dem Campingplatz, mit ihr, da hatte er ein Zuhause und jemanden, auf den er sich verlassen konnte. Zu einer guten Beziehung gehörte aber auch Offenheit und Ehrlichkeit. Er hatte so vieles vor ihr geheim gehalten. Vielleicht war die Beziehung mit Wolle ein Irrtum? Der Gedanke tat ihr weh. Aber in diesen Tagen nach Worms fahren, den ganzen Aufwand betreiben, um dann doch wieder nicht erkannt zu werden, nein, das würde sie nicht tun. Wenn er wieder normal ist, kann er gerne zurückkehren, sagte sie sich. Hinterherfahren, das werde ich nicht. Sie blickte auf die Terrasse der *Seeklause*, wo ein älterer Herr mit gezwirbeltem Schnauzbart und edlem Cowboyhut eine Forelle blau aß.

XIV

Luther gingen die Augen über. Das Lutherdenkmal in Worms überwältigte ihn. Noch fünfzig Meter davon entfernt, packte er sein Akkordeon aus und stimmte *Ein feste Burg* an. Er verstaute das Instrument wieder und ging mit schlottrigen Knien dem Denkmal entgegen. Mit ehrfurchtsvollem Blick stieg er die Stufen hoch, streichelte ein Bein von Petrus Waldus, verneigte sich vor Friedrich dem Weisen. War er im Wunderland? So etwas Schönes hatte er ja überhaupt noch nicht gesehen. Diese vielen Personen, die man hier zu einem riesigen Denkmal zusammenkomponiert hatte. Melanchthon, du kluger, guter Freund. Was wäre aus mir ohne dich und deine feinen Gedanken geworden? Endlich fanden auch mal seine Vorläufer und Mitstreiter Beachtung, freute sich Luther und fragte sich, warum das Denkmal nicht Reformationsdenkmal hieß. Das war doch viel angebrachter als die Bezeichnung mit dem heillosen Namen eines stinkenden Madensacks.

Da, Jan Hus, gestorben auf dem Scheiterhaufen. Die Hussiten, welche mutigen Leute waren das! Ihm fiel der böhmische Kelch wieder ein. Hier in Worms war er nur zehn Tage gewesen, damals, in jenem wichtigen Jahr 1521. Das Mahl des Herrn war beim Verhör im Bischofspalast kein besonderes Thema. Es ging ganz allgemein um seinen Angriff gegen die verkommene Kirche, um die 95 Thesen gegen den Ablass, die wie eine Fackel die seit Langem bestehende Unzufriedenheit im Kirchenvolk entfacht hatten. Ihm fiel das Ende der Wormser Tage ein, die überstürzte Abreise, die Entführung auf die Wartburg. Der Kelch, der Kelch, das hatte doch etwas mit der Wartburg zu tun. Doch ihm fehlten die konkreten Bilder. Nebel, dieser Nebel. Immerhin ragte die mächtige Wartburg aus der Nebeldecke jetzt hervor. Ihm war klar, dass er nach Eisenach musste.

Die Reise nach Worms lohnte trotzdem. Eine Träne lief ihm die Wange herunter, als er sich von dem Denkmal entfernte. Ein letzter Blick aus der Distanz, schon wollte er in die Stadt abbiegen, da traf ihn der Schlag. Was er da sah, nahm ihm alle Freude am Denkmal. Er glaubte erst, nicht richtig zu sehen. Doch es tropfte! Erst über die Wange des Denkmalluthers, dann in Fäden auf den Talar und, welcher Frevel, sogar auf die Heilige Schrift. Unglaublich, nicht zu fassen, auf die lockigen Haare des Denkmalluthers, direkt über der Stirn, hatte sich eine Taube gesetzt. Das Hinterteil dem Betrachter zugewandt, verrichtete sie ihre Notdurft.

„Unmöglich, dass mir hier die Tauben aufs Hirn scheißen“, brach es schrill aus ihm hervor. Passanten sahen den gewaltigen Mann ängstlich an. Sein Äußeres war verkommen. Die letzte Nacht hatte er mangels Einnahmen unter einer Autobahnbrücke am Rhein verbracht. Bis dorthin hatte ihn ein LKW-Fahrer mitgenommen. Doch dann hatte er den strengen Geruch des Mitfahrers nicht mehr ertragen und ihn kurzer Hand auf der Rheinbrücke rausgeworfen. Die Fingernägel hatten dicke schwarze Ränder, Haare wuchsen büschelweise aus Ohren und Nase. Er brauchte ein Hotelzimmer. So wie er aussah und roch, war das kein einfaches Unterfangen. Erst ein vergleichsweise teures Hotel direkt in der Innenstadt gewährte ihm Herberge, nachdem er bei zwei anderen abgeblitzt war. Alles besetzt, hatten die Herren an der Rezeption gesagt, obwohl der Parkplatz des Hotels leer und das Schlüsselbord voll waren. Er legte sich in die Badewanne und stöhnte wohlige „Aahs“ und „Ooohs“ beim Einlaufen des warmen Wassers, das die Dreckkrusten hinwegschwemmte. Noch wusste er nicht, wovon er das Hotelzimmer bezahlen sollte. Was würde passieren, wenn er heute nicht genug in der Fußgängerzone einspielte? Käme er dann in Worms in Gewahrsam? Einen Landesherrn, der eine Entführung auf die Wartburg organisierte, hatte er nicht mehr.

Der Gedanke an seinen Landesfürsten bewegte ihn auch noch, als er jetzt, nur mit dem Akkordeonkoffer, ein Restaurant mit Pfälzer Spezialitäten betrat. Er hatte noch knapp zwanzig Euro. Ohne etwas zu essen, sah er sich außer Stande, die Einnahmesituation zu verbessern. Saumagen, Schlachtplatte, Sauerkraut las er. Das Wasser lief ihm im Mund zusammen. Schweinenasen, das Lieblingsgericht unseres Landesfürsten, stand handschriftlich auf einer Tafel am Tresen. Das klang noch verlockender.

„Ei gu'nn Dach“, begrüßte ihn die Chefin des Hauses, „sinn Sie ned der Herr Ludder? Ich han doch heit was in de Zeidung geläse. Do war doch aach e Fodo von Ihne drin. Is uns eine Ehre, Sie zu bewerdde. Geht alles uff Koschde des Hauses. Kann mei Mann mol e Fodo von uns zwee mache?“

Ehe er sich's versah, hatte der Wirt mit seiner Schürze den Tresen, hinter dem er friedlich seine Biere gezapft hatte, verlassen und trat mit einer Kamera auf sie zu. Die Wirtin drückte ihren Kopf an seine Wange und strahlte ins Objektiv. Die duftet aber gut, sagte sich Luther und bestellte Schweinsnasen, die große Portion, dazu ein Viertel trockenen Weißburgunder aus dem Wonnegau, eine Spätlese des Jahrgangs 2004 aus der Lage Dalsheimer Sauloch.

„Des glaab ich gern, dass Sie die Schweinsnase wolle. Er gleicht ja aach a wenich unserem Landesvadder, der

Herr Ludder do.“ Sie lachte hell auf wie eine Pubertierende.

Er überhörte die Bemerkung, die ihm nichts sagte, und ließ sich die Schweinsnasen mit Rheinhessenwein munden. Zum Nachtisch aß er noch eine Portion Saumagen, so leer war sein eigener Magen.

Gestärkt ging er in die Innenstadt. Nichts mehr erkannte er auf den ersten Blick. Wo war der Bischofspalast, der Ort, an dem ihn damals der Kaiser und seine Leute inquisitorisch verhört hatten? Nach langem Suchen fand er in einer Grünanlage nur eine Gedenkplatte: *Hier stand vor Kaiser und Reich Martin Luther 1521.* Immerhin, besser als die Augsburger, brummte er. Das Denkmal, die Platte, nur mit den Tauben auf seinem Haupt müssten sie sich was einfallen lassen, die Wormser.

Nicht bemerkt hatte er, wie sich bei seinem Gang durch die Stadt ein Menschenschwarm gebildet hatte. Die regionalen Zeitungen hatten aus Augsburg Hinweise bekommen und entsprechend über die erneute Ankunft des Reformators fast 500 Jahre nach seinem denkwürdigen Aufenthalt berichtet. Ein freundlicher Herr zeigte ihm die Stelle, wo die höchsten Einnahmen mit Straßenmusik zu erwarten seien, nämlich am Winzerbrunnen, wo sich die Fußgängerstraßen kreuzen. Er warf als Erster einen Fünf-Euro-Schein in den Kasten. Luther intonierte Choräle, aber auch die neu gewonnenen Stücke wie *Hevenu schalom alejchem* und *Go down, Moses.* Sein Spiel war peppiger geworden, auch scheute er sich nicht, Lieder, die er im Radio gehört hatte, zu improvisieren und sie mit den alten Chorälen zu kombinieren. *Satellite* war so ein Ohrwurm. Susi in Coburg hatte ihm erklärt, die Sängerin habe damit einen großen Wettbewerb gewonnen und das Lied handle von der Liebe. Man kreise dann umeinander wie die Satelliten um die Erde. Er hatte gestutzt: Satelliten, die um die Erde kreisen? Ja, hatte ihm Susi bestätigt, die Erde ist keine Scheibe und flach, sondern eine Kugel, die um die Sonne kreist. „Hatte also der alte Kopernikus aus Frauenburg, dem hintersten Winkel der Erde, doch Recht? Dann nehme ich den ‚Narren' von damals zurück, als den ich ihn bezeichnet habe", räumte Luther ein.

Vor dem benachbarten Drogeriemarkt hatte eine attraktive Verkäuferin in roter Bluse mit großem Dekolleté einen Stand aufgebaut. Das war wohl mit ein Grund, warum besonders viele Männer stehen blieben und dem Akkordeonspiel zuhörten. Unauffällig konnten sie den Blick über den Akkordeonspieler in Richtung der roten Bluse werfen. Gerade hatte er eine halbe Stunde gespielt, traute er seinen Augen nicht: Nur einen Meter neben ihm nahm ein Bettler im Schneidersitz auf dem harten Pflaster Platz und legte seinen Hut vor sich hin. Das wäre ja noch schöner, ich mach die Musik und der kassiert ab, fürs Nichtstun, schoss es Luther durch den Kopf. Nach einem bösen Blick und einem mahnenden Wort trollte sich der Bettler und setzte sich ein paar Meter weiter weg auf die Straße. Kaum war diese Gefahr gebannt, tauchte ein anderer Akkordeonspieler auf. Der musterte ihn mit dem gleichen Blick, mit dem er den Bettler soeben zurechtgewiesen hatte. Offenbar gab es hier Revieransprüche. Er tat so, als gäbe es den anderen Akkordeonspieler nicht und stimmte ein Lied an, von dem ihm Susi Noten gegeben hatte: *It never rains in California*. Dass es niemals regnet in California, war der Inhalt, laut Susi. California kannte er nicht, aber egal. Hauptsache, sein Repertoire wuchs.

„Hör Er auf mit dieser schrecklichen, fürchterlichen Musik. Sofort! Hör Er auf! Hör Er auf! Hör Er auf! Ich werde wahnsinnig. WAAAAAAhnsinnig! Versteht Er mich? WAAAAAhnsinnig!"

Der modisch gekleidete Mann mit Designerbrille hatte ihn am Kragen gepackt, gerade als er das California-Lied angestimmt hatte. Immer wieder rief der Mann „WAAAAAAhnsinnig" und fing sich gar nicht mehr.

„Ich bin aber doch Martin Luther", warf er ein.

„Was? Wer? Martin Luther? Wenn du der Martin Luther bist, dann bin ich der Kaiser von China! Von China, versteht Er? Von CHIIIIIIIINA!"

„Ich spiel doch für einen guten Zweck“, versuchte er ihn erneut zu beruhigen, „für die Versöhnung von Katholiken und Evangelischen.“

„Was? Wie? Wer hat das erlaubt hier? Wie lang soll das Geleiere hier noch gehen?“

„Nur noch zwei, drei Stunden!“, gab Luther zurück. Er glaubte, der Brillenmann sei jetzt beruhigt. Das Gegenteil war der Fall:

„Zwei, drei Stunden, nein, nein, nein, ich dreh durch.“ Der Mann hatte ihn wieder am Kragen gepackt und schrie ihm jetzt direkt ins Gesicht. „Ich habe hier oben über der Straße mein Büro. Ich bin Architekt und Designer. Ich muss kreativ sein. Versteht Er das? Kreativ! Kre-a-tiiiiiiiv! Nein, das versteht Er nicht. Das kennt Er nicht. Der Herr aus California! Ich muss Ideen entwickeln! Wie soll das bitteschön gehen, wenn ich mir den ganzen Tag dieses Gedudele und Geleiere anhören muss? Wer hat diesen Schrott hier genehmigt? Ich ruf sofort das Ordnungsamt! Ich halt das hier nicht mehr aus. Gestern dieser Akkordeonspieler, der hundertmal den Ungarischen Tanz von dem Brahms gespielt hat. So katastrophal schlecht noch dazu. Unerträglich! Heute dieser unsägliche California-Scheiß. Ich dreh durch, ich werde wahnsinnig. Das gehört verboten. Ich ruf die Polizei, die Feuerwehr, den Arbeiter-Samariter-Bund, die mit den gelben Schuhen und die mit den blauen und …“ Der Architekt hatte sich wieder in einen Wutausbruch gesteigert, der plötzlich abbrach und in einen ruhigen Ton überging: „Warum spielt Er hier?“

„Für die Versöhnung von Katholiken und Evangelischen“, stieß Luther hervor. Auf sein Gesicht waren ganz viele kleine Spucktropfen des Designers niedergegangen. Der ließ jetzt seinen Kragen los.

„Wieso das denn? In Nordirland oder wo soll das Geld hin?“

„Ja, dort und in California und überall, wo es Streit zwischen Katholiken und Evangelischen gibt“, sprang Luther sogleich auf den Zug auf.

„In California gibt es Streit zwischen Katholiken und Evangelischen?“, hakte der Architekt verunsichert nach. Luther nickte selbstbewusst. „Fast schon Krieg herrscht dort!“ Er beugte sich vertraulich dem Architekten entgegen und flüsterte ihm ins Ohr: „Und das, obwohl es niemals regnet in California.“ Der Architekt betrachtete ihn jetzt neugierig. Luther fuhr fort: „Ja, immer nur Sonne und trotzdem führen die Krieg gegeneinander, die Katholiken und die Evangelischen. In California. Da muss man doch was tun, oder?“

Der Architekt stierte auf den Boden und schwieg. Dann sagte er ganz verzagt: „Ja, so habe ich das noch gar nicht betrachtet. Sie spielen also hier, um Frieden zu stiften?“

„Ganz genau“, stimmte Luther zu, „genau wie es die Bergpredigt formuliert. Selig sind, die Frieden stiften.“

„Ach so“, kam es jetzt tonlos, „na dann spielen Sie doch noch mal das Lied. Ich mache halt mein Fenster zu. Ich wusste ja nicht, dass das für einen guten Zweck in California ist.“

„Und auf der ganzen Welt!“, ergänzte Luther.

Worms ist einfach meine Stadt, dachte er sich nach gewonnener Schlacht. Hier wirke ich am überzeugendsten. Dass er mit California ein bisschen fantasiert und geflunkert hatte, nahm er, um der höheren Sache willen, die er verfolgte, billigend in Kauf. Wer weiß, vielleicht stritten die Katholiken ja wirklich mit den Evangelischen in diesem California. Wenn er den böhmischen Kelch wiederfände, dann würde auch dieser Streit ein Ende haben. Also war das doch gar nicht so falsch.

Im Akkordeonkoffer klingelte es an diesem Tag ständig. Durch die Presseberichterstattung kamen Menschen aus dem ganzen Wonnegau, um ihn zu sehen und zu hören. Nach drei Stunden hatte er mehr als 100 Euro im Koffer. Sogar der Bettler hatte aus seinem fast leeren Hut zwei Zwanzig-Cent-Münzen genommen und in den Akkordeonkoffer geworfen. Luther registrierte das beschämt. Ich fordere selbst, schalt er sich, man solle möglichst alles zum Guten kehren. Diesem Bettler aber habe ich unterstellt, er wolle mich ausnutzen. Ich muss die Menschen mit mehr Vorsicht beurteilen.

Er stopfte sich die Münzen und Scheine in die Hosentasche und brach in Richtung Bahnhof auf, um sich nach einem Zug am nächsten Tag zu erkundigen. Waren da nicht Schritte die ganze Zeit hinter ihm zu hören? Schlich da jemand hinter ihm her? Ein leichter Tumult entstand. Zwei Polizisten nahmen einen Mann fest, der sich ständig die Brille auf die Nasenwurzel drückte.

„Wir bringen Sie jetzt aufs Präsidium. Sie sind angezeigt worden wegen Stalkings. Sie haben den ganzen Tag und schon die Tage zuvor mit Ihrem Fernglas und Fotoapparat die Fußgängerzone beobachtet, konkret eine Frau mit roter Bluse. Nach Feierabend haben Sie ihr nachgestellt. Und sie am Telefon belästigt. Es gibt Zeugen."

„Halt, Moment", wimmerte hilflos der Aufgegriffene, „ich wollte doch nur diesem Herrn Luther einen Geldbetrag aushändigen. Ich bin der Generalsekretär des RLKSMSWD, Ulrich Kohlhoff."

„Wenn Sie der Generalsekretär des RLKSMSWD sind, bin ich Winnetou und Chingachgook in einem. Das können Sie ja unserem Chef mal erklären. Ab ins Präsidium!"

Die beiden Polizisten führten Ulrich Kohlhoff ab, der heftig mit den Armen rückwärts ruderte und sich dem Zugriff zu erwehren versuchte. Er war auf eigene Faust nach Worms gereist, um die peinliche Korrespondenz mit den örtlichen Kirchenvertretern zu vermeiden. Die hätten ihn doch nicht ernstgenommen, wenn er in seiner Position geschrieben hätte, Martin Luther käme nach Worms. Wenigstens gelang es ihm, im Weggehen noch eine große Plastiktasche zu dem Mann mit dem grauen Bart zu werfen. Ihn hatte er die ganze Zeit mit Fernglas und Fotoapparat beobachtet. Die rote Bluse war ihm nur manchmal unbeabsichtigt ins Objektiv geraten.

Im Polizeipräsidium schwitzte er vor Angst, weil man ihm Stalking vorwarf. Nein, die rote Bluse habe ihn im

Prinzip gar nicht interessiert, sagte er mit flehendem Blick zum Polizeibeamten. Wenig später führten die Beamten einen weiteren Mann zu ihrem Vorgesetzten. Auch er hatte eine Kamera dabei und hatte stundenlang das Geschehen um den Winzerbrunnen fotografiert. Die Auswertung der Fotos würde ergeben, wer der wahre Stalker sei. Der Generalsekretär des RLKSMSWD atmete tief durch. Auf seinen Fotos war die rote Bluse allenfalls im Hintergrund zu erkennen. Wenn sie ihn hier wegen Stalking festhielten und wenn das alles hier aufflöge, dann wäre er es die längste Zeit gewesen: der Generalsekretär des RLKSMSWD. Denn offiziell hatte er schwere Bronchitis und lag im Bett. Wozu hatte er in aller Frühe so heftig auf den Anrufbeantworter im Sekretariat gehustet? Viele andere Fragen würden auf ihn einprasseln, wenn der Trip nach Worms aufflog. Ein Stalker, wäre der in dieser Funktion tragbar? Ob er als Generalsekretär des RLKSMSWD den Luther wohl für echt hielt, wenn er ihm gar nachreiste? Ob er seit seinem Dienstantritt so manche Abläufe des RLKSMSWD kritisiert hatte, weil er sich eher einen solchen Scharlatan als leitenden Bischof wünschte? Die Antworten konnten angesichts aller Vorbehalte, die er ohnehin gegen seine Person verspürte, nicht zu seinem Vorteil ausfallen.

Luther setzte sich auf eine Bank am Rhein und zählte zufrieden das Geld, das in der Plastiktasche enthalten war. Es waren 34 Euro und 22 Cent. Noch mehr freute ihn der eigentliche Inhalt der Tasche: Ein kaum gebrauchter, frisch gereinigter und gebügelter Original-Lutherrock. *Zur gefälligen Verwendung*, stand auf einem Zettel, der mit einer Stecknadel am Kragen fixiert war. Dazu ein Ausdruck, auf dem die Geschichte des Lutherrocks beschrieben war. Im 19. Jahrhundert trugen ihn die evangelischen Pfarrer außerhalb der Gottesdienste. Er streifte ihn sich über. Der Rock war ein wenig eng und schnürte seinen Leib ein. In einer Bierflasche sah er sein Spiegelbild. Ho ho, sieht edel aus, wischte er die anfängliche Assoziation an eine Blutwurst im Pfälzer Spezialitätenrestaurant beiseite. Ich komme nicht mehr so vergammelt daher wie die letzten Tage, freute er sich. Einen Absender für den Lutherrock gab es nicht. Doch ihm war klar, der Lutherrock war von diesem Herrn, der behauptet hatte, Generalsekretär von irgendeinem komischen Verein zu sein.

XV

Freitagmittag, dichter Verkehr auf der Autobahn. Sabine Harder hatte Swantje und Simon zu den Großeltern gebracht und war dann mit ihrem schwarzen Golf Richtung Chiemsee aufgebrochen. Am späten Nachmittag erreichte sie München. Sie gab eine Straße an der U-Bahn-Station Holzapfelkreuth in das Navigationsgerät ein. In einer Bäckerei fragte sie die Verkäuferin nach einer Familie namens Bierbichler. Die rotbackige Frau erinnerte sich nur vage an eine ältere Frau, die vor Jahren Stammkundin war. Von heute auf morgen sei sie nicht mehr gekommen. Gewohnt habe sie wohl ganz in der Nähe, sie sei immer nur mühselig mit Gehhilfe gekommen. Mit dem Namen Wolfgang Trödler konnte die Verkäuferin nichts anfangen, auch nicht als sie ihr ein Foto in ihrer Digitalkamera zeigte. Das Foto hatte sie heimlich geschossen, als Trödler im Psalmgarten wieder einmal Akkordeon spielte. Sabine Harder klapperte die umliegenden Häuser ab, fand aber nirgends den Namen Bierbichler.

Kein verheißungsvoller Beginn meiner Recherchetour, sagte sie sich und fuhr auf dem Mittleren Ring weiter zur Autobahn nach Salzburg. In Übersee am Chiemsee hatte sie online ein Zimmer für zwei Nächte auf einem Bauernhof gebucht. Die drahtige Bäuerin mit ausgemergelten Gesichtszügen zeigte ihr das Nachtquartier. Der Name Vincent Weber sagte ihr nichts.

Am nächsten Morgen brach sie nach dem Frühstück nach Gstadt auf. Von dort nahm sie ein Schiff zur Fraueninsel. Nach wenigen Minuten war das Ziel erreicht und sie schlenderte Richtung Kirche. Am Weg waren mehrere Geschäfte und Galerien, die von kunsthandwerklicher Tradition auf der Insel zeugten. Auch Töpferläden waren dabei. Sie betrat einen Laden und fragte nach Vincent Weber.

„Ja, den kenne ich, der hatte hier auch mal ein Geschäft", beschied ihr eine schwarzlockige Dirndlträgerin, „der hat aber vor ein paar Jahren den Laden aufgegeben. Nebenbei hat der Naturheilkunde und alternative Heilmethoden angeboten. Ich glaube, der hat sich hier irgendwo selbstständig gemacht. Wo genau, weiß ich leider nicht."

Die Seelsorgerin freute sich, die direkte Spur zu Trödlers Studienfreund gefunden zu haben. Zugleich war sie ratlos, wie sie jetzt weiter vorgehen sollte. Sie setzte sich auf die Freiterrasse eines Cafés mit Blick über den spiegelnden See und gab den Namen Vincent Weber und das Stichwort Naturheilkunde in eine Suchmaschine ihres Smartphones ein. Fehlanzeige. Sie versuchte es mit Homöopathie, mit Alternatives Heilen, dazu der Name Vincent Weber. Alles erfolglos. Dann gab sie nur Weber ein und die entsprechenden Schlagworte. Hunderte von Einträgen erschienen. Sie ging das Verzeichnis des Verbandes Bayerischer Alternativheiler durch. Zwei Webers am Chiemsee tauchten auf, einer in Prien und einer in Grabenstätt. Die eine Praxis leitete ein Peter Weber, bei der anderen stand nur der Nachname. Was, wenn sich Vincent Weber vielleicht doch woanders niedergelassen hatte? Die Erinnerungen der Dirndlfrau waren ja nur sehr unpräzise. Aber sie hatte keine Chance, wenn sie nicht die beiden Adressen ausprobierte.

Die Praxis in Prien, die nur den Namen Weber trug, war, wie zu erwarten, am Wochenende geschlossen. Sie klingelte trotzdem und zu ihrer Überraschung öffnete sich die Tür. Missmutig schaute sie eine ältere Frau mit Kopftuch und einem Staubsauger in der Hand an. Sie fragte nach Herrn oder Frau Weber.

„Beide Herrschaften nicht da. Keine Öffnungszeit", sprach die Frau mit osteuropäischem Akzent, offenbar die Putzfrau.

„Können Sie mir die Vornamen der beiden bitte sagen?“, hakte Sabine Harder vorsichtig nach.

„Nicht wissen. Bin neu hier. Muss jetzt arbeiten.“ Damit fiel die Tür ins Schloss. Im Nachbargarten schnitt ein älterer Herr mit kurzen Karohosen und freundlichem Gesicht Rosen. Sie ging zum Zaun und rief ihm zu, ob er ihr etwas über seine Nachbarn sagen könne.

„Ja, die Familie Weber hat hier seit Jahrzehnten eine homöopathische Praxis“, hob er fröhlich an, „schon in der zweiten Generation. Die Eltern haben die Praxis an die beiden Söhne übergeben. Ein bisschen machen sie aber selbst auch noch mit. Weil alle Weber heißen, haben Sie auf die Vornamen verzichtet. Und Werbung, junge Frau, Werbung brauchen die nicht. Die haben viele Stammkunden aus Norddeutschland. Die sind alle gut bei Kasse.“ Er rieb Daumen und Zeigefinger aneinander.

„Heißt einer von den Weber-Männern mit Vornamen vielleicht Vincent?“

„Vincent? Nein, so heißen die nicht. Der eine ist der Herbert, der andere der Michi. Der Vater ist der Franz.“

Der Mann war redselig. Er setzte an, von Michi zu erzählen, wie er ihm als Jugendlichen das Segeln beigebracht hatte.

Sie bog das Gespräch ab, dankte und machte sich auf den Weg nach Grabenstätt, ihre letzte Hoffnung. Allerdings hieß der Heilpraktiker dort Peter. War das nicht von vorneherein eine sinnlose Fahrt? Angesichts fehlender Alternativen hielt sie an ihrem Ziel fest. Schon vor dem Ort lenkte ihr Navigationsgerät sie auf eine schmale Straße, die durch die Felder führte. Vor einem ehemaligen Bauernhof verkündete die Stimme die Ankunft am Ziel auf der rechten Seite. Das Gehöft wirkte verwahrlost. Ein durchgerosteter Audi 100 stand schräg im hochgewachsenen Gras. Aus den Blumenkörben vor dem Balkon wucherte Unkraut, dem Scheunentor neben dem Wohnhaus waren einige Latten abgebrochen und der große Holztisch seitlich neben dem Hauseingang zeigte deutliche Verwitterungsspuren. Wer hier ankam, fühlte sich nicht eingeladen. Wie eine alternativmedizinische Praxis so funktionieren sollte, war ihr ein Rätsel. Ein schlichtes Schild, eng bedruckt, verkündete, was hier zu erwarten war: *Alternative Heilmethoden. Beratung zu Reiki, Prana, Schamanismus und Hypnose. Peter Weber. Sprechstunden nach Vereinbarung.*

Sabine Harder suchte die Klingel und fand nur einen Metallgriff zum Anklopfen. Sie nahm den Griff in die Hand, hielt aber vor dem ersten Klopfen inne. Die Tür war nur angelehnt und Stimmen waren zu hören. Streitende Stimmen. Eine Frau, die auf einen Mann einredete. Die Worte waren nicht zu verstehen. Der Streit fand in einem Zimmer im ersten Stock oder hinter dem Haus statt. Vorsichtig betrat sie das Haus. Rechts vom Eingang war eine Toilette, dahinter der Treppenaufgang, dann die Garderobe, von der die anderen Räume abzweigten. Sie näherte sich dem ersten Raum. Durch den Spalt erkannte sie die Küche. Spüle und Tisch waren voll verschmutzten Geschirrs. Essensreste auf blau-weißen Tellern und leere Bier- und Weinflaschen türmten sich zu Bergen auf. Ihr Blick wanderte an der Wand entlang, über das Gewürzregal, zum verglasten Küchenschrank. Ein abgestandener Geruch nach Alkohol und Zigaretten waberte ihr entgegen. Hier hatte ein größeres Gelage stattgefunden. Sie streckte den Kopf in Richtung Treppenaufgang. Einige Worte meinte sie zu verstehen: „... nicht fähig, sich auf andere einzulassen ... du musst in Behandlung ... ich halte das so nicht mehr aus ...“, ereiferte sich die weibliche Stimme. Der Mann reagierte kleinlaut. Er war der Frau deutlich unterlegen. Mit einem Mal schlug oben die Tür auf und eine Frau mit mittellangen roten, zu einem schlichten Zopf gebundenen Haaren stürmte mit verweinten Augen die Treppe herunter. Sabine Harder konnte ihr nicht mehr ausweichen. Für einen Augenblick sahen sie sich in die Augen, dann rannte die Weinende ins Freie. Der Audi 100 stotterte, sprang schließlich an und fuhr mit aufheulendem Motor davon.

Im Haus kehrte Stille ein, gespenstische Stille. Sie ging auf Zehenspitzen zum Eingang zurück. Gerade wollte sie die Tür hinter sich zuschieben, da spürte sie eine Hand auf ihrer Schulter, die leicht zupackte.

„Wen haben wir denn da?", sprach sanft und trotzdem etwas bedrohlich die männliche Stimme. Sie drehte sich blitzschnell um. Hinter ihr stand ein barfüßiger Mann mit langen dunklen Haaren und angegrauten Schläfen. Wie eine Katze musste er die Treppe heruntergeschlichen sein.

„Ähm, ich wollte zu dem Herrn Weber wegen alternativer Heilmethoden."

„So, so, am Samstagmittag. Haben wir einen Termin?"

„Ähm, nein, ich dachte, ich hole mir heute einen Termin."

Sie stotterte nicht nur, ihr Gesicht war fleckig vor Aufregung. Der Dunkelhaarige musterte sie von oben bis unten und lachte auf eine Weise, die Misstrauen signalisierte.

„Jetzt wollen wir mal ehrlich sein, junge Frau. Ich betrete doch nicht fremde Häuser, höre einem Streit zu, schleiche dann auf Zehenspitzen weg und sage dann, ich wolle etwas über alternative Heilmethoden erfahren."

Ist jetzt auch egal, sagte sie sich, ich habe ja nichts zu verlieren. Sie sah dem Mann in die dunklen Augen, fasste sich ein Herz, stellte sich als Pfarrerin vor und erklärte ihm den wahren Grund ihres Kommens. Als sie den Namen Vincent Weber erwähnte, glaubte sie, ein kurzes Zucken im Gesicht des Gegenübers zu erkennen. Oder bildete sie sich das nur ein? Bewusst hatte sie den Namen Wolfgang Trödler lange Zeit zurückgehalten und brachte ihn jetzt als letzten Trumpf: „Ja, und ich möchte nicht nur wissen, warum dieser Vincent Weber sein Theologiestudium abgebrochen hat, sondern auch, warum ein Wolfgang Trödler es nicht begonnen hat."

Sie legte eine Pause ein und blickte erwartungsvoll den Mann an, der sich eine Zigarette anzündete. Sie standen noch im Hauseingang. Draußen begann es leicht zu regnen.

„Hören Sie, Frau ähm, egal, ich weiß nicht, was Sie mir hier alles erzählen, was das mit mir zu tun haben soll.

Sie suchen einen Vincent Weber. Ich heiße Peter Weber. Ich bin kein Priester oder was Sie mir sonst noch andichten. Ich sag jetzt mal, es war schön, Sie kennenzulernen, aber gebracht hat das uns beiden nichts. Und jetzt gehen Sie Ihren Dingen nach und ich meinen, okay?"

Bei diesen Worten schob er sie zur Tür hinaus und zog sie hinter ihr zu. Sie stand unschlüssig herum. Wenn sie jetzt fuhr, war die ganze Chiemseereise ein Schuss in den Ofen. Der Mann hatte Recht: Er war nicht der Gesuchte und warum sollte sie ihn mit allen diesen Geschichten von Vincent Weber und Wolfgang Trödler belästigen? Sie ging zum Auto und stieg ein. Durch die Scheibe sah sie, wie sich ganz leicht der Vorhang am Zimmer hinter dem Balkon bewegte. Sie war sich sicher, er beobachtete sie. Doch wozu? Sie musste auf ihn merkwürdig wirken. Kein Wunder, wenn er sehen wollte, ob sie auch wirklich wegfuhr. Aber irgendetwas in dem Haus stimmte nicht. Der Streit mit der Frau, so etwas passierte fast überall. Gerade auch an Samstagnachmittagen, wenn mal der geschäftliche Alltag ruhte und der Raum war, private Probleme anzusprechen. Auch nach Festen mit Alkoholkonsum und entsprechend offenen Worten und Verhaltensweisen, die nüchtern meist unterdrückt wurden, war der Streit zwischen Partnern vorprogrammiert. Alles das war hier scheinbar zusammengetroffen. Was aber hatte das mit Vincent Weber zu tun? Sicher war nur: Er war nicht mehr Töpfer auf Frauenchiemsee und hatte sich angeblich als Heilpraktiker im Chiemgau niedergelassen. Nein, sie hatte sich da wohl in eine fixe Idee verrannt. Sie konnte Rosemarie Aicher nicht helfen. Auch das Geheimnis um Wolfgang Trödlers Luther-Identität würde wohl ein solches bleiben. Durch die von ihr angestoßenen Recherchen hatte sie immerhin von seinen theologischen Ambitionen erfahren, die allerdings gescheitert waren. Mit ihnen ließe sich aber das Luther-Wissen Trödlers erklären, auch wenn es noch einer neurologischen Diagnose bedurfte, warum dieses Wissen nach dem Unfall und auf diese kuriose Weise hervorbrach. Sie schaute sich das Bild mit Trödler im blauen Bademantel am Akkordeon im Psalmgarten an. Nein, das war's. Sie ließ den Motor an und bog vom Hof in die Verbindungsstraße zum nächsten Ort ein. Warum nur konnte sie nicht Vollgas geben und einen Schlussstrich ziehen? Irgendetwas hielt sie fest. Nur was? Sie bog in den nächsten Feldweg ein, der auf einer Anhöhe lag. Ihr Auto und sie waren jetzt hinter einem kleinen Waldstück verborgen. Das Gehöft konnte sie allerdings einsehen. Peter Weber trat jetzt vor das Haus, streckte die Arme und ging in den Stall. Nach einer Weile kam er mit einem Haflinger zurück, setzte sich in den Sattel und ritt in den Wald. „Das Haus ist leer", sprach sie jetzt mit vor Aufregung zitternder Stimme zu sich selbst. „Da war etwas. Nur für einen Bruchteil habe ich es gesehen. Habe ich mich getäuscht? Ich muss das noch mal sehen." Sie ließ das Auto stehen und rannte den Hang abwärts auf den Hof zu. Alles lag still. Die Eingangstür, dieses Mal war sie zugeschlagen. Sie ging um das Haus. Einige Hühner schreckten von ihrem plötzlichen Erscheinen auf, und sie mit ihnen. Durch ein Fenster sah sie in einen Raum mit einigen Stühlen, einem Schreibtisch, Bücherregalen. Neben dem Computer ein gerahmtes Foto, das die Frau zeigte, die ihr vorhin begegnet war. Der Beratungsraum des Heilpraktikers Weber. Sie ging zwei Fenster weiter. Die Küche, der Glasschrank. Da stand er. Ja, da! Sie musste ihn sich genauer ansehen. Das Fenster war wie die Tür vorhin nur angelehnt. Mit letzter Kraft stemmte sie sich den Fenstersims hoch und rollte sich kopfüber durch das geöffnete Fenster auf den Küchenboden. Ein stechender Schmerz schoss ihr ins Steißbein. Sie war auf einer Sektflasche aufgeschlagen. Mit pochendem Herzen näherte sie sich dem verglasten Küchenschrank, öffnete ihn. Sie sah das, was sie gehindert hatte, einen Schlussstrich zu ziehen. Ein schlichter vergoldeter Kelch. Noch bevor sie ihn umdrehte, wusste sie, was darauf stand: *i. c. 1521.* Der gleiche Kelch wie in Wolfgang Trödlers wenigen Habseligkeiten! Vorsichtig stellte sie ihn in den Schrank zurück. Ihre Gedanken gingen wild durcheinander. Sie war wie in Trance. Was ging hier vor? Plötzlich sank sie wie vom Blitz getroffen zu Boden vor Schreck und schrie hell auf. Wieder hatte sie eine Hand von hinten an der Schulter gepackt. Es war nicht die Hand von Peter Weber.

XVI

Eisenach, das sollte der Ort des ersten Auftritts im Lutherrock sein. Lange hatte er überlegt, nach Eisleben zu fahren. Dort, wo er mehr zufällig geboren war. In manchen Heften und Büchern in den bisherigen Städten, die in den Kirchen oder Hotels auslagen, war zu lesen, er sei dort auch gestorben. Welcher Unsinn! Er wunderte sich, wie die ganze Menschheit dieser Geschichtsfälschung so viel Glauben schenken konnte! Man stelle sich das mal vor: Jemand sitzt morgens bei der ersten Mahlzeit, schlägt die Zeitung auf und liest unter den Todesanzeigen die eigene. Würde man dann gerne an der Trauerfeier teilnehmen? Nein, man würde die Zeitung aufsuchen und um Aufklärung bitten. In seinem Falle wäre ein Besuch bei der Stadtverwaltung und der Kirchengemeinde in Eisleben sinnvoll. Denn dort stand er ja wohl im Sterberegister! Aber für solche Sperenzchen hatte er jetzt keine Zeit. Seine Mission war der böhmische Kelch! Angeblich war er nach dem Tod in Eisleben in Wittenberg in der Schlosskirche beigesetzt worden. Den Spaß wollte er sich allerdings gönnen: Die Schlosskirche besuchen und vor dem eigenen Grab stehen! Wenn alle an seiner Existenz zweifelten, scheute er nicht vor dem äußersten Mittel zurück: Sich in der Schlosskirche einschließen zu lassen und nachts das Grab aufbrechen. Da konnte keine Leiche drin sein! Er bräuchte nur ein paar glaubwürdige Zeugen, die ihm das bestätigten!

Solche Zeugen zu finden, war kein großes Problem mehr. Bei seinem Abschied in Worms war eine große Menschenmenge zum Bahnhof gekommen. Sie wollten nachholen, was ihre Vorfahren vor 500 Jahren versäumt hatten: einen würdigen Abschied in Anwesenheit von Honoratioren und mit Verleihung der goldenen Lutherrose am Hosenbande für besonders große Verdienste um das Ansehen der Stadt. Zwar nagte in ihm der Verdacht, man nehme ihn in Worms nicht so ganz ernst. Zwei ältere Damen hatten miteinander getuschelt. Er glaubte Worte zu verstehen wie: „Aaach, unser Carnevals-Club. Immer fa e Späßle ze habbe!" Aber sicher war er sich nicht. Und wie hatte er selbst gesagt: Alles zum Guten wenden! Der Bettler hatte ihm durch sein Verhalten bewiesen, wie falsch es war, immer nur misstrauisch zu sein und schlechte Absichten zu vermuten. So dankte er der Menge in bewegten Worten und ließ durchblicken, was sein größter Wunsch war: wieder einmal nach Worms zu kommen und dann im Wormser Dom mit allen Bürgerinnen und Bürgern der Stadt, egal welcher Konfession sie waren, gemeinsam das Mahl des Herrn zu feiern. Unter großem Applaus bestieg er das Zweite-Klasse-Abteil. Zwei junge Männer, deren Zivildienstzeit zu Ende gegangen war und die noch keine konkreten Berufspläne hatten, wünschten ab jetzt mit ihm zu reisen. Als Grund nannten sie ihre Begeisterung für sein Auftreten. Sie wollten etwas erleben, spirituelle Erfahrungen sammeln. Indem sie sich zu dritt ein Schönes-Wochenende-Ticket teilten, reduzierten sie die Kosten für jeden. Tim und Thomas, so hießen die beiden bleichen Jünglinge, hievten ihm den Akkordeonkoffer ins Gepäckfach und saßen ihm stumm im Dieseltriebwagen der Nibelungenbahn nach Bensheim gegenüber.

Die Nacht über schliefen Luther, Tim und Thomas auf einem Kleinstadtbahnhof in Hessen. Mit dem ersten Regionalzug des Tages reisten sie weiter. Luther stand am Fenster und erwartete aufgeregt den ersten Anblick der Wartburg.

„Sagt mir, Brüder", wollte er die Reformationskenntnisse der beiden Jünglinge überprüfen, „als wen habe ich mich auf der Wartburg verkleidet? Als Drucker Dieter, als Junker Jörg, als Koch Karl oder als Lehrer Lothar?“ Die beiden Jungs tuschelten kurz und entschieden sich dann für den Junker Jörg. Luther lächelte zufrieden. Die Schulbildung war also gar nicht so schlecht. Nicht ohne Stolz gedachte er seiner und vor allem Melanchthons Pioniertaten im Hinblick auf das deutsche Schulwesen. In seiner übermütigen Freude fragte er sie gleich noch den Kleinen Katechismus ab. Die Ernüchterung folgte auf dem Fuß. Gerade mal vier Gebote bekamen die beiden zusammen, und von seinen Auslegungen wussten sie gar nichts. Dafür vermuteten sie Gebote unter den biblischen, die dort wahrlich nicht standen: Du sollst nicht kiffen, du sollst nicht schuleschwänzen, du sollst nicht rumlabern. Gar nicht so schlimm, sagte er sich, dass sie die Gebote nicht so richtig kennen. Denn wie ich schon immer fordere: Jede Generation, jede Zeit muss neue zehn Gebote schreiben, da sich die Umstände ändern. Zehn Gebote als Angebote, das Leben aus Gottes Geist sinnvoll zu gestalten, das ist der Punkt!

Endlich am Montagmorgen in Eisenach angekommen, strebten sie zum Marktplatz. Tim und Thomas trugen Luthers Akkordeonkoffer und Gepäcktasche, ein ungewohnt komfortabler Zustand für ihn. Ihm verschaffte das die Freiheit, Paaren und einzelnen Passanten die Hände zu schütteln. Sie alle schauten ihn freundlich und erwartungsvoll an. Ohne Zweifel hatten die Zeitungen Vorberichte veröffentlicht. Von dieser Vorfreude völlig unberührt war einzig der Marktmeister, der gestrenge Herr über die Wagen und Stände, die kaum die Hälfte des Marktplatzes ausfüllten.

„Stopp!“, empfing er die drei Neuankömmlinge und streckte ihnen abwehrend die Hände entgegen. „Wo ist die Genehmigung?“

Luther hatte mittlerweile Erfahrung mit Personen, die die Ordnung zu vertreten hatten. Zugbegleiterinnen, Hotelrezeptionisten, Marktmeister, sie alle standen ihm zunächst einmal feindlich gegenüber. Das lag an seinem manchmal ungepflegten Äußeren, an der gelegentlichen

Duftwolke, an seiner scheinbar übermächtigen Gestalt, immer häufiger auch an der ihn umgebenden Menschenmenge mitsamt den Pressevertretern. Mit ihm, Luther, kam auf die Ordnungshüter etwas Unordentliches, Aufsprengendes, Chaotisches, in jedem Fall Bedrohliches zu. Da galt es, die bewährten Regeln der Ordnung entgegenzuhalten, Sicherheit auszustrahlen und demonstrativ auch mal etwas zu verweigern, auch wenn es niemanden störte, wenn es geschah. Gegen dieses geballte Ordnungsdenken hatte Luther ein Mittel gefunden, das geeignet war, den Ordnungswillen zu durchbrechen und in manchen Fällen sogar gemeinsame Komplizenschaft gegen die Ordnung zu erzeugen: das Umloben!

Auch bei dem Marktmeister in Eisenach sah er in diesem Mittel den einzigen Weg, auch ohne städtische Genehmigung die Kasse mittels Akkordeonspiel aufzubessern.

„Unglaublich", eröffnete er seine Gegenrede zur Genehmigungsfrage und sah den Marktmeister gar nicht an. Stattdessen wies er, zu Tim und Thomas und der Menschentraube hinter ihm gewandt, auf einzelne Stände, manchmal auch himmelwärts.

„Unglaublich", wiederholte er, „ich habe ja schon viele Marktplätze im Heiligen Römischen Reich Deutscher Nation gesehen. Aber so etwas wie hier in Eisenach gibt es nicht noch einmal unter Gottes weitem Himmel! Diese sorgfältige Anordnung der Stellflächen für die Händler, dieses ausgewogene Sortiment, dieses durch kluge Verordnungen hergestellte Gleichmaß von Geschäftigkeit und Besinnlichkeit. Einfach unglaublich, unfassbar, unschilderbar. Da ist das Reich Gottes auf Erden erahnbar. Der Bauersmann, der sein hart erarbeitetes Brot dem Stadtbürger zum Kaufe anbietet. Die Kräuterfrau, die ihre geheimsten Rezepte zu Markte trägt. Speisung, Salbung, Labung, alles, was den Menschen aufbauet, hier wird's Ereignis. Wie soll man die organisierende Gruppe eines solchen Marktes nennen? Fähig? Pah, welche Untertreibung! Als Mann des Wortes muss ich gestehen:

Hier fehlen sie mir, die Worte." Sein Blick wanderte von den Ständen wieder zum Himmel, dann wandte er sich dem Marktmeister zu: „Entschuldigung, könnten Sie mir allergütigst dazu verhelfen, nur einmal einen derer kennenzulernen, der zur Gruppe der diesen Markt Organisierenden gehört?" Der Marktmeister streckte den Kopf leicht nach oben. Ein wohliger Schauer lief ihm über den Rücken, wie das Beben der Schultern verriet. Lob war ihm eine unbekannte Größe. Wenn es gut lief auf dem Markt, sprach keiner darüber oder das Lob sahnte der Ordnungsdezernent als Vorgesetzter ab. Wenn etwas schiefging, bekam er die Hiebe ab.

„Eine Gruppe gibt es hier in Eisenach nicht, die den Markt organisiert. Das macht allein der Marktmeister", erklärte er mit roten Ohrspitzen.

„Nein, nicht zu glauben, ein einzelner Mensch organisiert all dieses wunderbare Markttreiben hier? Ein einziger nur? Oh, oh, oh, oh, oh", staunte Luther und schob etwas leiser und vertraulich nach: „Vermag Er mir eine Gelegenheit zu verschaffen, jenen Marktmeister einmal persönlich kennenzulernen?"

Sein Gegenüber schluckte schwer vor Stolz und brachte es nur mit Mühe über die Lippen, so berührt war er: „Derselbige steht vor Ihnen!"

Nun kannte Luther keine Grenzen mehr. Er stammelte ein ständiges „Nein, nein, nein", rührte den Marktmeister vorsichtig am Arm an, als prüfe er seine Leibhaftigkeit und gestand schließlich: „Dann will ich auch gar nicht mit meinem mehr als bescheidenen Spiel hier auf dem Markte zu Eisenach beginnen. Sonst bekommt der Herr Marktmeister noch Kritik ab, obwohl Er den schönsten aller Märkte hier in einem unglaublichen Aufwande …"

„Kommen Sie mal bitte mit", unterbrach ihn der Marktmeister und nahm ihn zur Seite.

„Also, Sie haben offensichtlich keine Genehmigung zum Musizieren hier auf dem Marktplatz. Aber manchmal", dabei schloss der Ordnungshüter die Hand im Halbkreis um den Mund, um höchste Vertraulichkeit zu signalisieren, „manchmal muss man trotz der sinnvollen Ordnungen ein Auge zudrücken. Dazu bin ich heute bereit. Wir machen das so. Sie sehen hier die Bänke vor der Georgenkirche?"

Zur Absicherung des Erfolgs schob Luther einen Einwand nach, nun ebenfalls mit schützender Hand am Mund: „Nein, das kann ich nicht annehmen, die Umstände, die ich bereite..."

„Doch, doch, wir machen das so!"

Luther nickte endlich zustimmend.

„Sie setzen sich jetzt auf eine dieser Bänke und spielen. Ich entferne mich und gehe in mein Büro und notiere dort: Kontrollgang eins beendet. Keine besonderen Vorkommnisse." In exakt zwei Stunden mache ich meinen nächsten Kontrollgang. Dann haben Sie zufällig gerade Pause und ich notiere das Gleiche wie beim ersten Kontrollgang. Einverstanden?"

Luther war überwältigt von der plötzlichen Freundlichkeit des Marktmeisters, mehr noch aber von der Kraft des Umlobens. Er schüttelte dem Marktmeister dankbar die Hand, ja er drückte ihn sogar kurz an sich. Der Ordnungswächter entfernte sich und ward den ganzen Tag nicht mehr gesehen.

Beschwingt von diesem Erfolgserlebnis stimmte er nicht nur die ersten Lieder an. Er ertrug auch problemlos den Tobsuchtsanfall eines spitzbärtigen Kantors aus der Lüneburger Heide. Der hatte sich unaufgefordert den Zuhörern vorgestellt und ihm vorgehalten, die ganze schöne alte Kirchenmusik mit seinem Akkordeon zu verhunzen. Ihn überhörend, schlug Luther das Gesangbuch auf, das ihm Sabine Harder geschenkt hatte, und lud zum Lesen des 118. Psalms ein.

„Die Nummer 785 im Gesangbuch", rief er den Menschen zu. Tim und Thomas hatten einen Stapel Gesangbücher aus der benachbarten Georgenkirche ausgeliehen.

„Wir wollen das nach alter Weise im Wechsel lesen. Sie hier auf der rechten Seite beginnen, die Antwort dann bitte von Ihnen auf der linken Seite", teilte Luther ein.

Die gut zwei Dutzend Passanten hatten den Psalm aufgeschlagen, der die Dankbarkeit für einen schönen Tag an Gott verströmt.

„Halleluja! Die Liebe Gottes ist ausgegossen in unsre Herzen durch den Heiligen Geist. Halleluja. Halleluja!“, begann Luther mit seiner Gruppe. Er nickte der anderen Seite zu, die etwas uneinheitlich begann: „Dies ist der Tag, den der Herr macht.“ Manche in dieser Gruppe begannen nun den Vers zu lesen, den die andere zuvor gelesen hatte und den das Gesangbuch als Leitvers auswies, andere fuhren im Psalm fort. Ein babylonisches Stimmengemisch entstand, noch gesteigert durch den verfrühten Einsatz der ersten Gruppe. In ihr versuchte Luther durch lautes Vorsprechen die Ordnung wieder durchzusetzen. Vergeblich. Das Durcheinander nahm nur noch mehr zu. Die ersten Umstehenden klappten die Gesangbücher zu. Das Psalmlesen war gescheitert.

„Ei“, wetterte Luther, „wer hat sich denn diese komische Setzung des Psalmes ausgedacht? Eine Lüneburger Heidenschnucke? Da blicke ja selbst ich nicht mehr durch. Alle diese lila Zeilen und diese Kreuzchen. So kann man die Lust am Psalmbeten kräftig zerstören! Bringt die Bücher weg!“, beschied er Tim und Thomas. Trotzig stimmte er *Ein feste Burg* auf dem Akkordeon an. War ja auch ein Psalm, aber von ihm in ordentliche Töne gesetzt und auch wirklich singbar.

An einem Marktstand kaufte er für Tim und Thomas je eine und für sich zwei Thüringer Bratwürste. Er schickte die beiden Jünglinge in die Stadt. Sie sollten sich nach einfachen und günstigen Musikinstrumenten umsehen, um ihn zu begleiten: Gürtelpauken, Maultrommeln, Zymbeln. Im Schatten der Georgenkirche überkam ihn Wehmut. Ein feste Burg, er dachte an die Wartburg, die holzverkleidete Stube, die ihm anno 1521 Schutz geboten hatte. Er strich sich über seinen grauen Bart. Damals war er noch dunkel und lockiger gewesen, nicht so zausig und jetzt auch noch mit einem klebrigen Senffleck. Natürlich hatte er bange Stunden auf der Wartburg durchlebt, konnte er doch nie vor einer Verhaftung sicher sein. Die Arme Roms waren lang und hatten spitze Klauen! Im Rückblick erkannte er noch deutlicher die Spuren Gottes in seinem Leben als es ihm damals bewusst war. Nie war Gott ihm vielleicht so nahe wie in jenem Jahr 1521. Sein angstvolles Herz in Worms, Gott hatte es gestärkt! Die organisierte Entführung im Glasbachgrund nahe der Burg Altenstein, Gott hatte sie gelingen lassen! Der Aufenthalt auf der Wartburg, Gott hatte ihm die Kraft geschenkt, das Neue Testament zu übersetzen! In zahlreichen Kirchen und Fenstern von Buchhandlungen hatte er diese seine Übersetzung während seiner jetzigen Reise gesehen! Da konnte nur Gott ihm den Geist bewegt haben, damals, wenn ihm so etwas Bleibendes gelungen war.

Die Stände auf dem Marktplatz schlossen und Luther lächelte milde beim letzten Bissen Bratwurst, den er genüsslich in den Mund schob. Anno 1521 bereitete ihm das Essen auf der Wartburg viele Koliken. Als Mönch war er karge Kost gewöhnt. Als Junker Jörg musste er den Rittersmann spielen und fette Speisen verschlingen: Bratheringe, Hirschragout, Rehrücken. Wie oft war sein Gedärm damals in Unordnung geraten. Tagelang kein Stuhlgang! Fürchterlich! Dazu die Saufgelage der Rittersleute, bei denen er mithalten musste, um nicht aufzufallen! Die Ritterswelt war nicht seine und er war froh, als die Zeit auf der Wartburg zu Ende war.

Der Marktplatz leerte sich und plötzlich umkreiste Luther eine Gruppe sportlich gekleideter Jugendlicher mit Polsterkissen an den Knien und Ellenbogen, dazu bunte Helme auf dem Kopf. Sein Blick ging verwundert auf die Füße der Heranwachsenden. Die klobigen Schuhe in weiß und pink hatten doch tatsächlich Räder an den Sohlen. Was es alles gibt, staunte er.

„Na, Alter, willst du mal fahren“, flachsten die Jugendlichen.

„Geht mir weg mit diesen Räderschuhen!“, warf er ihnen zu. Neugierig blieben sie stehen und er erzählte ihnen vom Rollwägelein. Wie es ihn damals durchgerüttelt und durchgeschüttelt hatte, anno 1521 auf dem Weg nach Eisenach. Wie die großen Stahlrosse, genannt Züge, heute viel bequemeres Reisen ermöglichten.

„Die Züge sind auch bequemer als die Metallkästen, die ihr Auto nennt. Die springen unschuldige Fußgänger an. Warum fahrt Ihr mit dem gefährlichen Räderschuh und nicht mit dem bequemen Stahlross?"

Mit großen Augen sahen sich die Jugendlichen gegenseitig und dann den Graubart an.

„Thank you for travelling with Deutsche Bahn", riefen sie ihm schließlich zu und stoben davon. Er sah ihnen nach, bis der letzte weiß-pinke Schuh um die Ecke gebogen war.

Tim und Thomas kehrten zurück. Sie hatten nicht nur ein Instrument aufgetrieben, sondern gleich auch noch den Spieler dazu. Torsten hatte genauso wie sie seine Zivildienstzeit glücklich abgeschlossen. Mit Martin Luther zu reisen, fand er genial. Gerade angekommen, drehte er mit seinem Handy ein Filmchen vom in die Sonne blinzelnden Luther und klappte sein Notebook auf. Zwei Minuten später war der Film bei youtube eingestellt, daneben der Text: *On the road with Martin Luther*.

„Das bringt Aufrufe in den Staaten. Wir müssen das Ganze global denken, Jungs", sprach Torsten und wirkte, als gehöre er seit Jahren zu Luthers Stadtmusikanten.

Auch er war blass und schlaksig und aus der Ferne von den beiden anderen nicht zu unterscheiden. Nur die vielen Taschen mit technischem Gerät, die er mitbrachte, fielen auf. Das lag an dem Musikinstrument, das er spielte: Torsten war ein passionierter E-Gitarrist.

„Ich dachte mir, wir machen ein bisschen Luther-Rock", sagte er und sah dabei den Reformator fragend an. Der verstand das nicht richtig und freute sich, endlich einmal sein neues Kleidungsstück gewürdigt zu wissen. Er lächelte zustimmend.

Sie steuerten den Bahnhof an, Luther und die drei Jünglinge Tim, Thomas und Torsten. Den Reformator drängte es nach Wittenberg. In der Sache des böhmischen

Kelchs war er keinen Millimeter vorangekommen. Keine plötzliche Eingebung, kein Gedankenblitz, kein Erinnerungsfetzen, der die Nebeldecke durchbrach und alles aufhellte. Verzweiflung überkam ihn, die Erinnerung an das Gespräch mit Sabine Harder und Klaus Schulz schnürte ihm die Kehle zu. Er hatte eine Mission! Stumm faltete er die Hände und bat um Hilfe. Der Regionalzug zuckelte aus dem Eisenacher Bahnhof. Ein letzter Blick zur Wartburg, dann war sie da: Die Eingebung!

XVII

„Die stand vor dem Küchenschrank und hatte diesen goldenen Kelch in der Hand. Ob sie eine Diebin ist?“, hörte sie eine Frauenstimme leise wie durch eine Wand zu ihr dringen. Die Frau stand aber direkt neben ihr und unterhielt sich mit Peter Weber. Sabine Harder lag auf einem schweren alten Sofa in einem dunklen Raum, der wohl das Wohnzimmer war. Die Frau war die Rothaarige, mit der sie zusammengestoßen war. Doch wo war sie jetzt? Erst langsam kam ihr ins Bewusstsein, dass sie nochmals in das Haus eingestiegen war. Durch das Küchenfenster. Die Rothaarige muss mit dem Auto zum Hof zurückgekehrt sein, reimte sie sich zusammen, und sie war so gefangen in ihrer Entdeckung, dass sie nichts mehr wahrgenommen hatte. Durch irgendeinen Hintereingang oder mit Schlüssel durch die vordere Tür war sie in die Küche gekommen und hatte sie ertappt. Vor Schock war sie umgekippt. Ein Ohnmachtsanfall. Den ganzen Tag hatte sie nichts gegessen und getrunken. Und dann die Aufregung! Ihr Kopf brummte. Sie entschloss sich, noch etwas länger die Benommene zu mimen, um die peinlichen Fragen hinauszuzögern und vielleicht auch noch die eine oder andere Information zu bekommen. Peter Weber und Maria, wie er sie anredete, hatten jetzt einen ganz einvernehmlichen Ton. Nichts mehr von dem Streit kurz zuvor war zu merken. So ist das oft, stellte sie fest, Streitende brauchen nur ein gemeinsames Feindbild, dann finden sie wieder zusammen. Wenigstens ein positiver Effekt ihres Einbruchs, den sie entdeckte.

„Sie ist hinter meiner Geschichte her", flüsterte jetzt Weber und sie wusste in diesem Augenblick: Peter Weber ist Vincent Weber. Weber und Maria begaben sich in den Vorraum des Wohnzimmers im ersten Stock. Sie hörte ein Murmeln, aus dem sie nur entnahm, dass er Maria erzählte, wer die Fremde war. Sie stand auf, steckte die Haare zurecht. Sie fürchtete sich vor der Begegnung mit den beiden und tat das, was ihr immer vor schwierigen Situationen half: Sie faltete die Hände und schickte ein Stoßgebet zum Himmel. „Hilf, Herr, und lass mich da durchkommen." Dann ging sie auf die beiden im Vorraum zu.

„Wir sollten jetzt wirklich ehrlich miteinander reden. Herr Weber, wieso nennen Sie sich Peter, wenn Sie doch in Wirklichkeit Vincent heißen?", ging sie sogleich aufs Ganze.

„Ich stell jetzt mal eine Gegenfrage. Sind Sie von der Polizei und habe ich was verbrochen, dass Sie mich verhören? Polizei ist ein gutes Stichwort: Sie bleiben jetzt hier und ich rufe die Polizei und zeige Sie wegen Hausfriedensbruchs und versuchtem Diebstahl an. Was halten Sie davon?"

Sie merkte an seinem Tonfall, dass er die Drohung nicht ernst meinte.

„Was wollen Sie von uns? Warum dringen Sie in unser Haus ein?", fragte Maria und atmete durch. Sie war froh, den Streit mit Weber hinter sich gelassen zu haben und schlug vor, in die Küche zu gehen. „So langsam müssen wir dort ja mal aufräumen", fügte sie mit einem Anflug von Lächeln hinzu.

Einen Geschirrspüler gab es nicht. Sie drückten Sabine Harder ein Geschirrtuch in die Hand und begannen mit dem Aufräumen. Die getrockneten Gläser stellte sie in den Glasschrank. Sie sah am Staubabdruck, dass der Kelch mit den geheimnisvollen Zahlen exakt wieder an derselben Stelle stand. Angesichts der ganzen Unordnung in der Küche und der Verwahrlosung des Außenbereichs hatte dieser Kelch mit seinem polierten Glanz und seiner exakten Platzierung etwas Gralsmäßiges, Heiliges. Sie erinnerte sich an den Sommerurlaub im letzten Jahr mit ihrer Familie in Spanien, wo sie in einer Seitenkapelle der Kathedrale den angeblich echten Gral gesehen hatten. Auf einem steinernen Sockel in einer Glaskapsel von oben angestrahlt, wirkte der Achatkelch mit seinem herzförmigen Ständer und der perlenbesetzten Schale aus Onyx zwar klein. Doch wenn man den Klerikern der Kathedrale glaubte, verfehlte er nicht seine magische Wirkung. Sie schworen darauf, der Gral ihrer Kirche sei zugleich der Kelch, der Jesus und seinen Jüngern beim letzten Mahl zum gemeinsamen Trinken des Weins gedient habe. Auch der Kelch in diesem heruntergekommenen Bauernhof hatte eine besondere Bedeutung, allein schon weil Wolfgang Trödler ein gleiches Exemplar besaß.

Das gemeinsame Abspülen mit der Hand schuf eine Atmosphäre des Vertrauens und Maria begann zu erzählen.

„Hier hat gestern eine Party stattgefunden. Ich habe meinen Geburtstag nachgefeiert und dazu ein paar Freundinnen und ihre Partner eingeladen. Die meisten habe ich schon lange nicht mehr gesehen. Ich bin in Rosenheim aufgewachsen. Nach der Schule habe ich eine Ausbildung bei der Deutschen Bahn begonnen. Meine erste Stelle war im Bahnhof in Bad Aibling. Jetzt arbeite ich in Rosenheim am Fahrkartenschalter. Meine Leidenschaft sind Pferde. Mit ihnen verbringe ich meine Freizeit."

Das Telefon klingelte. Weber trocknete sich die Hände an der Hose ab und ging ins Wohnzimmer.

„Über die Pferde habe ich ihn kennengelernt", flüsterte Maria und hörte mit halbem Ohr, ob er noch telefonierte. „Vor zwei Jahren habe ich ihn hier besucht. Er hatte im Chiemseekurier eine Anzeige geschaltet. Eins seiner Haflingerpferde wollte er verkaufen. Den Hof hat er geerbt. Seine Eltern haben ihn betrieben. Sie sind vor einigen

Jahren gestorben. Mir hat Vincent leidgetan. Er war so hilflos, wirkte irgendwie wie mit dem Leben gescheitert. Als Töpfer auf Frauenchiemsee hat ihm zum Schluss das Geld gefehlt, um die Miete zu zahlen. Mit alternativen Heilmethoden hatte er sich zwar intensiv beschäftigt. Doch was ihm fehlt, ist jeder Geschäftssinn. Sie sehen doch selbst, wie der Hof heruntergekommen ist. Seit ich ihn kenne, versuche ich, ihm wieder mehr Lebensgeist einzuhauchen. Aber in seinen depressiven Phasen, die ihn so niederziehen, ist nichts mit ihm anzufangen. Gestern die Party habe ich hier nicht nur veranstaltet, um meinen Geburtstag zu feiern. Eine frühere Schulkameradin hat eine Werbeagentur, der Lebensgefährte einer anderen Freundin ist Finanzberater. Ich hatte gehofft, er käme mit ihnen ins Gespräch, damit endlich mal eine wirkliche Perspektive entsteht. Aber was tut er? Knabbert den ganzen Abend Salzstangen und kippt sich ein Glas Chianti nach dem anderen rein. Ich war heute früh kurz davor, ihn aufzugeben und abzuhauen. Mitleid ist halt keine gute Basis für eine Beziehung."

Sabine Harder hielt mit dem Abtrocknen inne und sah Maria in die Augen.

„Aber lieben Sie ihn denn?"

Weber kehrte in die Küche zurück und Maria wechselte das Thema. Sie müsse gleich mal nach den Pferden schauen, bei denen sei ja wohl heute noch niemand gewesen. Das sagte sie mit tadelndem Blick zu Weber. Die Tür der Küche schlug zu und Sabine Harder war jetzt mit Weber allein. Betretene Stille. Wie sollte sie mit diesem komplizierten und scheuen Menschen ein Gespräch anfangen? Nicht einmal sie anzusehen, traute er sich. Ich muss eine Gesprächssituation schaffen, in der er mir nicht frontal gegenübersitzt, überlegte sie. Bei ihrer Fahrt von Gstadt nach Grabenstätt hatte sie in Chieming am Minigolfplatz das Schild eines Fahrradverleihs gesehen.

„Herr Weber, ich habe einen Wunsch. Nach allem, was hier vorgefallen ist – ich bin immerhin in Ihr Haus illegal eingedrungen –, kann ich mir nicht vorstellen, dass ausgerechnet Sie mir diesen Wunsch erfüllen. Aber ich will es trotzdem versuchen. Ganz selten habe ich ein Wochenende frei. Ohne meinen Mann und ohne meine Kinder, so ein Wochenende gibt es eigentlich nie. Jetzt ist das aber der Fall. Sehr gerne würde ich hier ein bisschen Fahrradfahren. Ich habe gesehen, wie viele Menschen mit den Rädern am See fahren."

„Den Chiemsee-Uferweg fahren die", ergänzte Weber zu ihrer Überraschung. Sie schöpfte Mut.

„Ach, so heißt der? Klingt ja vielversprechend. Ich kenne mich hier nicht aus und muss morgen wieder nach Hause. Mir bleibt nur dieser Nachmittag, um den Wunsch umzusetzen. Würden Sie und Maria mit mir fahren?"

Weber sah auf und schüttelte das Spülwasser an den Händen in das Becken.

„Ein Fahrrad habe ich nicht. Müssten wir uns ausleihen. Fragen Sie Maria, ob sie mit will."

Das war keine Zusage und keine Absage, was seine Person betraf. Sie ging zu Maria. Im Stall standen mehr als ein Dutzend Pferde. Erinnerungen an ihre Kindheit kamen hoch, als sie ihr Vater immer zum Reiten brachte und, zeitungslesend, wartete, bis die Stunde vorbei war. Unbeschwerte Kindheitsstunden, nur im Augenblick leben, wann im Leben kam so etwas je wieder? Sie trug Maria, die einer Haflingerstute das rechte Vorderbein bandagierte, ihr Anliegen vor.

„Danke für die Anfrage, aber ich glaube, es ist ganz gut, wenn Sie mit ihm ein bisschen alleine sind. Das ist ganz in meinem Sinn. Er hat vor mir irgendwelche Geheimnisse, die mit seiner Vergangenheit zusammenhängen. Vielleicht bekommen Sie was aus ihm raus. Interessiert mich ja auch. Vielleicht hilft es ja auch mir. So wie der drauf ist, kann ich mir nicht vorstellen, mit ihm alt zu werden."

Sie machte eine kleine Pause. Das Pferd bäumte sich kurz auf, doch sie zähmte es routiniert.

„Ich heiße übrigens Maria". Sie schüttelte der Pfarrerin die Hand. „Sabine", erwiderte diese mit einem Lächeln.

„Du hast mich gefragt, ob ich ihn liebe. Das weiß ich

selbst nicht so genau. Wenn ich sehe, wie lebensuntauglich er meistens ist, dann frage ich mich, warum ich mir nicht schon lange jemand anderen gesucht habe. Er ist ja auch viel älter als ich. Mit 38 Jahren habe ich noch ein paar Optionen. Aber wenn ich dann in Rosenheim im Bahnhof sitze und ihn einige Tage nicht sehe, dann habe ich ein Stechen im Herzen, einen Schmerz. Ich sehne mich dann nach ihm, auch wenn ich es nicht richtig erklären kann. Das ist doch ein Zeichen für Liebe, oder? Du als Seelsorgerin weißt das doch?" Sie sah Sabine erwartungsvoll an.

„Ja, solange es weh tut, wenn man den anderen nicht um sich hat, ist es Liebe", bestätigte sie und erschrak bei den Worten. Sie hatte seit gestern ihren Mann, aber auch die Kinder nicht vermisst, so sehr hatte sie das Geschehene in Beschlag genommen.

Eine halbe Stunde später saß Weber neben Sabine Harder im Golf. Beim Abfahren kam Maria auf der Stute mit dem verbundenen Vorderbein aus dem Stall geritten. Sie tätschelte den Hals des Pferdes, winkte den beiden freundlich zu und trabte vorsichtig davon. Weber zeigte keine Regung.

Sabine Harders Gefühle waren gespalten. Zum einen freute sie sich, das Konzept eines seelsorgerischen Gesprächs erstmals mit dem Fahrrad auszuprobieren. Auf der anderen Seite war sie skeptisch, ob Weber sich öffnen würde, so wie er da neben ihr saß: Mit leerem Blick, apathisch. Doch warum hatte er überhaupt diesem ungewöhnlichen Wunsch zugestimmt? Aus reiner Menschenfreundlichkeit wohl kaum.

XVIII

Die Eingebung war ihm beim letzten Blick auf die Wartburg gekommen. Wie konnte er die Ereignisse im Dezember 1521 nur vergessen! Na gut, 500 Jahre waren eine lange Zeit, entschuldigte er sich selbst. Für ein paar Tage war er im Dezember 1521 heimlich von der Wartburg geflohen. Ihn hatten sorgenerregende Nachrichten aus Wittenberg erreicht. Die Mönche verließen die Klöster, heirateten und feierten die Messe, jeder so, wie es ihm gerade einfiel. Die evangelische Sache, sie stand auf der Kippe. Die Zwickauer Propheten hetzten die Wittenberger Mönche und Bauern auf. Karlstadt, der eigentlich sein Verbündeter war, plante radikale Maßnahmen. Vor allem wollte er das Mahl des Herrn in zweierlei Form austeilen: Brot und Wein für alle. Jetzt war die Fährte da, die Erinnerung, auf die er so sehnsüchtig gehofft hatte. Die Nebeldecke riss auf, aus der Erinnerung tauchten erste Bilder auf. Mit Karlstadt hatte er eine Verabredung. Das Mahl des Herrn in beiderlei Gestalt, das sollte feierlich vorbereitet werden. Nicht mit irgendeinem Kelch wollten sie es feiern. Nein, mit dem böhmischen Kelch!

Erst spät waren sie aus Eisenach abgefahren. Als sie Gotha erreichten, war es dunkel. Gotha, der Name der Stadt war ihm in guter Erinnerung. Hier hatte man ihn 1515 zum Distriktsvikar der Augustiner gewählt. Bilder von der herrlichen Klosteranlage zogen an seinem inneren Auge vorbei. Mit Wehmut gedachte er seines treuen Mitstreiters für die evangelische Sache, Friedrich Myconius. Gotha! Jakob, der Goldschmied, wirkte hier vor 650 Jahren. Der Schöpfer des böhmischen Kelchs!

Der Zug ruckelte an. Der Gedanke an Jakob den Goldschmied brachte ihn wieder in die Gegenwart zurück. Bis Wittenberg schafften sie es heute nicht mehr. Wo also einen Zwischenstopp machen? Erfurt bot sich an, sein alter Studien- und Klosterort. Wie triumphal hatten sie ihn dort 1521 auf seiner Reise nach Worms empfangen! Ohne solchen Zuspruch, ohne das Wissen, viele Menschen, nicht nur Kleriker, hinter sich zu haben, wäre ihm das mutige Auftreten auf dem Reichstag viel schwerer gefallen. Er sprach dort nicht für seine Person, sondern für eine Sache, die jeden umtrieb! Oder sollten sie in Weimar übernachten, wo er mehrfach gepredigt hatte? Ebenfalls 1521 auf der Reise nach Worms, oder an Palmarum 1530, als sie Richtung Augsburger Reichstag unterwegs waren und er auf der Veste Coburg zurückblieb. Doch ihn zog es weiter.

„Sie müssen mal nach Apolda, da gibt's eine Lutherkirche." Ein kleiner Herr mit viel zu großem Sakko und extrem dicken Brillengläsern hatte ihm das in Eisenach zugerufen. Er hatte gerade das Lied 637 einstudiert, das von guten Mächten handelt, die uns treu und still umgeben. Nach Lutherkirchen stand ihm gar nicht der Sinn. Wieder müsste er sich ärgern, dass man ein Gotteshaus nach seinem Namen benannt hatte. Aber ihn reizte auch das Neue, Unbekannte. In Apolda war er seines Wissens die letzten 500 Jahre noch nie gewesen, obwohl er ständig daran vorbeigelaufen oder -geritten war.

„Abollda", krächzte der Schaffner des Regionalzugs. Luther schwang sich aus dem Sitz und hinter ihm her trotteten die drei Jünglinge mit dem Gepäck.

„Was ist denn das für ein Empfang!", sagte er staunend zu seinen Begleitern. Der Beton am Bahnsteig zeigte Brüche, wildes Gras wuchs aus den Rissen. Die Fenster des Bahnhofsgebäudes waren zugestaubt. Mülleimer hingen schief in alten Verankerungen. Die Beleuchtung war mehr als spärlich. Nichts, aber auch gar nichts war einladend.

Sie fragten eine junge Frau mit Geigenkoffer nach der Lutherkirche. Sie entpuppte sich als Leiterin eines Kirchenchores in der Nähe der Kreisstadt und führte sie durch eine breite Straße zum Ziel.

„Warum ist denn die Kirche nicht angestrahlt?" Luther wunderte sich, warum zum Beispiel der Wormser Dom prächtig angeleuchtet war, die Kirchen in Thüringen, die er auf seiner Bahnfahrt von Eisenach nach Apolda gesehen hatte, überhaupt nicht.

„Ich glaube, das hat was mit Ökologie zu tun. Wenn eine Kirche angestrahlt wird, ist die Institution Kirche nicht glaubwürdig, wenn sie in Umweltfragen mitredet", sagte die Geigerin.

„Kennt Sie die Geschichte der Salbung in Betanien, wie sie uns Markus berichtet?", sah Luther herausfordernd die Geigerin an, gerade so, als habe die Frau selbst entschieden, die Kirchen in Thüringen nicht anzustrahlen. „Die Frau hat ein Glas mit unverfälschtem und kostbarem Nardenöl", fuhr er in ruhigem Ton fort, „damit kommt sie in das Haus Simons des Aussätzigen, wo der Herr weilt. Sie zerbricht das Glas und gießt das Öl auf Jesu Haupt. Da werden einige unwillig und sprechen untereinander: ‚Was soll diese Vergeudung des Salböls? Man hätte dieses Öl für mehr als dreihundert Silbergroschen verkaufen und das Geld den Armen geben können.' Und sie fuhren sie an. Jesus aber sprach: ‚Lasst sie in Frieden! Was betrübt Ihr sie? Sie hat ein gutes Werk an mir getan. Denn Ihr habt alle Zeit Arme bei Euch, und wenn Ihr wollt, könnt Ihr ihnen Gutes tun; mich aber habt Ihr nicht allezeit. Sie hat getan, was sie konnte; sie hat meinen Leib im voraus gesalbt für mein Begräbnis.' So weit die Bibel. Was sagt uns diese Begebenheit für das Anleuchten der Kirchtürme? Sind wir als Christenleute nicht das Licht der Welt nach Matthäi Bergpredigt? Wollen wir das Licht unter den Scheffel stellen? Oder sollten wir es nicht doch leuchten lassen? Die Schöpfung Gottes bewahren, das ist wichtig. Jeden Tag haben wir hundert Gelegenheiten, das zu tun, und tun es oft nicht. Aber gerade die Kirchtürme im Dunkeln lassen, so wie diese ganze Stadt im Dunklen liegt?"

Während Luther so gepredigt hatte, waren einige Passanten stehen geblieben.

„Der war doch heute im Thüringen Journal! Das ist doch der Luther, der Musike macht!"

In der Kirche war ein dezentes Licht zu sehen. Die Geigerin führte das Quartett bis zum Eingang. Sie verabschiedete sich sichtlich irritiert über den kugelrunden Mann mit dem Graubart, der im Lutherrock daherkam.

„Schaut euch das an!" Luther sah seine Büste direkt über dem Eingang. „Ob das passt, mich da an den Eingang zu stellen?"

Er betrat den Vorraum und dann durch eine Schwingtür das Kirchenschiff. Im Altarraum saß eine kleine Gruppe und diskutierte. Einer von ihnen bemerkte die Besucher. Er ging hinter den Altar und erhellte das Kirchenschiff. Luther setzte sich in eine Kirchenbank und ließ den Blick umherschweifen. Der für diese Region untypische rote Backstein erfuhr durch die Beleuchtung eine glühende Farbe.

„Unglaublich", stammelte Luther endlich, „das ist ja noch schöner als das Denkmal in Worms." Er stand auf und setzte sich in das linke Seitenschiff.

„Genau so. Ja, genau so stelle ich mir Gott vor. Ein glühender Backofen voller Liebe. Wie großartig dieses Bild hier nachzuempfinden ist!"

Ihm kamen seine Invokavit-Predigten von 1522 in Erinnerung. Er war gerade endgültig von der Wartburg zurückgekehrt. Mit den Predigten versuchte er die Ordnung wiederherzustellen. Aber nicht wie ein Eisenacher Marktmeister. Ihm waren Bilder wichtig, Symbole des Glaubens, die es zu schaffen galt. Gott, ein glühender Backofen voller Liebe, das war ein solches Bild. Hier in Apolda wurde es zum baulichen Ereignis.

Er ging zum Altar vor, wo sich die kleine Versammlung gerade auflöste.

„Nur, warum sind hier diese vielen, vielen Bänke! Die stören doch!", sprach er zu sich selbst. „Und der Altar, also, sehr manieriert. Wir Evangelischen sind doch eher für die schlichten Dinge. Nicht so viel Tand und Tam-Tam. Aber ansonsten die reinste Verkörperung des glühenden Backofens voller Liebe. Großartig! Einfach genial! Doch warum ist die Kirche da oben so schwammig und fleckig?"

Die Teilnehmenden der Versammlung hatten die letzten Sätze mitgehört. Sie sahen zur Decke, in die oberen Ecken über der Empore. In diese Richtung zeigte Luthers ausgestreckte Hand.

„Ja", erklärte einer von ihnen, „das ist unser Problem. Wir möchten die Kirche sanieren, aber es fehlt das Geld. Mehr noch aber fehlt die Begründung, warum wir die Kirche sanieren wollen. In Apolda gehen viele Kinder ohne Frühstück in die Schule, weil das Einkommen der Eltern beziehungsweise die staatliche Hilfe dafür nicht reichen. Wie soll man dann die millionenteure Sanierung einer Kirche rechtfertigen, die nur an Weihnachten richtig voll ist und sonst wenig gebraucht wird?"

Luther sah nachdenklich im Schiff umher. Er erfuhr Erstaunliches. Man habe vor, die Kirche im Blick auf das Jahr 2017 neu zu konzipieren. Ein Musiktheaterstück, für das sich der Gattungsbegriff „Spiritual" geprägt habe, sollte hier das ganze Jahr über aufgeführt werden. Über dieses Projekt wolle die Gemeinde Arbeitsplätze ermöglichen, die Attraktivität der Stadt für Gewerbeansiedlungen erhöhen sowie das Geschäftsleben in der Innenstadt ankurbeln. Kirche als Wirtschaftsfaktor, das sei das Ziel. Dadurch solle auch den Eltern, die ihren Kindern kein Frühstück mitgeben könnten, eine Perspektive erwachsen. Nicht für immer dürften sie von der Entwicklung eines bescheidenen Wohlstands ausgeschlossen sein.

„Und die geistlichen Dinge? Die Botschaft vom auferstandenen Herrn? Habt Ihr die auch noch im Blick?", hakte Luther mit leichter Sorge nach.

„Ja, das ist sogar entscheidend. In der umgestalteten Kirche werden natürlich auch Gottesdienste stattfinden Die für das Spiritual verwendeten neuesten Übertragungstechniken kommen auch im Gottesdienst zum Einsatz. Technik aus Thüringen, die hier 2017 vielen Interessierten von ihrer besten Seite gezeigt wird. US-amerikanische Großkirchen, hier finden sie ihre Weiterentwicklung mit alter Bausubstanz in *good old europe*. Die Botschaft vom bergenden Gott, hier wird sie erlebbar."

Viele Fachbegriffe der Übertragungstechnik folgten, die Luther kaum verstand. Er rätselte noch über die Kästchen und Stäbe, die in der Friedenskirche die Stimme des Pfarrers Kraushaar so wundersam übertragen hatten. Das hier in Apolda Geplante hatte offensichtlich noch eine ganz andere Dimension. Er freute sich über so viel Aktion in einer Kirche, die sich nicht nur der Verwaltung des Gewesenen, sondern auch der Gestaltung des Werdenden stellte.

„Es gibt auch Überlegungen, den Namen der Kirche 2017 zu ändern. Luther wäre gar nicht froh, dass die Kirche nach ihm benannt ist“, sagte eine verschmitzt lächelnde Frau aus der Gruppe und sah den Fremden unsicher an. Hatte sie von ihm nicht heute ein Foto in der Zeitung gesehen?

Luthers Herz hüpfte vor Freude. Endlich hatte man eins seiner Anliegen erkannt. Er war überwältigt.

„Nennt sie doch Liebeskirche!“, sprudelte es aus ihm heraus. „Gott ist ein glühender Backofen voller Liebe. So habe ich das anno 1522 an Invokavit zu Wittenberg formuliert. Damit habe ich den Zwickauer Propheten und allen anderen Aufwieglern eine Messlatte für ihr Handeln aufgelegt. Die Liebe ist die Richtschnur.“

Staunende Blicke begegneten ihm jetzt, einige begannen zu tuscheln. Schließlich trat einer hervor und bat den Fremden in die Sakristei. Sie waren nur zu zweit, eine vertrauliche Atmosphäre, die nötig war für das Folgende.

„Sie sind der Herr, der von sich behauptet, Luther zu sein? Nehmen Sie es uns nicht übel, aber so richtig glauben können wir das nicht.“ Luthers Blick verfinsterte sich, doch der untersetzte Mann mit den abstehenden Ohren schlug sogleich versöhnliche Töne an: „Wir haben viel von Ihnen gehört. Ihre Lutherkenntnisse sind verblüffend und ihre äußere Ähnlichkeit frappierend. Wir freuen uns sehr, dass Sie heute in unserer Kirche vorbeischauen. Wir könnten uns vorstellen, Sie im Spiritual 2017 zu integrieren, sei es musikalisch, sei es in einer Sprechrolle. Im Vorfeld könnten Sie in unserem Kuratorium mitarbeiten. An Möglichkeiten mangelt es nicht. Allerdings gibt es da etwas Entscheidendes zu klären.“ Die Ohren des Mannes schienen leicht zu wackeln. Luther hatte zu schwitzen begonnen. Der Stuhl, auf dem er saß, knarrte und drohte unter seinem Gewicht zusammenzubrechen.

„Wir werden Luther 2017 nicht glorifizieren. Das Spiritual wird unterhaltsam sein, mit eingängigen Musikstücken in Form eines Crossover von Bach über Klassik zu Klezmer, Rock und Pop. Ein wichtiges Anliegen ist es uns, auch die Irrwege des Reformators anzusprechen. Vor allem den einen: Die Schuld gegenüber den Juden, die er sich aufgeladen hat. Seine, vor Hass oft glühenden Worte gegen die Juden haben gerade auch in Thüringen verheerende Folgen gehabt. Unsere Kirche hier steht exemplarisch und prominent für diese Abgründe der Lutherrezeption!"

Er erzählte ihm vom ehemaligen Konzentrationslager Buchenwald, das nur 15 Kilometer entfernt von Apolda lag und in dem die Nazis viele Juden während des Zweiten Weltkriegs gefoltert und hingerichtet hatten. Dem Bild vom glühenden Backofen voller Liebe stellte er die Öfen der Firma Topf & Söhne in Erfurt gegenüber, die aus der Mitte Thüringens heraus in deutscher Perfektion grauenhafte Verbrennungsöfen für möglichst viele Leichen in den Krematorien der Konzentrations- und Vernichtungslager der Nazis, zum Beispiel in Auschwitz-Birkenau hergestellt hatten. Leichen von Juden, die sie deportiert und fabrikmäßig getötet hatten, um das jüdische Volk auszulöschen. Vom *Institut zur Erforschung und Beseitigung des jüdischen Einflusses auf das deutsche kirchliche Leben* in Eisenach, gegründet 1939, berichtete er und vom Bischof Martin Sasse, der eine Hetzschrift gegen die Juden mit dem Ziel, sie zu vernichten, unter dem Titel *Martin Luther und die Juden: Weg mit ihnen!* verfasst hatte. Zuletzt ging er auf die Lutherkirche in Apolda ein und schilderte, wie hier die Kirchenverantwortlichen zu Erntedank 1933 ein Kreuz aus weißen Dahlien feierlich auf den Altar gestellt hatten, was aber nicht das Kreuz des Herrn, sondern das Hakenkreuz des schnauzbärtigen Diktators gewesen sei, der sich die Ausrottung der Juden zum Lebensziel gemacht hatte. Die Apoldaer Lutherkirche, sie war eine Hochburg der sogenannten Deutschen Christen, und Luthers Werke, sie waren die Stichwortgeber für Hetze und Hass gegen das jüdische Volk und seine Religion. Auf eine unaufdringliche, aber klare Weise sollte das alles 2017 im Reformationsjahr zur Sprache kommen und in das Spiritual einfließen.

„Sind Sie unter diesen Bedingungen noch interessiert an einer wie auch immer gearteten Teilnahme am Spiritual?“

Luthers Stuhl krachte nun wirklich zusammen, so sehr hatte ihn die Last die ganze Zeit über gedrückt. Apathisch lag er auf dem Boden der Sakristei, beschämt und erschüttert.

„Ja, natürlich, ich habe sogar eine ganz besondere Idee, wie ich etwas einbringen kann“, raffte er sich auf. „Aber es ist noch zu früh.“

„Sie wollen jetzt noch nicht darüber reden? Gut. Hier ist meine Adresse. Wenn Sie soweit sind, melden Sie sich bitte.“

Der kleine Mann beugte sich zu ihm und steckte ihm eine Visitenkarte mit einem grünen Apfel als Logo entgegen. Luther sah sich den Apfel an. Er bemerkte einen weißen Tonsurrand auf dem Apfel und konnte jetzt wieder schmunzeln. Seine Gedanken glitten in die Erfurter Klosterzeit ab, wo er sich erstmals die Tonsur hatte schneiden lassen. Sie war ihm später zum Symbol für die alte, von Missständen gezeichnete Kirche geworden. Beide gingen in das Kirchenschiff, wo Tim, Thomas und Torsten in einer hinteren Bank saßen. Der Mann mit den abstehenden Ohren bot ihnen ein Quartier für die Nacht an, aber Luther lehnte ab. Nein, diese Nacht und noch viel öfter musste er sich bestrafen für das, was er angerichtet hatte. Erst wenn der Kelch gefunden war, wollte er Ruhe geben. Der Kelch, der, von einem jüdischen Goldschmiedemeister angefertigt, ein Symbol für die Verbundenheit von Judentum und Christentum war. Das Judentum als das Gefäß, in das der christliche Glaube eingegossen war. Beide Religionen unauflöslich miteinander verbunden. Wie konnte er sich damals nur so vom Zeitgeist verführen lassen und gegen die Juden so üble Hetzschriften verfassen!

Er trieb seine drei Jünglinge zum Bahnhof zurück. Sie übernachteten auf hartem rissigem Beton. Sauerampfer war ihre einzige Speise.

XIX

Mit verschlossenen, in sich gekehrten Menschen, die ein Problem mit sich herumtrugen und nicht darüber sprechen wollten, hatte Sabine Harder in ihrem Klinikalltag häufiger zu tun. Nachdem sie die Fahrräder in Chieming ausgeliehen hatten, fuhr sie mit Vincent Weber die Hirschauer Bucht entlang. Sie dachte an den alten, weißhaarigen Mann, der nach vielen fast wortlosen Begegnungen plötzlich von seiner Zeit bei der Waffen-SS erzählt hatte. Oder die Mutter mit den geflochtenen Haaren, die ihr nach vielen oberflächlichen Gesprächen unvermittelt ihr langjähriges Verhältnis mit einem verheirateten Mann geschildert hatte. Menschen mit solchen Geheimnissen, die sie jahrelang alleine mit sich herumtrugen und die sie belasteten, öffneten sich in einer Atmosphäre der Vertraulichkeit. Einer Atmosphäre, in der sie niemand bedrängte und in der sie sich sicher sein konnten, ihr Geheimnis bleibe bei dem Gesprächspartner aufgehoben als wäre es nur ihr eigenes. Die Fahrt auf dem Chiemsee-Uferweg um den ganzen See dauerte vier bis fünf Stunden, hatte sie gelesen. Genug Zeit, um geduldig zu warten, bis eine Gelegenheit kam, in der Weber von sich aus auf sein Leben zu sprechen kam. So bogen sie über die Tiroler Ache auf den Teil des Radwegs ein, der direkt an der vielbefahrenen Autobahn entlang führte. Gemeinsames Schweigen schafft Nähe, sagte sie sich und genoss zwischendurch das Wogen des hohen Schilfs, durch das sie von der Autobahn weg in Richtung Prien radelten. Im Priener Hafen herrschte geschäftiges Treiben. Viele Japaner und Amerikaner fotografierten die Schiffe, das Schloss Herrenchiemsee und die Kulisse der Berglandschaft. Heiß und schwül war es, über der Kampenwand zogen einige Gewitterwolken auf.

„Wollen wir etwas trinken und vielleicht essen?", fragte Weber einige Kilometer hinter Prien und stoppte vor einer ufernahen Gaststätte. Er empfahl ihr Steckerlfisch, eine Spezialität der Region. Ein südländisch aussehender

Grillmeister fischte mit einem Netz zwei Forellen aus einem Bottich, tötete sie mit einem Schlag auf den Kopf, spießte einen Holzstab längs durch jede und würzte sie kräftig. Dann legte er die Fische über einen Holzkohlengrill. Zwanzig bis dreißig Minuten dauere der Steckerlfisch, hatte die Bedienung angekündigt. Sie saßen stumm auf der Terrasse der Gaststätte. Einige Tische weiter saß eine Familie. Der Vater feierte seinen 50. Geburtstag mit einer Radtour. Die Kinder hatten ihm einen iPod geschenkt. Sie waren alle selbstvergessen mit dem Geschenk beschäftigt und nahmen die beiden anderen Gäste gar nicht zur Kenntnis.

Da fing Weber an zu reden. Ohne Pause. Er sah Sabine Harder nicht an, die ihm nicht gegenüber, sondern neben ihm saß. So blickten sie beide auf den See, auf die Segelboote, die von ihrer Ausfahrt zurückkamen und im kleinen Hafen vor der Gaststätte anlegten.

Peter Weber war Vincent Weber. Seine Eltern hatten ihm zwei Vornamen gegeben: Vincent Peter Weber. Bis zu seinem 30. Lebensjahr war er Vincent Weber. Dann Peter Weber. Das hing mit seinen Lebensknacksen zusammen, wie er das nannte. Bis zum Abitur war es sein Wunsch, Medizin zu studieren. Aber der Notendurchschnitt reichte nicht. Gleich mehrere Semester hätte er auf einen Studienplatz warten müssen. Den Sommer nach dem Abitur jobbte er an der Kampenwandbahn in Aschau als Fahrkartenkontrolleur. Mit dem so verdienten Geld reiste er durch Süddeutschland und Frankreich. Mehr zufällig besuchte er Taizé, jenen Ort in Burgund, an dem viele junge Christen aus der ganzen Welt zusammenkommen, um Gott sinnlich und in unorthodoxer Weise zu erleben. Ihn überwältigten diese einfachen Gottesdienste, die nur aus modernen Chorälen, Textlesungen in vielen Sprachen und Gebeten bestanden. Das Ganze in vollkommen selbstverständlicher Ökumene. Niemand fragte hier nach katholisch oder evangelisch oder orthodox oder was es sonst noch an christlichen Varianten gab. In ihm brach etwas auf, was seit einigen Jahren zugeschüttet war: Sein Gottesverhältnis. Als Kind war er, wie viele seiner Klassenkameraden, Messdiener. Einmal, als er ministriert hatte und nach der Messe sein Gewand im dafür vorgesehenen Schrank verstaute, war er mit dem Priester ganz alleine in der Sakristei. Auch die Messnerin und alle Gottesdienstbesucher hatten die Kirche verlassen. Der Priester fragte ihn, ob er denn schon gewachsen sei. Ja, sagte er, das sehe man ja. Nein, du verstehst mich nicht, habe der Priester entgegnet. Ich meine, ob der da unten schon gewachsen ist. Er zeigte auf seine Hose, auf den Reißverschluss. Dem kleinen Vincent raste das Herz, erst recht, als der Priester seine eigene Hose öffnete und ihn bat, dort mal hinzufassen. Trotz tiefen Widerwillens tat er es, weil der Priester ihm sagte, das sei nichts Schlimmes, nur dürfe er niemandem davon erzählen, sonst könne er, der Priester, sogar ins Gefängnis kommen. Und einen Diener Gottes ins Gefängnis bringen, das könne er ja nicht wollen. Nach Hause gekommen, wagte er nicht, seinen Eltern von dem Erlebnis zu erzählen. Ihm würde niemand glauben, war er sich sicher. Nur bat er sie, nicht mehr Messdiener sein zu müssen, was die Eltern vehement ablehnten. Er sei gerade mal zehn und bis zur Firmung müsse er auf jeden Fall messnern. Vor jeder Begegnung mit dem Priester hatte er Panikattacken, die er aber unterdrücken musste, um kein Aufsehen zu erregen. Seine einzige Chance war, nach der Messe möglichst schnell alle anstehenden Aufgaben zu erledigen, so dass er nicht als Letzter mit dem Priester allein übrig blieb. Nicht immer gelang ihm das. Dann nutzte der Priester die Situation jedes Mal aus und missbrauchte ihn. Mit 14 Jahren ging Vincent zur Freiwilligen Feuerwehr und trat dem Fußballverein bei. Beide forderten die Jugendlichen manchmal am Sonntagvormittag an. Gute Gründe gegenüber den Eltern, den Besuch der Messe und vor allem den Ministrantendienst nicht weiterzuführen. Gerade sein Engagement bei der Feuerwehr fanden die Eltern ebenso gut, hatte es doch vor Jahren auf ihrem Hof gebrannt. Zehn Kühe waren lebendigen Leibes in den Flammen umgekommen. So war er endlich befreit von den ekelerregenden Attacken des Priesters, der das Ansehen der Kirche und des Priesterstands schamlos ausnutzte, um seinen sexuellen Abnormitäten freien Lauf zu lassen. Er hatte den Eindruck, der Priester hatte das Interesse an ihm mit zunehmendem Alter verloren. Schon damals befürchtete er, jüngere Ministranten wären nun seine Opfer.

„Von daher rührt mein erster Knacks, Frau Pfarrer", unterbrach er seine Rede und drehte ihr ein wenig den Kopf zu. „Furchtbar", signalisierte sie nur. Er trank einen Schluck Weißbier und fuhr fort, während er auf den See starrte.

Das Taizé-Erlebnis auf seiner Frankreich-Reise brachte ihm Klarheit: Ihm waren religiöse Erfahrungen wichtig, ihm war Jesus Christus im Herzen nahe, ihn traf der gemeinsame Gesang in der Kirche irgendwo tief im Herzen. Der Glaube, wenn man das religiöse Empfinden so bezeichnete, war nur verschüttet durch das traumatische Erlebnis mit dem perversen Priester. Damals, auf der Rückfahrt von Taizé, war er erfüllt, im Herzen erhoben, geborgen. In ihm wuchs ein Wunsch heran, den er nicht mehr einfangen konnte und wollte: Priester werden, das war jetzt sein klares berufliches Ziel. Er wollte all das, was er in Taizé erlebt hatte, in seine Kirche einbringen. Spirituelle Erfahrungen für viele Menschen ermöglichen im selbstverständlichen ökumenischen Miteinander, dazu fühlte er sich berufen. Von Gott selbst. Er hatte den Ruf gehört und jetzt galt es, ihn in die Tat umzusetzen. So durchlief er das ganze Procedere, das eine Priesterlaufbahn erforderte, schloss sich einer Bruderschaft an und studierte Katholische Theologie an der Ludwig-Maximilians-Universität in München. Mit Erfolg. Ein ökumenisch aufgeschlossener Professor bot ihm nach dem Examen an, bei ihm zu promovieren. Sie verständigten sich auf das Thema „Das lutherische Abendmahlverständnis aus katholischer Sicht. Eine quellenkritische Studie der Wittenberger Bewegung von 1521 und 1522". Die Reformationszeit, das Auseinanderbrechen der Kirche in die beiden Konfessionen, das beschäftigte Vincent Weber das ganze Studium über. Mit seiner Dissertation wollte er den Ursachen für diese Trennung an einem wichtigen Beispiel auf den Grund gehen. Er reiste zu Quellenstudien in Archive nach Magdeburg, Weimar, Jena und Dresden in die DDR. Seine Ordensverbindungen ermöglichten ihm diese Reisen, vor allem auch die Finanzierung. Freizeit hatte er so gut wie keine. Nur einmal, als er ein wichtiges Kapitel geschafft hatte, besuchte er den elterlichen Hof und entschied sich kurzfristig für eine Bergtour. Das Wetter war mäßig, er nahm sich trotzdem den Watzmann vor. Am Vormittag stieg er vom Königsee zum Watzmannhaus hoch. Es begann zu regnen, und er entschied sich, zu übernachten und den Gipfel am nächsten Tag zu besteigen.

„Das war der Zeitpunkt, an dem ich Wolfgang Trödler kennenlernte", bestätigte er die Gedanken der Pfarrerin und trank erneut ein paar Schlucke.

Schon bald bemerkten sie ihre gleiche Wellenlänge. Auch Trödler kannte Taizé, auch er hatte dort so etwas wie ein religiöses Erweckungserlebnis. Sein Jurastudium erfüllte ihn nicht. Was war seine Lebensaufgabe? Vincent Weber war ihm ein Stück voraus. Aber das war auch sein Weg. Er, evangelisch, wollte Pfarrer werden. Das teilte er seinem Bergkameraden auf dem Watzmanngipfel mit. Weber, der nun auch volles Vertrauen zu Trödler hatte, weihte ihn in seine Entdeckungen in den Archiven ein. Seine Kernthese war gewagt: Das unterschiedliche Abendmahlverständnis sei von den beiden Kirchen künstlich hochgezogen worden, um eine Spaltung zu zementieren und später dann Kriege zu legitimieren. Für einen Wimpernschlag der Geschichte habe die Reformation im Dezember 1521 in die falsche Richtung ausgeschlagen. Diesen Wimpernschlag werde er in seiner Dissertation beschreiben und weitreichende Thesen daraus ableiten. Vor allem werde er am Schluss von beiden Konfessionen eine Verständigung fordern. Sie müssten sich, wollten sie wahrhaftig sein, gemeinsam vom Verständnis des Todes Jesu als Sühnopfer verabschieden und die Abendmahlfeier wieder direkt am Wort der Bibel und insbesondere an Jesu eigenen Worten anbinden. Das Abendmahl war demzufolge als Liebesmahl zu begehen. Mit einem so gewonnenen neuen Abendmahlverständnis könnten beide Konfessionen ihr Gesicht wahren und endlich den unerträglichen Zustand, das Mahl des Herrn getrennt zu feiern, beenden.

Nach der Rückkehr vom Königsee brach Trödler sein Jurastudium ab und versuchte mit allen Mitteln, auf eine Vormerkliste seiner Landeskirche zu kommen und ein Theologiestudium zu beginnen. Er führte dazu Gespräche mit dem zuständigen Dezernenten. Parallel dazu fieberte er mit Weber und dessen Archiverkenntnissen und arbeitete sich umfassend in die Materie ein. Die Reformationszeit, welch gewaltiger Umbruch, der die Neuzeit nachhaltig vorgeprägt hatte! Und sie waren mittendrin, einen Wimpernschlag der Geschichte aufzuarbeiten, der weitreichende Folgen für die Zukunft der Kirchen hatte! Begeistert wie sie waren, engagierten sie sich in zwei Kirchengemeinden, jeder in seiner Konfession, und bemühten sich vorsichtig um Gleichgesinnte. Einen ersten Rückschlag in ihrem Eifer erfuhren sie, als Webers Doktorvater die Thesen der Dissertation vor der endgültigen Abfassung zum Lesen erbat. Das ginge alles viel zu weit, die Quellen seien überbewertet, so was käme nie als wissenschaftliche Arbeit durch. Er solle eine historische Abhandlung schreiben und keine Weltverbessererideen herumposaunen, so hatte er den Doktoranden Weber angeherrscht. Der fühlte sich aber keineswegs entmutigt. Gemeinsam mit Wolfgang Trödler lud er in den Englischen Garten zu einer Abendandacht ein. Als Abschluss kündigten sie eine gemeinsame Eucharistie-/Abendmahlfeier für Mitglieder beider Konfessionen an. Weber und Trödler war klar, dass sie mit dieser Aktion kirchenrechtliche Grenzen überschritten. Aber sie luden nur Gleichgesinnte ein, denen sie vertrauten. Die würden nicht gleich zu den vorgesetzten Stellen laufen. Irgendwann und irgendwie musste man mit der neuen Welt, mit dem

Reich Gottes, beginnen. Dieses unsägliche „Wir sind noch nicht so weit“ der Kirchenleitungen in beiden Lagern, sie ertrugen es nicht länger. Für das gemeinsame Abendmahl hatten sie von all ihrem Ersparten eigens vergoldete Kelche anfertigen lassen, mit einer Inschrift, die auf die Fortführung von Luthers Bemühen im Dezember 1521 verwies: *i(n) c(ontinuatione) 1521*. Zur Andacht an einer abgelegenen Stelle im Englischen Garten sangen sie Taizé-Gesänge. Rund zwei Dutzend Personen waren gekommen, vor allem Studierende, aber auch ein paar Gemeindemitglieder. Alle vertrauenswürdig. Umso erstaunter war Vincent Weber, als er am nächsten Tag ins Bischöfliche Ordinariat einbestellt wurde. Dort legte man ihm Fotos vor. Er und Trödler beim Austeilen der Hostie und des Weins. Das Mahl des Herrn in beiderlei Gestalt. Was ihm zu diesen Fotos einfalle. Erst auf Umwegen erfuhr er, wer die Fotos geschossen hatte. Ein Priester, der in einer Münchner Jugendstrafanstalt arbeitete, hatte von der Aktion über einen Bekannten Wind bekommen. Den Skandal ahnend, hatte er sich auf den Weg gemacht und, hinter einer Baumgruppe versteckt, fotografiert. Sein Eifer war nachvollziehbar, war doch seiner Versetzung in die Jugendstrafanstalt eine disziplinarische Maßnahme vorausgegangen. Er hatte bei den übergeordneten Stellen etwas gut zu machen, weil ein weltliches Gericht ihn wegen sexueller Übergriffe gegen Kinder zu einer Bewährungsstrafe verurteilt hatte. Es war der Geistliche, der auch Vincent Weber als Kind missbraucht hatte.

„Das war der zweite Knacks“, schloss Weber seine Ausführungen ab.

Sie erinnerte sich an ein Buch über „Knackse“, das sie in einer Buchhandlung durchgeblättert hatte. Ihr erklärte sich jetzt Webers Antriebslosigkeit, der verlotterte Hof der Eltern, die innere Leere.

„Daraufhin haben Sie das Studium hingeschmissen?“

„Hingeschmissen? Rausgeworfen haben die mich! Die Kirchenoberen erbaten von meinem Professor eine Stellungnahme über meine wissenschaftliche Entwicklung.

Wie die ausfiel, können Sie sich denken. Man legte mir nahe, mich beruflich neu zu orientieren. Und das trotz Priestermangels! Stattdessen stecken die einen verurteilten Kinderschänder als Priester in eine Jugendstrafanstalt, um ihn von der Gemeinde fernzuhalten. Warum hat man den nicht rausgeschmissen? Und wir haben das Mahl des Herrn gefeiert und sind deswegen rausgeflogen!"

„Trödler auch?"

„Nein, der ist nicht rausgeflogen. Er war ja noch gar nicht drin. Man hat ihm gesagt, es seien leider zu viele Pfarramtsanwärter da und weil er nicht gleich mit dem Theologiestudium begonnen habe und jetzt auch schon etwas älter sei, könne man ihn leider nicht aufnehmen. Wie er auf inoffiziellen Wegen erfuhr, hatte das Bischöfliche Ordinariat einen Abzug der Fotos ans evangelische Landeskirchenamt geschickt. Man bat um ökumenische Solidarität und informierte darüber, ein Herr Weber werde nicht in den Dienst der katholischen Kirche übernommen."

Die Bedienung brachte die knusprig gegrillten Steckerlfische. Ins Gespräch vertieft, speisten sie und nahmen das Essen kaum wahr. Weber war mit einem Male sehr mitteilsam, erzählte von seiner Zeit als Töpfer, von seinen autodidaktischen Studien zu alternativen Heilmethoden. Die Haflinger, gekauft mit dem Geld aus dem Verkauf der elterlichen Ackergrundstücke, waren seine besten Freunde. Er überlegte, einen Hof für therapeutisches Reiten aufzubauen, war aber zu antriebsschwach.

„Und Maria? Wenn die mitmacht?"

„Mal sehen. Wir sind im Gespräch. So wie jetzt geht es jedenfalls nicht weiter."

Sie fuhren weiter Richtung Seebruck, jetzt wieder schweigsam und den Gedanken nachhängend. Sabine Harder fragte sich, ob Wolfgang Trödler die Luther-Identität nur spielte. Jetzt war ihr klar, woher seine profunden Luther-Kenntnisse, das Feingefühl für die Reformationszeit herrührten. Wollte er auf diese Weise nachholen, was ihm damals verwehrt war? Die mediale Aufmerksamkeit, die sie jetzt mitbekam, wenn sie seinen Namen in eine der Suchmaschinen im Internet eingab, war gewaltig. Oder war die Persönlichkeitsspaltung doch ein Vorgang im Gehirn, der keiner Steuerung unterlag und sich im Unbewussten abspielte?

Sie passierten Seebruck, den nördlichsten Ort am Chiemsee. Noch einmal hielten sie kurz an und betrachteten das Funkeln der sich neigenden Sonne auf dem See.

„Ich glaube, heute würden die Kirchenleitungen nicht mehr so mit Ihnen beiden verfahren“, sagte Sabine Harder.

„Ach, glauben Sie wirklich? Wissen Sie, was die beiden Ausrichter des sogenannten Ökumenischen Kirchentags in diesem Jahr haben verlauten lassen?“ Webers Mundwinkel hatten sich zusammengezogen und er gab selbst die Antwort: „‚In Bezug auf Eucharistiefeier und Abendmahl bitten wir in ökumenischer Sensibilität miteinander umzugehen.‘ Im Klartext: Wer sich nicht dranhält, fliegt raus.“ Er lachte bitter dem Satz hinterher.

Sie erreichten Chieming, gaben die Räder ab und fuhren zum Hof. Maria kam von ihrem Ausritt zurück und sah die beiden freundlich an. Vincent Weber lächelte ihr zu, eine Regung, die sie erstaunt und erfreut zur Kenntnis nahm. Die Pfarrerin bat Weber um seine Telefonnummer und verabschiedete sich. Vom Auto aus rief sie Rosemarie Aicher an und informierte sie. Doch die war merklich desinteressiert. Hatte sie ihren Wolle schon abgeschrieben? Oder lag es an Lars, der zu Besuch war und seine Freundin erstmals mitgebracht hatte? Sabine Harder bat Rosemarie um die Telefonnummer von Howdie, dem Chef des Country-Clubs. Auch ihn rief sie sogleich an. Noch ein letztes Telefonat stand an. Über Schwester Petra fand sie den behandelnden Arzt von Wolfgang Trödler heraus, Dr. Heinrich. Er hatte Wochenenddienst.

„Herr Dr. Heinrich, Sie haben Herrn Wolfgang Trödler behandelt. Vielleicht haben Sie von ihm mal wieder gehört. Er taucht in vielen Medien auf und hält sich für Martin Luther.“

„Ja, ich erinnere mich. Wir haben ihn ja in Ihre Klinik geschickt. Er glaubt wohl weiter, Martin Luther zu sein?"

„Ja, sagen Sie, ist Folgendes denkbar: Jemand beschäftigt sich intensiv, Tag und Nacht, mit dem Leben einer längst verstorbenen Person. Er entdeckt geheime Vorgänge um diese Person und möchte sie öffentlich machen. Das Ganze scheitert und endet mit einer großen Enttäuschung. Viele Jahre vergehen, dann hat dieser Jemand einen schweren Unfall. Er hat einen erheblichen Erinnerungsverlust. Sein persönliches Umfeld kennt er nicht mehr. Wohl aber identifiziert er sich mit der Person, über die er Jahrzehnte zuvor geforscht hat. Jetzt glaubt er, diese Person zu sein. Ist das denkbar?"

„Denken Sie dabei an Herrn Trödler? Aber der war doch Hausmeister auf einem Campingplatz, oder? Über irgendwelche Lutherforschungen weiß ich nichts."

„Doktor Heinrich, bitte, ist das denkbar, dass sich durch den Unfall seine Identität verschoben hat? Dass er sich wirklich als Martin Luther empfindet, mit dem er sich einmal intensiv beschäftigt hat? Wenn nicht, habe ich den Verdacht, er spielt gezielt die Lutherrolle."

„Ehrlich gesagt, glaube ich das mit dem Schauspielern nicht, Frau Harder. Sehen Sie, wir kennen das Phänomen der multiplen Persönlichkeitsspaltung, das mit posttraumatischen Belastungsstörungen zusammenhängt. Vor allem bei jungen Menschen kommt es dazu, wenn sie schwer traumatisiert wurden. Die Betroffenen besitzen zwei oder sogar mehrere Persönlichkeiten, zwischen denen sie häufig unkontrolliert hin- und herwechseln. Wir vermuten, sie gewinnen auf diese Weise Abstand vom traumatischen Erlebnis."

„Aber das ist bei diesem Herrn Trödler ja nicht der Fall! Der ist ja immer nur Martin Luther seit dem Unfall."

„Ja, das ist merkwürdig. Aber dass er die Rolle spielt, halte ich dennoch für unwahrscheinlich. Noch eher würde ich in diesem Fall an das Amnestische Syndrom denken. Typisch dafür ist der Verlust der Erinnerung an länger zurückliegende Ereignisse und an das persönliche Umfeld.

Dagegen bleiben Handlungsroutinen erhalten."

„Ja, er spielt zum Beispiel Akkordeon. Das Instrument stammt aus den 1960er Jahren. Er dürfte als Kind das Spielen auf dem Instrument erlernt haben", versuchte sie den Arzt zu verstehen. Sie dankte ihm und verabschiedete sich. Kaum hatte sie aufgelegt, klingelte es nun bei ihr und Vincent Weber war dran.

„Ich habe etwas vergessen, genauer gesagt zwei Dinge, Frau Pfarrer", druckste er etwas herum.

„Ja?", munterte sie ihn auf.

„Also zum einen möchte ich mich für das Gespräch bedanken. Es hat mir gut getan."

„Gerne", erwiderte sie. Gesprochen hat fast nur er, dachte sie sich. Aber das sind die wirklich guten Seelsorgegespräche.

„Ja, und dann würde ich Ihnen gerne etwas zuschicken. Ich habe Ihnen doch vom Wimpernschlag der Geschichte erzählt. Im Dezember 1521. Nachdem das mit der Dissertation nichts wurde, habe ich in einer stillen Stunde auf Frauenchiemsee die Ereignisse von damals zusammengeschrieben, wie sie sich aus Luthers Sicht darstellen. Wenn ich mein Leben neu beginnen will, muss ich mich auch davon verabschieden. Sonst holt mich die Sache von damals immer wieder ein. Darf ich Ihnen den Text zuschicken? Sonst verbrenne ich die Blätter."

„Oh nein, nicht verbrennen, ich komme noch mal zurück und hol sie mir", beeilte sich Sabine Harder und ärgerte sich über sich selbst. Warum hatte sie vergessen, ihn danach zu fragen? Er hatte den Wimpernschlag der Geschichte so sehr betont. Mehrfach. Als Seelsorgerin hatte sie solche Worte aufzugreifen, zu spiegeln. Sie war froh, dass er nun den Mut fand, ihr die Blätter anzubieten. Und das Leben neu beginnen, das klang nicht schlecht. Sie fuhr zu ihm, und er übergab ihr einen Umschlag. Beim abermaligen Abschied hielten sich Maria und Vincent im Arm und winkten ihr beide zu. Todmüde fuhr sie zu ihrem Bauernhof nach Übersee. Sie ließ sich aufs Bett fallen und wollte nur den Anfang des Textes lesen, um dann tief einzuschlafen. Doch als sie damit begonnen hatte, konnte sie nicht mehr aufhören. Sie war mit einem Schlag hellwach.

XX

Jetzt war er wirklich im Wunderland. Ungläubig wandelte er zwischen den Figuren umher. Der ganze Platz, ein Luther-Feld. Andächtig streichelte er einem kobaltblauen Luther über den Kopf, umarmte einen schwarzen, griff einem moosgrünen an den Arm und beugte sich zu einem purpurroten und sah ihm direkt in die Augen. Sein Herz raste. Gefiel ihm das Luther-Feld? Oder war das eine Unverschämtheit? Auf der Bahnfahrt nach Wittenberg hatte er in einem Reiseführer gelesen, dort erwarte den interessierten Kulturbürger auf dem Marktplatz eines der beeindruckendsten Luther-Denkmale, in Bronze gegossen im Jahr 1821 von Gottfried Schadow. Ihm zur Seite fände sich ein ebenso großes Denkmal von Philipp Melanchthon. Ein ähnlich hochgestimmtes Gefühl wie in Worms hatte sich bei diesem Gedanken seiner bemächtigt. Er wollte nicht eitel sein. Denkmale gefielen ihm nur, wenn die reformatorische Idee durchschimmerte. Nicht, wenn sie dem Personenkult dienten. Das verdunkelte nur das Lob Gottes! Am Wormser Denkmal gefiel ihm die Vielzahl der dargestellten Personen gut. Nicht er allein stand für die religiöse Reformbewegung vor 500 Jahren, neben ihm gab es eine Reihe anderer wackerer Mitstreiter. Das kam dort gut rüber. In Wittenberg sollte Melanchthon neben ihm auf dem Marktplatz stehen. Wunderbar! Meister Philipp war der Scharfsinnigste unter den Reformatoren. Er besaß eine Eigenschaft, die damals fast allen anderen abging: Er konnte auch mal nachgeben, um den Gesamterfolg nicht zu gefährden. Wie freute er sich, wenigstens in Form des Denkmals den alten Gefährten mit der markanten Nase, den Kulleraugen, dem schmalen Kopf wiederzusehen! Das schwarze Kloster, das ihm nach der Auflösung zum Wohnhaus geworden war, die Stadtkirche Sankt Marien, sie hatte er zu seiner Linken und zur Rechten liegen gelassen. Tim, Thomas und Torsten, mit Luthers und eigenem Gepäck sowie der E-Gitarre und dem Verstärker beladen, waren ihm kaum hinterhergekommen, so trieb ihn die Sehnsucht nach Melanchthons Anblick und ein wenig auch die Neugierde auf sein eigenes Denkmal zum Marktplatz. Hechelnd bog er von der Collegienstraße auf den Platz ein, und dann das!

Tim, Thomas und Torsten brachten eine Broschüre bei, in der beschrieben stand, was Luther so ins Staunen versetzte. 800-mal hatte ein sogenannter Aktionskünstler mit Namen Ottmar Hörl den Reformator nach dem Vorbild der Denkmalsfigur reproduziert, nur ohne Sockel und viel kleiner.

„Polyprophylen", las er mit zusammengekniffenen Augen und zwickte sich gedankenverloren in den Arm, als prüfe er, ob er noch aus Fleisch und Blut bestehe. Die 800 Luthers waren aus diesem Stoff gegossen.

„Eine Beleidigung! Unser großer Luther! Lächerlich gemacht wird er!", schrie den vier Neuankömmlingen ein Herr mit breitem Hut zu und schwenkte drohend den Spazierstock.

„Abregen, guter Mann", beschwichtigte eine Frau, „die kommen ja auch wieder weg, diese Luthers. Ich finde die gut! War sogar in der Tagesschau! Unser Wittenberg!"

„Eben, das macht den Skandal noch größer!", wetterte der Mann weiter. „Die Muppet Show ist jetzt in Wittenberg zu sehen! Die ganze Republik lacht über uns!"

„Tut sie nicht!", schaltete sich jetzt ein schmalbrüstiger Brillenträger im gelben Cordanzug ein, „endlich wird mal wieder über den alten Luther geredet. Und nicht nur von den paar Professoren und Pfarrern, die das von Berufs wegen tun."

Das Streitgespräch ging noch eine Weile so weiter. Die Fronten blieben hart. Luther setzte sich mit den Jungs an den Tisch eines Straßencafés.

„Hat Sie ein Wittenbergisch Bier?", fragte er die junge Bedienung mit den lustigen Augen hoffnungsvoll.

„Nee, der Herr, ein Ur-Krostitzer hätte ich." Mit einem Schluck trank er das Glas leer und bestellte gleich ein zweites. Schaumspritzer hingen in seinem Bart.

„Ich könnte mir vorstellen, deine alten Lieder zu verrocken, Meister Luther", sprach unvermittelt Torsten. „Überhaupt sollten wir das ganze Reformationszeug etwas entspannter angehen."

Luther runzelte die Stirn. „Entspannter?"

„Na, wie dieser Künstler. Für mich, Meister Luther, bist du immer auf dem Sockel gewesen. Ganz oben. Weit weg. Unnahbar. Und irgendwie auch langweilig, weil ohne Bezug zu meinem Leben. In Konfi kamst du uns jedenfalls so rüber."

„In Konfi?"

„Ach ja, sorry, die Abkürzung kennst du wohl nicht. Konfirmandenstunde. Bestätigung der Taufe und so. Jedenfalls war ich damals von dir null begeistert. Und jetzt merk ich, was du für ein unverkrampfter Typ bist."

Luther grummelte etwas in seinen Bart. Seine Ohrspitzen erröteten.

„Das mein ich ernst, Meister. Ich seh mich mal nach Strom um."

Tim und Thomas folgten ihm. So alleine gelassen, betrachtete Luther das bunte Feld der Figuren lange. Irgendetwas störte ihn. Nur was? Gut fand er die Größe der Figuren. Sie reichten ihm, der er selbst nicht gerade groß war, nur bis zum Bauch. Luther vom Sockel geholt, das war doch keine schlechte Idee, auch angesichts von Torstens Worten. Torsten stand für die junge Generation. Da durfte man sich nicht einfach verweigern. Rock, so nannte man offenbar den heutigen Musikstil. Warum nicht Luther-Rock im Lutherrock? Er wollte das nachher mit ihnen einmal versuchen.

„Zahlen bitte!", rief er der Bedienung zu. Im Stehen blickte er noch eine Weile auf den Platz und die inmitten der Lutherfiguren wandelnden Besucher. Sie schossen Fotos, hielten den kleinen Luthers Eistüten vor den Mund oder setzten ihnen Baseballcaps auf. Seine spontane Regung, sich zu empören, wandelte sich unmerklich in Zustimmung: Ja, er wollte nicht die einsame Denkmalsfigur sein. Er wollte unters Volk wie vor 500 Jahren. Warum hatte man ihn so weit von den Menschen entfernt? Schon hatte er das Café verlassen, schon wollte er in die Collegienstraße abbiegen, da warf er einen letzten Blick auf den Marktplatz und wusste, was ihm die ganze Zeit gefehlt hatte: Melanchthon, in mindestens 800 Exemplaren.

Torsten hatte in der Zwischenzeit mit seiner Suche nach Strom bei der netten Chefin eines Blumengeschäfts Erfolg. Auf Höhe der Stadtkirche hatte er die Technik in der Collegienstraße aufgebaut. Mit seiner E-Gitarre saß er auf einem Klapphocker mit durchwetztem Sitzleder. Hinter ihn hatten sich Tim und Thomas gestellt, zu denen sich zwei weitere schlaksige junge Männer gesellt hatten: Thilo und Tilman, die ebenfalls ihre Zivi-Zeit gerade beendet hatten und sich mit den anderen drei Jünglingen sofort gut verstanden. Beim Stichwort Luther-Rock leuchteten ihre Augen. Sie wollten mit Luther einige Zeit durchs Land ziehen, auch wenn ihnen niemand sagen konnte, wohin es den Reformator noch trieb. Doch bedeutungsschwer hatten Tim, Thomas und Torsten ihnen von der großen Mission des Meisters erzählt, das Werk der Reformation fortzusetzen und manches endlich zu korrigieren, was damals in eine verhängnisvolle Entwicklung geraten war. Mehr hatte ihnen Luther nicht verraten. Ihnen aber genügte das, verbunden mit der charismatischen Persönlichkeit des Graubärtigen, sich zumindest vorübergehend auf ein alternatives Leben zu begeben.

Torsten stimmte die Gitarre, besprach sich kurz mit den Jungs, und dann legten sie los:

„Hörl, er kommt von draußen rein", sangen sie in Anlehnung an ein Volkslied, „wird nicht Euer Feinsliebchen sein, hollahiaho."

Einige Passanten beschleunigten kopfschüttelnd die Schritte, zwei Kinder mit Lutschern blieben neugierig stehen und sahen auf Torsten, wie er die E-Gitarre mit seiner Rechten schrubbte.

Luther lächelte über den Klamauk. Das Recht der Jugend ist das Experiment, sagte er sich. Ob sie jetzt den Künstler der Luther-Figuren veralbern? Oder ob der Künstler Luther veralbert? Oder fühlten sich nicht die Wittenberger veralbert, jedenfalls manche? Alles relativierte sich, Unzulängliches ereignete sich und scheinbar Sicheres stürzte ein. Die Erde bebte unter Torstens Gitarreklängen. Kein Mensch applaudierte, niemand blieb stehen bei der schrägen Musik.

„Macht euch nichts draus", ermunterte Luther die Jünglinge und packte sein Akkordeon aus, „die Wittenberger leben am Rande der Zivilisation. Das habe ich schon immer gesagt. Wir versuchen jetzt mal den Luther-Rock."

Er präludierte *Ein feste Burg*, Torsten unterlegte die Melodie mit akrobatischen Läufen auf der E-Gitarre und die Jungs warfen Laute wie „Yeah, yeah" oder „oh, oh, oh", gedehnt und im Chor, mehr gesprochen als gesungen, dazwischen. Einige Mädchen mit Zahnspangen blieben stehen und himmelten mit ihren Blicken die bleichen jungen Männer an. Sie musizierten nur wenige Minuten fröhlich-experimentell vor sich hin, dann baute sich ein Muskelmann mit einer Einkaufstüte vor ihnen auf.

„Eh, Ruhe hier, aber sofort", brüllte er sie mit martialischem Ton an. Er roch nach Alkohol und trug ein Muskelshirt. Die vor Kraft strotzenden Oberarme waren von der Schulter bis zum Handgelenk mit Segelschiffen, nackten Meerjungfrauen und Totenköpfen tätowiert, dazwischen Schriftzüge wie „Fuck", „Shit" und „Piss off".

„Ich sag euch jetzt mal was", funkelte er sie an und schlug bei jedem zweiten Wort mit der Handkante in die Luft. „Ich wohn hier oben in dieser Wohnung und komm gerade nach Hause. Und ich brauch meine Ruhe. Und wer mir die stiehlt, kriegt was auf die Fresse. Ich brauche genau zweieinhalb Minuten, bis ich auf dem Sofa liege. Wenn ich dann noch einen Mucks von euch höre, befördere ich euch direkt in die Erdumlaufbahn. Verstanden?"

Die Aussage hatte etwas Endgültiges, Unumstößliches. Luther stellte sich die riesige Faust des Tätowierten auf den blassen Nasen der Jünglinge vor und blies zum Aufbruch. Sie packten mühselig alle Sachen zusammen und zogen die Collegienstraße aufwärts vors ehemalige Schwarze Kloster, Luthers Wohnhaus. Eine große Reisegruppe aus Japan scharte sich dort sogleich um sie. Sie hatten Liedzettel in der Hand, in der der Text von *Ein feste Burg* auf japanisch gedruckt war. Kaum hatten die Jünglinge und Luther erneut mit der Rockversion des Liedes begonnen, sangen die asiatischen Gäste mit konzentrierten Mienen mit.

„He is our boss! The true master of the Reformation, Martin Luther himself!", stellten die Jungs nach dem Lied ihren graubärtigen Meister vor. Die Japaner stutzten nur für einen Augenblick, dann zückten sie ihre Kameras und erbaten jeder ein persönliches Foto mit dem Reformator. Kein „really?", keine zweifelnden Blicke, die pure Begeisterung, diesen einmaligen Augenblick einzufangen.

„One Euro for each photo!", nutzten die jungen Männer geschickt die Gunst der Stunde, um die Reisekasse aufzubessern. Sie waren jetzt zu sechst, und Luther hatte ein klares Ziel benannt: Heute so viel einzuspielen, damit es für eine Übernachtung im Luther-Hotel reichte.

Die Jungs rockten weiter, bis Torstens Akku leer war. Luther hatte sich währenddessen in die Stadtkirche Sankt Marien zurückgezogen. Bei den Bildern Lucas Cranachs tankte er auf und besann sich auf seine eigentliche Mission. Das Altarbild, das Abendmahl, bei dem in Cranachs Fassung die Reformatoren am Tisch des Herrn saßen, überwältigte ihn. Was für eine, trotz aller Bedrohung, gesegnete Zeit waren diese Jahre des Umbruchs gewesen! Umso schmerzlicher, wenn 500 Jahre später immer noch kein gemeinsames Mahl des Herrn möglich war. Am Ausgang der Kirche sammelte er verschiedene Broschüren zur sogenannten „Reformationsdekade" und zum Jahr 2017 ein. In einer Buchhandlung kaufte er sich mit seinem letzten Geld einige theologische Abhandlungen. Er blätterte in den Broschüren und Zeitschriften. Alles schön und gut, was sich die Kirchen, Verbände, Stiftungen, Akademien ausdenken, sinnierte er. Aber die entscheidenden Fragen kommen kaum vor: Wie kann das Verhältnis des christlichen Glaubens zum Judentum ganz neu gedacht werden? Und: In welchen Schritten ist bis 2017 die volle Gemeinschaft am Tisch des Herrn, ja die Wiedervereinigung der katholischen und der evangelischen Kirche zu erreichen? Immer wieder las er nur den Satz von Vertretern beider Kirchen: „Wir sind noch nicht soweit", erkannte aber nirgendwo eine Aussage, bis wann man denn soweit sein wolle. Auch Gründe, warum man denn noch nicht so weit sei, fand er keine. Waren das gemeinsame Mahl, die Wiedervereinigung der Kirchen überhaupt gewollt? Wie lange aber konnten sich die beiden Konfessionen solche Quisquilien, solches Gelehrtengezänk noch leisten? Standen die Menschen wirklich hinter dem, was die Kirchenoberen vertraten, dieses Mauern und Taktieren und Sich-Bedeckthalten und Ablehnen? Alles unter dem Siegel dessen, was man „ökumenischen Dialog" nannte? Von einem katholischen Priester aus Saarbrücken las er, der seine Priesterrechte verloren hatte, weil er das Mahl des Herrn mit Evangelischen zusammen gefeiert hatte. Ist das denn möglich, staunte er, auch angesichts anderer, viel gravierender Vergehen von Pfarrern und Priestern. Sie behielten dennoch ihre Rechte und wurden von ihren Kirchenoberen allenfalls versetzt. Das aber auch erst, wenn es gar nicht mehr anders ging.

Vor dem Luther-Hotel traf er die fünf Jünglinge. Da Thilo und Tilman noch Übernachtungsmöglichkeiten in Wittenberg hatten und auch Tim, Thomas und Torsten dort für eine Nacht unterkamen, freuten sie sich, dem Meister mit den Tageseinnahmen der Straßenmusik eine Nacht im Luther-Hotel zu finanzieren. Er dankte ihnen, seine tief in ihre Höhlen zurückgetretenen Augen strahlten glücklich. Er lud sie zum Dank auf einen Drink in die Hotelbar ein und schilderte ihnen seine bewegende Begegnung mit Cranachs Bildern in Sankt Marien. Er verschwieg nicht den ihn beschämenden Anblick des Sandsteinreliefs an der oberen Südostecke der Kirche, das unter dem Namen „Judensau“ bekannt war. Er fragte sich, warum er früher so achtlos an dieser, das jüdische Volk verhöhnenden Skulptur vorbeiging. Dankbar hatte er jetzt die Gedenktafel unterhalb der Skulptur im Kopfsteinpflaster entdeckt. Was er in Apolda von der Massenvernichtung der Juden unter dem schnauzbärtigen Diktator gehörte hatte, hatte ihm definitiv bestätigt, was er seit Jahrhunderten geahnt hatte: Seine theologische Argumentation in der Reformationszeit war einseitig und ohne jeglichen Geist der Liebe, wie er von einem Christenmenschen zu erwarten war.

„Ihr seid da gefragt, Tim, Thomas, Torsten, Thilo, Tilman!“ Er schaute jedem lange in die Augen. „Für uns ist Jesus Christus Herr und Heiland. Aber wir haben kein Recht, deswegen andere Religionen zu verurteilen und schon gar nicht die jüdische, mit der wir denselben Gott glauben.“

Sie nippten nachdenklich an ihren *Rimini Lovers*.

„Ach, und übrigens“, er beugte sich flüsternd zu ihnen, „morgen inspizieren wir die Schlosskirche. In allen Broschüren steht, ich hätte dort an die Tür 95 Thesen angeschlagen. 1517. Das Jahr stimmt. Aber ob ich die Thesen dort festgenagelt habe, weiß ich nicht mehr. Ist auch völlig nebensächlich. Das Entscheidende ist doch: Wir haben damals die Thesen nicht nur in der ganzen Stadt, sondern auch in allen deutschen Landen verbreitet. Überall waren sie Gesprächsthema. Besorgt schon etwas Werkzeug! Wir lassen uns über Nacht in der Schlosskirche einschließen und werden den Sarg ausgraben und öffnen. Kann jemand Bilder mit Euren kleinen Geräten machen, mit denen Ihr auch mit Leuten in der Ferne sprecht?“

Die fünf jungen Männer wackelten mit ihren Handys, als hätten sie das choreographisch einstudiert.

„Zum Beweis, dass da nichts drin ist, öffnen wir das Grab“, ergänzte Luther. „Denn dass ich lebe, seht Ihr ja.“ Mit dieser Aufforderung schickte er sie auf den Weg in ihre Quartiere.

Er selbst begab sich in sein Zimmer, das schlicht und schön war. Der Blick vom Fenster ging auf Hinterhofmauern, aber wenn er sich vorbeugte, sah er die Türme von Sankt Marien. Er legte den Lutherrock ab, stellte sich eine Flasche Wasser auf den Nachttisch und deckte sich zu. Mit wachen Augen hörte er bei offenem Fenster in die Nacht hinein. Um Mitternacht schlugen die Glocken der Schlosskirche und von Sankt Marien an. Wieder stand das Abendmahl-Bild von Lucas Cranach vor seinem inneren Auge, wie er es am Nachmittag lange betrachtet hatte. Kurz tauchte auch wieder die Wartburg auf, so wie er sie in der Dämmerung beim Ausfahren des Regionalzugs vor zwei Tagen gesehen hatte. Ganz langsam fielen ihm die Augen zu und er glitt in einen Traum hinüber. Am nächsten Morgen erinnerte er sich an alle Details des Traums. Die Nebeldecke war in dieser Nacht verschwunden. Er schrieb die Traumszenen schnell auf einen Block, den das Hotel allen Gästen zur Verfügung stellte. Nach der Niederschrift blickte er erlöst auf. Was er auf einem Dutzend Blättern notiert hatte, war kein bloßer Traum. Es war die Realität einiger Dezembertage anno 1521.

XXI

Auf einem Baumstamm in der Nähe der Wartburg, 30. November 1521

Welch ein Ausblick! Diese endlosen Wälder! Dort drüben die Burg. Das Reich der Vögel. Der Ort der Verbannung. Wenigstens in der Umgebung wandern kann ich. Kalt ist das! Trotzdem sitz ich hier wie auf heißen Kohlen! In Wittenberg geht das evangelische Werk weiter, doch unter Gefahr. Die Heißsporne, die Schwarmgeister, werden sie die Gunst der Stunde nutzen? Meine Abwesenheit? Die wenigen Nachrichten, die mich erreichen, deuten in diese Richtung. Zwickauer Propheten sind eingetroffen! Pah! Die sollen die Ernte einfahren, zu der ich den Boden bereitet habe? Die Mönche fliehen aus den Klöstern und heiraten. Kirchen werden geplündert. Zu Schlägereien soll es gekommen sein. Sogar Karlstadt soll eifern. Der gute Karlstadt! Ich mache mir Sorgen. Aber nach Wittenberg zurückkehren, es ist zu früh. Die evangelische Sache muss weiter gären. Je weiter sie voranschreitet, desto besser. Nur in geordneten Bahnen muss es geschehen. Kann Philipp nicht die Zügel in der Hand halten? Aber der Umgang mit dem Volk, das ist nicht seine Stärke. Ihn brauche ich als theologischen Berater. Ich muss mir etwas einfallen lassen.

Auf der Wartburg, 30. November 1521

„Er wünscht mich zu sprechen, der Junker Jörg?"

Der Burghauptmann Hans von Berlepsch zwinkert dem berühmten Gast freundlich zu.

„Ja, Herr Burghauptmann. Ich brauche ein Pferd. Für einige Tage. Dann kehre ich hierher zurück, so Gott will und mich niemand an die Häscher des Kaisers verrät."

„Ein Pferd? Will Er verreisen? Das widerspricht den Anweisungen des Kurfürsten."

„Ich gehorche nur meinem Gewissen. Das sagt mir, ich darf die evangelische Sache nicht einfach so dahinfahren lassen. In Wittenberg droht Ungemach. Kann Er mir ein Pferd besorgen oder nicht? Wenn nicht, werde ich mich auf eigene Faust bekümmern."

Berlepsch blickt sorgenvoll aus dem Fenster. Wem soll er gehorchen? Friedrich dem Weisen, seinem durchlauchtigsten Fürsten und Dienstherrn, oder dem berühmten Gast, der die ganzen deutschen Lande in Aufruhr versetzt hat. Ein Aufruhr, der die Dinge zum Guten wenden kann.

„Geb Er mir etwas Bedenkzeit!"

Berlepsch steigt die enge Wendeltreppe hinunter, schreitet im Burghof auf und ab. Viel Wohlwollen bringt er dem mutigen Gast entgegen, der die Sicherheit der Burg um der evangelischen Sache aufgeben will. Für einige Tage. Er würde ja wiederkommen. Ein Pferd zu besorgen, war nicht das Problem. Er würde ihm zwei, drei Knechte zur Verfügung stellen, alle als Ritter verkleidet. Sollte jemand sie aufgreifen und fragen, wes Landes Kind sie seien, dann sollten sie sagen: „Wir sind alle Junker und Gäste des Burghauptmanns Hans von Berlepsch. Für eine große Hochzeitsfeier auf der Wartburg wünscht er die Besorgung von Wein aus dem Unstruttal und Wittenbergisch Eisbein, gepökelt." Sogleich setzt er sich hin und schreibt ein entsprechendes Revers für seine Junker. Dann sucht er wieder den hohen Gast in seiner Stube auf.

„Junker Jörg, ein Pferd für ihn steht bereit, morgen in der Früh um sieben am Burgtor. Mit ihm reiten zwei andere Junker, ausgestattet mit diesem Auftrag hier. Zieh Er sich warm an!"

Beim Schankwirt Hans Wagner auf dem Brühl zu Leipzig, 3. Dezember 1521

„Was darf es sein? Heute kann ich anbieten den Hecht in schwarzem Pfeffer, das Wildschwein, in der Pfanne geschmort, den Aal mit Ei. Beides preiswert und von meinem Weibe auf das Vortrefflichste zubereitet! Dazu Quittenkompott."

Zweien der drei Junker läuft bei den Worten des Wirts das Wasser im Munde zusammen. Seit gestern Abend haben sie nichts mehr gegessen und seit Sonnenaufgang im Sattel gesessen. Nur Junker Jörg hält sich bedeckt. Noch immer hat er sich nicht an das fette Essen der Ritter gewöhnt. Sein Magen ist auf einfache Klosterkost eingestellt und rebelliert ständig bei den Rittergelagen auf der Burg. An ihnen nimmt er gelegentlich teil, um nicht Misstrauen zu wecken.

„Sag Er mir, kann ich auch nur das Ei in Pfeffersauce haben?"

Der Wirt legt die Stirn in Falten, sieht er doch die Einnahme bei solch kargem Gericht schwinden.

„Ein einziges Ei in Pfeffersauce will der Junker?"

„Nein, geb Er mir zwei Eier, dazu das Quittenkompott."

Der Wirt verschwindet in der Küche und kommt mit drei Humpen Bier wieder.

„Ei, wohin gehet die Reise", fragt er neugierig die Rittersleute. Der Burghauptmann hat ihnen klare Anweisungen gegeben, sie sollen sich bedeckt halten im Gespräch mit Fremden. Man kann nie wissen, welche Verbindungen sie haben und welche unerwünschten Ohren mithören.

„Besorgungen machen, für unseren Dienstherrn. Ins Wittenbergische", antwortet ein Berlepscher Ritter kurz angebunden und dreht sich zu den anderen Junkern. Doch der Wirt reißt die Augen auf und fragt ungeniert weiter: „Ins Wittenbergische? Wisset Ihr, was dort gerade geschieht? Der Luther hat ein Feuer entzündet und selbst ist er untergetaucht. Niemand weiß, ob er noch lebt. Ob Wittenberg noch steht, wenn Ihr dort ankommt, das ist auch ungewiss. Vor einigen Tagen waren Gäste aus Zwickau bei mir eingekehrt. Mit leuchtenden Gesichtern haben sie das Ende der Welt verkündet, das sich in diesen Tagen ereignen werde. Sie wollten es in Wittenberg erleben. Sie haben hier in dieser Stube den Heiligen Geist empfangen und wild durcheinander geschwärmet! Wie Gott sie an der Seele packe und das mit einem jeden vorhabe, der sich seinem Geist öffne, so wie sie das täten! Die Wahrheit liege im Inneren eines jeden und müsse von dort aus zum Leuchten gebracht werden, behaupteten sie."

Junker Jörg sieht den Wirt herausfordernd an.

„Und, der Herr Wirt, ist Er auch von dem Heiligen Geist gepacket worden in diesem Augenblicke?"

Schon will der Wirt antworten, da sieht er das Flackern in den Augen des Gastes. Unheimlich, wie wenn ein Feuer in ihm lodert!

„Oh, ich rieche etwas, der Hecht im schwarzen Pfeffer ist fertig. Ich muss in die Küche."

Im Schwarzen Kloster in Wittenberg, 4. Dezember 1521

„Martin, bist du das? Mein Bruder in Christus, wirklich?"

Ungläubig steht Philipp Melanchthon am Bett des älteren Freundes. Spät in der Nacht ist Luther, aus Leipzig kommend, eingetroffen. Ein Junker, der mit ihm geritten ist, hat es Melanchthon mitgeteilt. Luther ist gerade erwacht. Es ist früher Morgen.

„Dank dir, Philipp, für alles Standhalten hier. Gott segne dich."

„Warum, Martin, bist du gekommen? Weiß der Fürst davon?"

„Nein, und ich möchte meine Ankunft hier und meine Rückreise auf die Wartburg vor ihm verborgen halten. Nicht, dass er die evangelische Sache aufgibt. Noch brauchen wir seine Unterstützung. Gekommen bin ich, weil ich mir Sorgen um die evangelische Sache mache. Ich habe Nachricht, dass einige Schwärmer hier eingefallen sind, dass die Klöster aufgelöst und die Messe ohne Ordnung gefeiert werden. Was daran ist wahr?"

Melanchthon sieht den Freund ernst an.

„Ja, es gibt einige Unruhe. Studenten aus allen Ländern sind an der Universität, bewaffnet und wild entschlossen, gegen unbeliebte Professoren und Priester, die sich der neuen Zeit verweigern, vorzugehen. Albrecht von Brandenburg, Erzbischof von Mainz und Magdeburg, wettert gewaltig gegen die Mönche, die die Klöster verlassen und sich in den Ehestand begeben."

Luther erinnert sich. Noch vor seiner Abreise am 1. Dezember hat er dem Mainzer in aller Frühe ausführlich geschrieben und ihn gerade auch in dieser Frage zurückgewiesen.

„‚Er wolle sich zurückhalten und diejenigen Priester, die sich, um Unkeuschheit zu vermeiden, in den Ehestand begeben haben oder begeben wollen, in Ruhe lassen und ihnen nicht rauben, was Gott ihnen gegeben hat. Vermag doch Eurer Kurfürstlichen Gnaden zu solchem

Tun keinen Anlass, Grund und Recht aufzuweisen, und reiner mutwilliger Frevel ziemt einem Bischof nicht.‘ Das, Philipp, habe ich Albrecht geschrieben.“

„Dein Wort in Gottes Ohr, Martin!“

„Ja, der Mainzer, Philipp, hat außerdem erneut den Abgott aufgerichtet, in Halle dieses Mal, und einen neuen Ablass ausgerufen, der die armen, einfältigen Christen um Geld und Seele bringt. Er beweist damit frei und öffentlich, dass alles Unschickliche und Schändliche, das durch Tetzel geschah, nicht allein seine, sondern des Bischofs von Mainz Willkür war. Er ist in Wahrheit kein Bischof, sondern ein Wolf, der über das Volk herfällt und es zerreißt.“

Luthers Augen glühen. Er richtet sich auf und gießt frisches Wasser aus der bereitgestellten Schale über sein Haupt.

„Ich bin froh, dich wieder zu sehen, Martin. Es gibt auch gute Nachrichten. Ich habe unsere theologischen Leitsätze in den *Loci communes* zusammengefasst. Die ersten Druckbögen müssten an dich gegangen sein. Bei vielen unserer Brüder in den Klöstern und an den Universitäten, aber auch bei Leuten aus dem Volk ist große Erleichterung zu spüren, dass du auf dem Wormser Reichstag so standhaft geblieben bist. Sie hatten um dein Leben gefürchtet und gebangt, die ganze Sache könnte niedergeschlagen werden wie seiner Zeit bei den Hussiten.“

„Du sprichst von den Hussiten, Philipp. Du weißt von unserem Kelch, den uns Michael von der Straßenn besorgt hat.“

„Ja, der böhmische Kelch. Wir sollten deine endgültige Rückkehr abwarten und dann in einer großen Messe mit diesem Kelch das Mahl des Herrn in beiderlei Gestalt für alle feiern. Allerdings …“

Melanchthon zögert. Er ist unsicher, ob er es dem Freund sagen soll. Der merkt sein Zaudern.

„Was ist allerdings? Ist unser Kelch aus seinem Versteck hier im Schwarzen Kloster verschwunden?“

„Ja, Martin, so ist es. Ich habe gestern Abend nachgeschaut. Ich weiß aber auch, wer den Kelch hat. Außer dir und mir haben nur wenige Freunde das Versteck gekannt."

Luther geht alle Freunde durch, die dabei waren, als ihnen Michael von der Straßenn den Kelch aushändigte und er ihn im Schwarzen Kloster versteckt hat. Mit seinen weitverzweigten Kontakten hat Michael ihn über böhmische Händler beschafft. Der ihn aus dem Versteck genommen hat, kann nur einer sein, der in den Briefen auf die Wartburg als ungeduldig und drängend beschrieben wird.

„Karlstadt?"

Melanchthon nickt.

„Ja, Karlstadt ist in der letzten Zeit so stürmisch und macht sich mit denen gemein, die alles niederreißen wollen, was den Menschen bisher heilig war. Er hat den Kelch aus dem Versteck geholt und in der Sakristei der Schlosskirche deponiert. Er plant, zu Weihnachten die Heilige Messe in deutscher Sprache und ohne Ornat zu feiern. Und Neujahr, da will er den böhmischen Kelch einsetzen. In einer großen Messe will er das Mahl des Herrn mit Wein für alle austeilen."

„Mit dem böhmischen Kelch!", bestätigt Luther mit unruhiger Stimme. Er ärgert sich, nimmt doch Karlstadt etwas für sich in Anspruch, was ihm allein nicht zusteht. Aus Höflichkeit, noch mehr aus Freundschaft, vor allem aber um der Sache willen muss Karlstadt damit warten, bis der Freund endgültig von der Wartburg zurückkehrt.

„Man darf so etwas nicht überstürzen", sagt Luther vor sich hin.

„Ja", ergänzt Melanchthon, „Karlstadt redet auch ganz offen über die Bilder in den Kirchen. Sie seien jetzt überflüssig. Schon sind die ersten verwüstet worden. Er ruft nicht direkt dazu auf, aber er hat viele Zuhörer, die aus seinen Worten das Recht auf solches Handeln ableiten.

„Ich muss mit ihm sprechen, Philipp. Kannst du ihn überreden, ans Ufer der Elbe zu kommen? Sag ihm, niemand wird uns sehen."

Auf einem Pfad entlang der Elbe,
6. Dezember 1521

„Es läuft gut für die Sache des Evangeliums, Karlstadt!"

„Ja, ich freue mich sehr, dich zu sehen, Martin. So manches Gerücht ward gestreut, des Kaisers Söldner hätten dich ermordet. So sehr das manche wünschen, die an der alten Ordnung festhalten, sie werden die Bewegung nicht mehr aufhalten."

„Findest du das gut, wenn die Bewegung so tumultartig wird? Wenn die Mönche Hals über Kopf die Klöster verlassen und aufgeheizte Studenten die Kirchen plündern? Du weißt, wo das hinführt? Dann führt bald Satan selbst das Regiment und spült mit dem Überholten und Verdorbenen den ganzen Glauben hinweg. Was bleibt, ist ein eitel Saufen und Fressen und Huren und Aufruhr und Empörung."

„Ach, Bruder Martin, du siehst das zu schwarz. Wir dürfen jetzt nicht nachlassen, die neue Zeit mit aller Macht herbeizuführen. Wie schnell bekommen die alten Kräfte die Oberhand. Denk doch nur an Jan Hus, der auf dem Konzil zu Konstanz auf dem Scheiterhaufen vor weiland gut einem Jahrhundert geendet ist. Willst du dieses Schicksal teilen? Nur weil du zu sehr zögerst?"

„Auch dazu bin ich bereit, wenn es dem Evangelium dient. Wir müssen die Schwachen mitziehen und das geht nur langsam. Der alte Ritus, die lateinische Messe, die Vertrautheit mit der bisherigen Form des Abendmahls, wir können das nur Schritt für Schritt abändern und müssen eine Zeitlang mit beiden Formen leben, der neuen und der alten. Wichtig ist das rechte Predigen des Wortes, dann wandeln sich die, die es hören, und auch die alten Riten verschwinden allmählich."

„Ach, hör mir auf, Martin, mit Worten wie ‚allmählich' und ‚langsam' und ‚Schritt für Schritt'. Ich werde zum Jahreswechsel das Mahl des Herrn so feiern, wie es uns das Evangelium sagt, nämlich mit Brot und Wein für alle, die das möchten. Warten wir ab, welche Wirkung von diesem Zeichen ausgeht."

„Du willst das wirklich tun? Auch wenn ich nicht da bin? Du willst unsere Abmachung brechen?"

„Abmachung? Du meinst den böhmischen Kelch?"

„Natürlich! Wir haben ihn erworben, um eine besondere, heilige und einmalige Situation in diesem Irdenleben zu schaffen."

„Die Zeit drängt, Martin, wann gedenkst du, von der Wartburg wieder ganz hierher zurückzukommen?"

„Ich werde bis Ostern bleiben. Ich will das Neue Testament ins Deutsche übersetzen. Das verlangen die Unsrigen von mir. Bete für mich, dass mir das gelingt. Und warte um der Schwachen willen mit der Austeilung des Abendmahls. Am Wein hängt mehr als nur der Ritus. Die ganze Lehre ist daran festzumachen und zu schnell umgesetzt, verstehen viele nicht, was unsere, oder vielmehr: des Evangeliums, Absichten sind."

„Also gut. Ich will es noch mal durchdenken und mit den Freunden, die hier in Wittenberg sind, besprechen."

„Tu das. Ich bete für dich. Leb wohl."

„Leb du auch wohl und sei auf der Hut, Martin."

In der Sakristei der Schlosskirche,
9. Dezember 1521

„Versuch es noch mal!"

Melanchthon dreht den riesigen Schlüssel im Schloss, stößt aber an einen Widerstand. Jetzt, endlich knackst es und die schwere Eichentür mit den Eisenbeschlägen springt auf.

„Hier, ich durchsuche die Schränke auf dieser Seite, du die da unten."

Luther ist nervös. Er kommt sich vor wie ein Dieb. Dabei holt er sich nur, was ihm gehört: Den böhmischen Kelch. Er selbst hat ihn damals bezahlt, mit den Goldtalern, die ihm ein Gönner in Leipzig bei seiner Disputation mit Johannes Eck 1519 heimlich zugesteckt hat. Erst wollte er das Geld nicht annehmen, doch erinnerte er sich an Michael von der Straßenns Angebot. Er könne den böhmischen Kelch mit seinen Kontakten besorgen. Einen Monat später war es soweit. Mit einigen Freunden hat er ihn im Schwarzen Kloster versteckt.

Staub wirbelt auf, als er mit Melanchthon die Sakristeischränke durchwühlt. Eine Ratte springt ihn plötzlich an, sie muss sich in einem der Schränke eingenistet haben. Er hebt einen Ballen Tuch, Stoff für Paramente, wie aus dem aufgesteckten Zettel hervorgeht. Ein schwerer Hustenanfall überkommt ihn.

„Pssst!", bittet Melanchthon eindringlich. Er hat sich den Schlüssel beim Türmer von Sankt Marien ausgeliehen. Den wahren Grund hat er ihm nicht benannt.

„Hier, da hinter dem Stoffballen, leuchte mal mit deiner Kerze, Philipp."

Sie sehen ein Bündel, in weißes Leinen eingeschlagen. Luther bückt sich, schon wieder springt ihn quiekend eine Ratte an, als er nach dem Leinenbündel greift. Noch eine ganze Schar Ratten huscht über ihre Füße und durch die Tür ins Kirchenschiff. Er betastet den Stoff, dann nickt er dem jungen Freund stumm zu. Langsam wickelt er im wackligen Licht der Kerze den Fund aus. Ein erstes Funkeln, dann ist er in seiner ganzen schlichten Schönheit zu sehen: Der böhmische Kelch, mit 18 Zentimetern nicht sonderlich groß, aber aus purem Gold. Andächtig lesen sie die Inschrift, die am oberen Rand der Kuppa verläuft: *AGITUR HAEC SUMMUS Per POCLA TRIUMPHUS.*

„Wir wollen ja die Messe in Deutsch feiern. Übersetz mir das mal so, wie es das Volk versteht, Philipp."

Luther sieht den Freund mit glücklichen Augen an.

„Nun, ich würde sagen, das heißt: Mit diesem Kelch wird der höchste Triumph vollzogen."

„Ja, sehr gut, und hier, sieh auf dem Fuß die Gravur: *HIC CALIX SANGUINIS DomiNI NostRI IHesU XPI.* Dies ist der Kelch des Blutes unseres Herrn Jesus Christus", übersetzt jetzt Luther.

„Und hier, der Name des Meisters: Jakob aus Gotha. Ob er über diesem Auftragskelch zum Christen geworden ist? Denken wir an Jesus, der ein geborner Jude ist."

Luther wickelt den Kelch wieder ein, Melanchthon verschließt Schränke und Sakristeitür. Im Nachtdunkel huschen sie in ihre Häuser zurück. Irgendwo hat eine Katze einen Vogel geschlagen, der erbärmlich seinen letzten Lebenslaut schreit.

Beim Schankwirt Hans Wagner auf dem Brühl zu Leipzig, 10. Dezember 1521

„Ei, die Rittersleut sind wohl auf der Rückreis'?" Der Wirt begrüßt sie freudig, erinnert sich sogleich an den flackernden Blick des einen Junkers vor einer Woche. Jetzt lächelt dieser Junker milde und fragt ihn:

„Sag Er mir, Herr Schankwirt, wie war das mit den Propheten aus Zwickau, die bei ihm eingekehrt sind? Wie ist ihnen Gott erschienen? Wie sind sie zu ihrem inneren Licht gekommen?"

Der Wirt ist unsicher. Warum fragt ihn der Junker so genau? Die Neugierde siegt und er antwortet, damit das Gespräch nicht endet:

„Sie sagen, sie seien gottergeben und fromm in ihrem Verhalten und hätten die Gebetszeiten gehalten wie es die Mönche im Kloster tun. Plötzlich sei in ihrem Inneren ein Glühen und Beben gewesen und es habe sie etwas gepackt, Wahrheiten auszusprechen vom Untergang der Welt und von anderen göttlichen Dingen. Dieses Etwas könne niemand anderes als Gott selbst sein, sein Geist, der ihr Inneres erleuchtet."

Der Junker mit dem geschwungenen Oberlippenbart sieht ihn aufmerksam an und fragt erst nach einer Weile:

„Es ging also alles glatt, ruhig und ohne große Erschütterung ab? Keine geistlichen Ängste, keine göttlichen Geburtswehen, kein Durchleben von Tod und Hölle, bis der wahre Glaube durchdringt?"

Jetzt ist wieder das Flackern in seinem Blick.

„Geh Er mir fort, der Herr Wirt, mit solchen Geschichten, die Er womöglich allen Gästen weitererzählt. Wer wahrhaftig glaubt, der muss den Weg über das Leiden gehen, wie schon Jesaja schreibt: *Er zerbrach mir alle meine Gebeine wie ein Löwe*. Oder wie der Beter des 31. Psalms spricht: *Ich bin von Deinen Augen verstoßen*. Oder, wenn mehr Beispiele gefällig sind, der 88. Psalm: *Meine Seele ist voll Jammers, und mein Leben ist nahe bei der Hölle.* Geh Er mir fort mit diesen sogenannten Propheten aus Zwickau und ihrem eitlen selbstgefälligen Geschwätz."

Jetzt ist Luther aufgesprungen und der Wirt schaut ihn ängstlich an. Wie kann ein Ritter so gut die Bibel kennen? Und wieder isst er nur das Ei in Pfeffersauce, zwei an der Zahl, dazu das Quittenkompott.

Bei Priester Johannes Lang in Erfurt, 12. Dezember 1521

„Mein allerliebster Bruder in Christus, sei gegrüßt, Johannes!"

„Oh, Martin, wie bin ich überrascht, dich hier in Erfurt anzutreffen."

„Von Wittenberg komm ich."

„Von Wittenberg? Wo warst du denn die ganze Zeit seit dem Reichstag zu Worms? Das ganze Reich stellt sich diese Frage!"

Luther erzählt seinem altvertrauten Augustinerbruder Johannes Lang alle die Ereignisse der letzten Monate. Ihm kann er vertrauen. Es tut gut, ein paar Vertraute auch außerhalb Wittenbergs zu haben.

„Und, Martin, wie steht es um die Mönche im Augustinerkloster zu Wittenberg? Ist es so schlimm wie hier in Erfurt? Alles geht nieder, was jahrhundertelang aufgebaut ward? Ist ein solch abruptes Ende vonnöten? Geht dabei nicht auch viel Bewahrenswertes zugrunde?"

„Ich spüre, wir haben ähnliche Gedanken. Ein Kloster sollte nicht im Tumult aufgelöst werden. Da leben Brüder seit Jahrzehnten zusammen. Man kann sich in aller Ruhe, in Frieden und Freundschaft trennen! Wie es in Wittenberg steht, wirst du selbst sehen. Du gehst doch sicher zum Konvent der Augustiner am 6. Januar des kommenden Jahres. Sieh zu, dass du dann die Anhänger des Evangeliums unterstützt und verteidigst!"

Lang nickt zustimmend. Jetzt findet Luther die Zeit gekommen, von Karlstadt zu erzählen, den Zwickauer Propheten, den aufgeheizten Studenten.

„Ich bin guter Dinge, dass sich das alles legt und die, die die Ruhe bewahren wollen, die Oberhand behalten", schließt Luther seine Rede.

Er wickelt das Leinen auseinander und zeigt dem Vertrauten den böhmischen Kelch. Langs Blicke wollen sich nicht von dem goldenen Meisterwerk abwenden.

„Der ist so schön, weil er so schlicht ist. Wie unser Glaube, Martin. Du hast von Gott die Kraft bekommen, der Christenheit den Glauben in seiner reinen Form zurückzugeben, nachdem er über Jahrhunderte immer mehr von kirchlichen Ordnungen und menschengemachten Traditionen zugedeckt wurde."

Lang geht auf den Freund zu und drückt ihn fest an sich. Dann brechen sie auf. Die Nacht ist hereingebrochen. Es sind nur wenige Minuten bis zum Augustinerkloster. Sie warten, bis das letzte Gebet im Chor der Kirche gesprochen ist und die verbliebenen Mönche sich in ihre Zellen verzogen haben. Die Nacht ist frisch und Luther erinnert sich an die Kälte des Klosters, damals, als er als Mönch hier gelebt hat. Die vielen Fastenzeiten! Die karge Zelle, eiskalt! Nur das Refektorium war beheizt. Doch heute spürt er die Temperatur nicht. Sie steigen in den Innenhof des Kreuzgangs, holen die Schaufeln unter ihren Kutten hervor und beginnen zu graben. Das Versteck muss nicht groß, aber tief sein. Die beiden Kerzen werfen nur einen kleinen Lichtkegel. Nach einer Stunde ist es so weit. Sie versenken den Kelch, jetzt in noch mehr Leinen gewickelt, in die Erde. Um drei Uhr in der Nacht werden die Mönche und Novizen zum Gebet in der Klosterkirche geweckt. Bis dahin müssen sie fertig sein. Schnell scharren sie das Loch zu und drücken sich in eine Nische, während gähnend ein paar Kuttenträger der Kirche zustreben.

„Geschafft!", atmet Luther erleichtert durch.

„Ja, geschafft!", freut sich auch Johannes Lang.

„Für immer unser Geheimnis!"

„Für immer unser Geheimnis!"

Noch einmal drücken sich die Freunde. Dann reitet Luther Richtung Wartburg weiter und Lang schleicht den anderen Mönchen hinterher in den Chor der Kirche.

Auf einem Baumstamm in der Nähe der Wartburg, 8. Januar 1522

Jetzt hat er es also doch getan. Der Karlstadt. Ohne Ornat und in deutscher Sprache. Das hätte doch genügt. Gleich zwei Veränderungen jahrhundertealter und vielen lieb gewordener Traditionen. Klar, ich habe die Messe kritisiert. Scharf sogar. Abgötterei sei das, so wie sie zelebriert wird. Vieles muss sich ändern. Aber gleich alles auf einmal? Was soll dieses ungeordnete Messfeiern? Macht da jeder nach Gutdünken seine Ordnungen? Und dann hat er das Mahl des Herrn gefeiert! Nach böhmischem Muster, wie man mir schreibt. Der Priester hält die Hostie nicht mehr hoch über den Köpfen des Volkes und legt sie dem Gläubigen in den Mund. Nein, Karlstadt hat sie jedem in die Hand gegeben. Dann hat sich jeder die Hostie selbst in den Mund gesteckt. Bisher war das eine Todsünde. Kann man so was ohne Predigt, ohne Erklärung einfach ändern? Überfordert man da nicht die Schwachen? Was meldet man mir? Zweitausend Leute haben teilgenommen. Eine stolze Zahl. Die Sache des Evangeliums geht voran, das ist die Hauptsache.

Ja, und er hat das Abendmahl zwar mit Wein für alle, aber ohne den böhmischen Kelch gefeiert. Der ist gut versteckt im Erfurter Kloster. Nur Bruder Johannes und ich wissen davon. Ob es jemals eine Gelegenheit geben wird, ihn einzusetzen? Es muss eine besondere, heilige und einmalige Situation in diesem Irdenleben sein. Ob ich die erlebe? Das Abendmahl mit Wein für alle hat Karlstadt voreilig ausgeführt. Schade! Aber Gott wird eine andere Gelegenheit schenken. Vielleicht auch nach meinem Tod. Doch wer erfährt dann von dem böhmischen Kelch? Ich will einen Brief an Melanchthon schreiben. Ihm vertraue ich vollkommen. Aus Andeutungen soll er erspüren, wo der Kelch vergraben ist. Wenn mich Gott aus dieser Welt in sein Reich holt, bin ich entweder vergessen oder man wird erforschen, wie ich gedacht habe, und dazu wird man meine Briefe lesen. Wenn dann ein besonders kluger Geist darunter ist, wird er erkennen, wie es sich mit dem böhmischen Kelch verhält. Vielleicht entschlüsselt er sogar, wo ich ihn aufbewahrt habe. Ach, ich will es dem Allmächtigen überlassen, ob der Kelch jemals wieder auftaucht. Barmherziger und allmächtiger Gott, so wie ich mich ganz dir anvertraue, so ist auch das Los des böhmischen Kelchs in deiner Hand. Gib mir die Kraft, dein Wort in rechter Weise zu übersetzen. Ja, ich muss zurück auf die Burg. Das Neue Testament wartet auf seine Übersetzung ins Deutsche. Ein hartes Stück Arbeit. Aber es ist mein Glück in der Wüstenei der Burg!

XXII

„Hier, Meister Luther, wir haben fünf Spaten, einige Pickel, Hammer und Stemmeisen."
Sie sahen ihn erwartungsvoll an und hofften auf ein wenig Lob. Doch Luther war abwesend, nahm sie kaum zur Kenntnis. Sie hatten sich vor dem Luther-Hotel getroffen. Das Werkzeug hatten sie in großen Plastiksäcken versteckt. Niemand sollte Verdacht schöpfen, was sie in der Nacht vorhatten. Die Jünglinge traten ungeduldig

von einem Fuß auf den anderen. Die Kälte der Nacht war noch nicht aus den langgezogenen Häuserreihen der Wittenberger Innenstadt abgezogen. Luther starrte nur auf den Boden. Ab und zu entfuhr ihm ein Seufzer, der von ganz tief innen kam. Keiner wagte, ihn anzusprechen. Sie spürten, wie in seinem Inneren ein Kampf tobte.

„Die Spaten, ja das ist gut!", stöhnte er einmal kurz auf, dann war wieder Ruhe. Einige Passanten sahen etwas verwundert auf den abwesenden Graubart und die fünf schmächtigen jungen Männer.

„Das sind bestimmt Amerikaner", hörten sie einen Rentner zu seinem Dackel sagen.

Luther ging ein Stück vom Hotel weg. Die Jungs griffen zu ihrem Gepäck und wollten ihm nachfolgen. Mit einer unscheinbaren Geste beschied er ihnen, auf ihn zu warten. Er wollte alleine sein. Langsamen Schrittes bewegte er sich zum Schwanenteich, der noch im Morgennebel lag. Er spazierte um den Teich herum. Mehrere Nacktschnecken kreuzten seinen Weg. Als er zurückkehrte, blickte er entschlossen.

„Auf geht's!", ermunterte er die Jünglinge. Sie stiefelten in Richtung Schlosskirche los, doch Luther rief ein lautes „Halt!!!".

„Nicht zur Schlosskirche?", wagte sich Tim zu fragen.

„Nein, wieviel Geld haben wir noch?"

Thomas und Thilo holten den Geldsack hervor und begannen zu zählen.

„20 Euro und 17 Cent", gaben sie das Ergebnis bekannt.

„Hm. Ob das für uns alle nach Erfurt reicht?"

Torsten zückte sein Smartphone und sah im Internet nach.

„Ab 30 Euro und ein paar Zerquetschte könnte ich da was mit Gruppen-Ticket machen. Schätze mal, wir müssen noch ein bisschen spielen. Sie packten ihre Instrumente aus, Luther das Akkordeon, Torsten die E-Gitarre und die anderen jungen Männer Gürtelpauken, die sie in einem Ramschladen günstig erstanden hatten. Der

Schwanenteich war kein günstiger Ort für Straßenmusik. Zu wenig Publikum. Aber sie scheuten die Mühe des Aufbaus in der Fußgängerzone, wo an einem Sonntag ohnehin wenig los war und der Muskelmann auf dem Sofa lag und Tattoo-Kataloge durchblätterte. Eine alte Frau mit Kopftuch erlöste sie mit einer Zehn-Euro-Spende.

Eine Stunde später saßen sie im Regionalexpress nach Halle.

„Was meint ihr, warum will der Meister nach Erfurt? Die Schlosskirche mit Grab war ihm doch so wichtig!", tuschelten die Jünglinge, während Luther auf der Zugtoilette war. Doch sie fanden keine Erklärung. Luther schwieg und saß fast leblos auf seinem Fensterplatz. Erst als sie Apolda passierten, sprang er auf. Hatte er da nicht sein Konterfei vom Zug aus gesehen? Jetzt sahen es alle: Der Kopf des Reformators und darunter der Schriftzug: *LUTHER 2017. 500 JAHRE REFORMATION.* Riesengroß hing das Banner am Turm der Lutherkirche. Luther griff hektisch in die Taschen seines Lutherrocks, durchwühlte sein Gepäck und hielt dann erleichtert die Visitenkarte mit dem Tonsurapfel in der Hand. Er bat Torsten, die Nummer des Mannes in Apolda anzurufen und ihn zu bitten, um ein Uhr in der Nacht nach Erfurt zum Augustinerkloster zu kommen. Mit schönen Grüßen von Martin Luther.

„Kannst du mit deinem Gerät auch die Nummer der Pfarrerin herausfinden, die in der Klinik arbeitet, in der ich war?"

Torsten tippte einige Informationen ein, die ihm Luther gab. Dann hatte er die Festnetz- und Handynummer von Sabine Harder. Über das Mobiltelefon erreichte er sie im Auto. Sie war auf der Rückfahrt vom Chiemsee.

„Ich bin Torsten. Ein Jüngling von Martin Luther. Ich soll Ihnen ausrichten, dass Sie bitte nach Erfurt ins Augustinerkloster kommen sollen. Treffpunkt ist heute Nacht um ein Uhr. Sie sollen auch den katholischen Kollegen aus der Klinik mitbringen."

Sabine Harder verstand den Anruf sofort. Insgeheim hatte sie damit gerechnet. So wie Wolfgang Trödler in die Rolle des Luther immer mehr hineinwuchs, war es nur eine Frage der Zeit, bis er sich der geheimnisvollen, sich um den böhmischen Kelch rankenden Vorgänge des Dezember 1521 erinnerte. Er und Vincent Weber hatten vor 25 Jahren die entscheidenden Hinweise gefunden.

„Ich komme!", sagte sie und rief umgehend ihren Mann an, damit er die Kinder bei den Großeltern abhole und sich um sie kümmere. Der meldete leichten Protest an.

„Ja, ich weiß, wir haben das anders ausgemacht. Mir tut es total leid, dass ich die Kinder das ganze Wochenende nicht sehe. Aber es ist eine Ausnahmesituation. Glaub mir. Es ist wichtig. Bitte!"

Sie drückte ihren Mann weg und wählte den katholischen Kollegen Klaus Schulz an. Ihm musste sie ausführlicher die Vorgänge des Wochenendes erklären.

„Ich setz mich jetzt ins Auto und bin rechtzeitig da", antwortete er schließlich ohne großes Nachfragen. Sie hatte auf diese Antwort gehofft und freute sich über den Kollegen, der die Tragweite des Geschehens verstand.

In Erfurt angekommen, knurrten Luther und den jungen Männern die Mägen. Luther fühlte sich an seine Klosterzeit erinnert, so hungrig war er und ohne Perspektive auf Abhilfe. Damals gab es während der vielen Fastenzeiten nur vormittags um zehn Uhr ein einziges karges Mahl!

Auf dem Erfurter Anger bauten sie sich mit ihren Instrumenten auf. Es war Sonntag, die Geschäfte geschlossen. Familien mit Kleinkindern im Buggy, ein paar Rentner, kaum jemand blieb stehen und noch weniger Menschen warfen etwas in den Akkordeonkasten. Zwei Abiturientinnen, Tamara und Tina, hatten sich zu ihnen gesellt und gaben die Hintergrundstimmen zum Luther-Rock. Erst nach zwei Stunden hatten sie das Geld für drei Fischbrötchen zusammen, die sie sich zu acht teilten.

Bei Einbruch der Dunkelheit zogen sie zum Augustinerkloster. Sie versteckten die Säcke mit den Spaten und dem anderen Werkzeug hinter einem Mauersims. Ein Paar bog um die Ecke, das kein Liebespaar war, sich aber gut verstand: Die Klinikseelsorgerin Sabine Harder und ihr katholischer Kollege Klaus Schulz. Wenige Minuten später traf der untersetzte Mann mit den abstehenden Ohren aus Apolda ein.

Luther sprach nur wenige, vorstellende Worte: „Hier ist die Pfarrerin, die zuhören kann. Ihr traue ich zu, das Ereignis der heutigen Nacht richtig einzuordnen und etwas Zukunftsweisendes daraus entstehen zu lassen."

Er blinzelte Sabine Harder zu, die sich über das unerwartete öffentliche Lob freute. Zugleich überreichte er ihr einige dicht beschriebene Blätter eines Hotelblocks.

„Was heute Nacht geschieht, hat aber nur einen Sinn, wenn es in Gemeinschaft mit der katholischen Kirche geschieht. Ich freue mich, den katholischen Kollegen der Pfarrerin zu begrüßen."

Auch Klaus Schulz warf er einen freundlichen Blick zu. Der Priester staunte über Luthers Wandlung. Bei der ersten Begegnung hatte er ihn nur zürnend und gereizt erlebt. Jetzt strahlte er Milde und stille Zuversicht aus.

„Dieser Herr kommt aus Apolda. Auch ihm ein herzliches Willkommen. Auch Sie haben mich überzeugt, dass Sie den richtigen Blick auf die Dinge der Reformation haben. Sie werden das Geschehen der Nacht ebenfalls gut verstehen und in positive Handlungen umsetzen."

Nach diesen Worten nickte er jedem einzeln noch einmal zu. Dann begab sich die Gesellschaft ins Augustinerkloster. Sie versteckten sich im Arkadengang und hörten, wie die Schwestern, die in der Kirche die Gebetszeiten einhielten, nach dem letzten Gebet um 19.30 Uhr das Tor zum Kreuzgang schlossen. Stundenlang harrten sie aus, indem sie stumm auf dem Boden saßen. Alle spürten die Weihe des Kommenden, einen historischen Augenblick, an dem sie Anteil hatten, auch wenn sie, von Luther, Sabine Harder und Klaus Schulz abgesehen, nichts Konkretes wussten. Erst als die Glocke die erste Stunde des neuen Tags anschlug, stand Luther auf und begab sich in den Innenhof. Er winkte den Jünglingen zu, und sie packten ihre Spaten aus.

„Hier, Ihr müsst ganz tief graben", sprach Luther mit belegter Stimme und zeigte mit der Hand auf eine Stelle des ausgetrockneten Rasens.

Während die fünf jungen Männer erst die Rasenstücke vorsichtig ausstachen und dann abwechselnd in der feuchten Erde gruben, sorgten Tamara und Tina mit ihren Handys für ein spärliches Licht. Luther selbst war nur schemenhaft zu erkennen. Manches Mal kam ein Aufstöhnen aus seiner Richtung.

„Stopp!", rief Thilo nach einer halben Stunde.

„Ja, da ist was", bestätigte Thomas.

Sie bückten sich und holten ein mit Erdbrocken bedecktes und vermodertes Leinenbündel hervor. Durch die Tücher war ein Gegenstand zu ertasten. Sabine Harder trat an die beiden Jungs heran. Sie händigten ihr den Fund aus. Als sie das letzte Tuch zur Seite schob, hatten sich alle über den Fund gebeugt, den Tamara und Tina beleuchteten. Ein erstes Funkeln, dann war er in seiner ganzen schlichten Schönheit zu sehen: Der böhmische Kelch, nur 18 Zentimeter groß, aber aus purem Gold.

„*AGITUR HAEC SUMMUS Per POCLA TRIUMPHUS*", las Klaus Schulz die Inschrift am oberen Rand der Kuppa und übersetzte für alle: „Mit diesem Kelch wird der höchste Triumph vollzogen."

„Ja, und hier, auf dem Fuß die Gravur: *HIC CALIX SANGUINIS DomiNI NostRI IHesU XPI*", ergänzte Sabine Harder. „Dies ist der Kelch des Blutes unseres Herrn Jesus Christus."

„Und hier, der Name des Meisters: Jakob aus Gotha", flüsterte überwältigt vom Fund der Apoldaer.

Wie an einer Leine gezogen, wendeten sich jetzt die Blicke aller bewundernd auf Martin Luther, der hinter ihnen stehen musste. Tamara und Tina leuchteten in die Blickrichtung, hier, da war er eben noch gewesen. Doch jetzt war da niemand mehr. Luther war weg! Niemand hatte ihn gehen gesehen oder gehört. Doch als die Jünglinge zum Tor des Kreuzgangs stürmten, sahen sie: Das Tor war offenbar nicht abgeschlossen gewesen. Jetzt stand es ebenso offen wie ein Fenster im Vorraum, durch das er entwichen sein musste.

„Was machen wir jetzt mit dem Kelch? Wem gehört der? Wie kommt der hier in diese Erde?“, fragten gleich mehrere durcheinander. Sie waren verwirrt, kopflos. Nur Sabine Harder blieb ruhig. Sie bat den Mann aus Apolda, ihr kurz zu erzählen, woher er den graubärtigen Mann kenne, der soeben verschwunden war. Sie hörte aufmerksam zu, dann hob sie den Kelch etwas in die Höhe und bat um Ruhe.

„Was wir hier gerade erleben“, hob sie an und ihre Stimme war fest, „das ist ein Wimpernschlag der Geschichte. Uns ist ein Kelch in die Hände gefallen, den schon Jan Hus benutzt hat.“

Sie stellte den Zusammenhang zu den Ereignissen vom Dezember 1521 her und berichtete von Vincent Webers und Wolfgang Trödlers Entdeckungen zu diesen Ereignissen in den achtziger Jahren an der Universität in München.

„Wir haben mit diesem Kelch einen Auftrag. Luthers Anliegen ist es, mit Hilfe dieses Kelchs zwei Dinge zu korrigieren. Zum einen seine Haltung zum Judentum, die so fatale Folgen hatte und die ihn heute tief beschämt. Zum anderen ist es die Aufspaltung der Kirche seit der Reformation in zwei Konfessionen, die katholische und die evangelische.“

Sie lächelte Klaus Schulz zu, der zustimmend die Hand an den Kelch legte.

„Der Kelch ist uns übergeben worden, um eine besondere, heilige und einmalige Situation in diesem Irdenleben zu schaffen. Der, der uns heute hier an diesem Ort versammelt hat und der so plötzlich verschwunden ist, hat in Apolda von einem großen Unternehmen erfahren, das dort 2017 stattfinden soll.“

Jetzt blickte sie auf den Mann aus Apolda, der ihr mit geöffnetem Mund zuhörte.

„Ich denke, das Jahr 2017 hat ultimativen Charakter. Entweder ist bis dahin die Gemeinschaft am Tisch des Herrn zwischen den beiden Konfessionen möglich und die konkreten Schritte für eine Fusion der beiden Kirchen sind festgelegt. Oder aber man lässt es dann endgültig sein. Wenn aber das gemeinsame Mahl am Tisch des Herrn zustande kommt, dann so: Brot und Wein für alle und mit einem neuen, gemeinsam getragenen Verständnis als Liebesmahl und nicht als Sühnopfer."

Ihr Blick wanderte wieder zu Klaus Schulz, der nachdenklich in die Finsternis blickte.

„Ja, ein geeigneter Ort für diese besondere, heilige und einmalige Situation in diesem Irdenleben könnte meines Erachtens 2017 die Lutherkirche in Apolda sein. Dort könnte das gemeinsame Mahl des Herrn stattfinden, in beiderlei Gestalt, so wie es sich Luther 1521 wünschte. Und dort wird, so wie ich das sehe, auch Luthers Verhältnis zum Judentum kritisch reflektiert."

„Ja", ergänzte der Apoldaer, dessen Ohren im Kerzenlicht noch größer erschienen. „Ohne dass wir deswegen Luther gewaltsam vom Sockel stoßen. Aber erstens wollte er gar nicht unbedingt auf den Sockel und zweitens hat er Großes geleistet. Das muss man wegen seiner Irrwege nicht verschweigen."

„Vielleicht kommt auch ein anderer Ort infrage für die Nutzung dieses einmaligen und unbezahlbaren Kelchs. Wir wollen uns da nicht festlegen und abwarten, was sich die nächsten Jahre noch entwickelt. Für das gemeinsame Mahl des Herrn wäre auch Wittenberg ein guter Ort", schloss Sabine Harder die Überlegungen ab.

„Und was machen wir nun mit dem Kelch?", fragte Klaus Schulz, der ihn bewundernd in die Hand genommen hatte. „Wieder in die Erde?"

Sie sahen den funkelnden Kelch, die Grube.

„Ja, wieder in die Grube", sprachen wie aus einem Munde Sabine Harder und der Apoldaer.

„Wir können den Kelch ja mit unseren Säcken einwickeln, in denen wir das Werkzeug hatten", schlug Tim vor.

„Er wird ja hoffentlich nicht wieder fast 500 Jahre hier drin liegen“, lachte Sabine Harder.

Nachdem er gut verpackt war, legten sie und Klaus Schulz den Kelch gemeinsam in die tiefe Grube. Schnell scharrten die jungen Männer die Erde darüber und setzten zum Schluss die Rasenstücke wieder ein. Alle leuchteten mit ihren Handys gemeinsam die Stelle ab. Keine Spuren der nächtlichen Aktion waren zu sehen. Sie ließen das Tor zum Kreuzgang ins Schloss fallen und begaben sich alle durch das offene Fenster des Vorraums ins Freie. Tilman zog als letzter die Fensterflügel zu. Draußen hörten sie ein leises Aufstöhnen hinter ein paar Büschen. War das Luther? Torsten schob die Büsche zur Seite. Sie hatten ein Liebespaar aufgescheucht. Schnell stob die nächtliche Gesellschaft auseinander.

XXIII

„Ich will was mit Menschen machen“, sprach Tim und knabberte an den Fingernägeln.

„Also was Soziales!“ Der Berufsberater sah in den Bildschirm seines Computers und bewegte die Maus. „Geht es noch etwas konkreter?“

„Tja, also, ich mein, vielleicht, wenn das geht, irgendwas mit Frieden zwischen Menschen stiften oder im Irak oder so. Wie gesagt. Ich will was mit Menschen machen.“

„Wie wär's mit Erzieher? Die werden jetzt gesucht. Gute Anstellungschancen. Oder Grundschullehrer?“

Mit einem Packen Unterlagen verließ Tim das Arbeitsamt. Auf der Freitreppe begegnete ihm Thomas.

„Du hier, Thomas?“

„Ja, ich habe einen Termin bei der Berufsberatung.“

Thomas fuhr mit dem Lift in den dritten Stock des nüchternen Neubaus. An der Bedienleiste blitzte ihm sein Spiegelbild entgegen. Er strich sich ein wenig die Haare zurecht. Der Berater legte Tims Unterlagen zur Seite und wandte sich dem neuen Besucher zu.

„Na, in welche Richtung könnte es denn gehen?"

„Ich will was mit Medien machen."

„So, so, mit Medien!"

Als Thomas aus dem Gebäude ging, hatte er eine vage Aussicht auf einen Praktikumsplatz bei einem kleinen Privatsender. „Da müssen Sie erst mal nur das Kamerakabel hinterhertragen", hatte ihm der Berater angekündigt. Aber später würde es vielleicht interessanter.

Er fuhr in die Stadt zurück und schlenderte durch den Park.

„Hey Torsten, was machst du denn hier?"

Torsten saß auf einer Bank im Park und rauchte selbstgedrehte Zigaretten.

„Chillen, warten, ob jemand zum Quatschen kommt."

„Na, und beruflich?"

„Ich will eine Band gründen. Wir brauchen noch einen Sänger. Hättest du Lust?"

„Lust schon, aber ich hab einen Job bei einer Fernsehanstalt angefangen. Viel Stress, wenig Zeit. Verstehst du?"

Torsten verstand. In seinem Smartphone suchte er nach Thilos Nummer. Auch er hatte keine Zeit mehr. „Ich fang zum Wintersemester an der TU in Berlin mit Wirtschaftsingenieurwesen an", sagte er geschäftig, „ich war schon immer gut in Mathe und so. Die von der Berufsberatung haben gesagt, man bekommt da ziemlich sicher einen Job. Mit guter Bezahlung."

Kaum hatte Torsten Thilo weggedrückt, kam ein Pärchen vorbeigeschlendert und setzte sich ganz in seine Nähe. Sie registrierten ihn nicht, so verliebt waren sie. „Ich kann gar nicht mehr richtig essen, seitdem ich dich kenne", sprach er. „Ich habe geträumt, wir werden in eine Zweier-WG ziehen, du und ich, nur wir zwei." Sie küssten sich innig und er legte seine schwitzige Rechte um ihre nackte Schulter. Torsten stand auf und ging. Er hatte die beiden erkannt. Tamara und Tilman waren es.

Bleibt noch Tina, sagte sich Torsten und wählte sie an.

„Ich brauch noch eine Sängerin für meine Band", begann er.

„Eine Band? Klingt gut. Wer ist denn sonst noch so dabei?“

„Bisher nur du, wenn du zusagst.“

Tina schwieg.

„Hey, bist du noch dran?“

„Ja, Torsten, danke für die Anfrage. Aber ich zieh ja weg. Weißt du schon warum? Ich will Theologie studieren.“

Jetzt schwieg Torsten. Er drückte sie weg.

„Torsten? Also wenn ich Pfarrerin bin, lad ich dich mit deiner Band mal zu einem Gottesdienst ein. Wir können dann *Ein feste Burg ist unser Gott* spielen, Luther-Rock, ja?“

Jetzt erst merkte sie, dass er ausgeschaltet hatte. Torsten hatte in der Zwischenzeit die Gitarre ausgepackt. Er fing an, einen Text von Hermann Hesse zu vertonen. Vom Nebel handelte er. Luther-Rock, das war ihm zu abgedreht.

Klaus Schulz bewarb sich um eine Stelle in Duisburg. Nach der Tragödie der Loveparade hatte er in einer Sonntagszeitung eine Reportage über die Stadt gelesen. Die Hoffnung auf eine bessere Zukunft für die Stadt sei mit den Toten bei der Loveparade gestorben, hieß es da. Das empfand er als Herausforderung. Wo, wenn nicht hier, so fragte er sich, war die aufbauende Wirkung christlichen Glaubens gefragt? Auch der Anteil von 30 Prozent Migranten in der Stadt war ihm mehr Anreiz als Abschreckung. Seine Kollegin Sabine Harder hatte vielleicht doch Recht: Sich vor einer Islamisierung der deutschen Gesellschaft zu fürchten, war unbegründet. Wenn die Deutschen nur noch in geringer Zahl regelmäßig einmal die Woche den Gottesdienst besuchten, wieso sollten sie dann bereit sein, fünfmal am Tag einen Teppich auszurollen und zu beten? Oder einen ganzen Monat den Ramadan fasten? Der kulturelle Hintergrund war ein völlig anderer. Wege zum friedlichen Miteinander der Religionen waren gefragt. Das Beispiel der USA taugte dafür: Dort standen in vielen Städten Moscheen, buddhistische

Tempel, Synagogen und christliche Kirchen nebeneinander. Jeder zweite Amerikaner, jede zweite Amerikanerin besuchte dennoch einen christlichen Gottesdienst. Offenbar setzten die strikte Trennung von Staat und Kirche und der friedliche Wettbewerb der Religionen dort Kräfte frei, die im glaubensmüden, an leeren Traditionen hängenden Europa so sehr fehlten.

Bei Sabine Harder rief in diesen Tagen die Oberkirchenrätin an. Ob sie sich vorstellen könne, eine Stufe höher zu springen und die Verantwortung für einen ganzen Kirchenkreis zu übernehmen. Sie bat sich Bedenkzeit aus und suchte das Gespräch mit ihrem Mann, auch mit den Kindern. Der Pfarrer der Friedenskirche bekam auf Umwegen Wind von dieser Anfrage. Er setzte alle Hebel in Bewegung, um den Karrieresprung der Kollegin zu verhindern. So sandte er Beschwerdebriefe an die vorgeordneten Instanzen, sprach von Unkollegialität und Abwerben von Gemeindegliedern. Wenn erwünscht, könne er Namen und Zeugen nennen. Er hätte sich die Mühe sparen können, denn noch bevor seine Briefe eintrafen, hatte Sabine Harder der Oberkirchenrätin abgesagt. Sie fühle sich geehrt und danke für das Vertrauen, aber sie wolle gerne Seelsorgerin bleiben und nah an den Sorgen und Freuden der Menschen sein. Der Pfarrer der Friedenskirche erfuhr nichts von diesem Anruf und strahlte von innen heraus, als die Oberkirchenrätin beim nächsten Konvent die Neubesetzung der übergeordneten Stelle mit einer Kollegin aus einer anderen Region verkündete.

Ihm selbst waren in den letzten Wochen drei seiner wenigen Gottesdienstbesucher weggestorben. Bei einer unangekündigten Visite der Oberkirchenrätin verteidigte er vehement seine Stelle als eine der wichtigsten der Region. Auch wenn er nur einige Trauerfeiern, fast keine Taufen und dieses Jahr nur eine einzige Trauung hatte, sei die intensive Betreuung dieser wenigen Menschen ganz entscheidend. Die Frage, warum nur so wenige Menschen im Gottesdienst seien, beantwortete er mit Hinweisen auf die religiöse Gleichgültigkeit der Menschen, auf die Überlastung vieler, die deshalb am Sonntag Erholung bräuchten.

Frau Adlung kam nicht mehr in die Klinikgottesdienste. Ein Schlaganfall hatte sie in ein Pflegeheim gebracht. Sabine Harder besuchte die arme Frau, deren rechte Seite gelähmt war und die kaum noch sprechen konnte, regelmäßig. Bei jedem Besuch schlug ihr Herz vor Aufregung, lag doch das Heim im Bezirk der Friedenskirche und also im Verantwortungsbereich des Kollegen Kraushaar. Was, wenn er sie am Krankenbett von Frau Adlung erwischte? Aber er kam nicht. Ein einziges Mal traf sie ihn im Foyer des Hauses. Sie sagte ihm offen, wen sie gerade besucht hatte. Zu ihrer Überraschung erklärte er sich einverstanden. Wichtig sei ihm nur, dass er darüber Bescheid wisse. Sie wunderte sich über seine Reaktion, die so ganz anders war als sie erwartet hatte. Schätzte sie den Kollegen vielleicht falsch ein?

Frau Beer fühlte sich ohne ihre Freundin einsam, besuchte aber weiter den Gottesdienst in der Klinik. Eigens für sie predigte Sabine Harder nach Frau Adlungs Schlaganfall einmal über die Freundschaft, die neben der Paarbeziehung mit einem Lebenspartner eine ganz eigene zweite Melodie im Leben sei.

Generalsekretär Kohlhoff klappte mit einem Lächeln die dünnste seiner Akten zu. Auf dem Vorderdeckel stand: *Martin Luther redivivus*. Im Internet hatte er die Auftritte des Straßenmusikers, der sich für Martin Luther hielt, bis nach Wittenberg verfolgt und auch über multiple Persönlichkeitsspaltungen recherchiert. Die Spuren des Mannes, der ihn in Worms so beeindruckt hatte, endeten in Wittenberg. Der Graubart, so vermutete der Generalsekretär, war in seine andere Persönlichkeit zurückgekehrt. In seinem Innersten hatte er starke Sympathien für den korpulenten Mann mit dem Akkordeon, brachte er doch Luther auf eine Weise in den öffentlichen Diskurs ein, wie es eine wissenschaftliche Tagung oder eine Rede des leitenden Bischofs des RLKSMSWD trotz der hohen Qualität nie vermocht hätte. Nein, so sagte er sich, mit dem Lutherrock habe ich diesem bedauernswerten Menschen eine große Freude gemacht. Auch tauchte Luther in Frauenzeitschriften und Rätselheften auf, wer hätte das je gedacht! Der Generalsekretär drückte sich die randlose Brille auf die Nasenwurzel und blätterte voll innerer Zufriedenheit in der *Frau im Glück* und im *Bunten Echo*. Interviews mit Passanten, die zunächst beschrieben, wie ihnen Luther mit dem Akkordeon gefiel, gingen über in allgemeine Fragen zu Gott und Religion. Was konnte der Kirche, was konnte dem RLKSMSWD Besseres passieren? Sogar der leitende Bischof hatte einmal, in Abwesenheit des Generalsekretärs, eins dieser Hefte auf Kohlhoffs Schreibtisch gesehen und kurz hineingeblickt, nicht ohne ein Wohlbehagen zu verspüren. Hatte der RLKSMSWD mit seiner bescheidenen Kollekte nicht unauffällig diese Luther-Aktion mit befördert? Offen blieb ihm nur die Frage, wer den Schauspieler engagiert und was dieser Hinweis auf Versorgungsansprüche gesollt hatte. Nein, so ganz klar war die Sache mit diesem Luther-Verschnitt nicht.

In Erfurt feierten die Schwestern am Tag nach der nächtlichen Geheimaktion wie gewohnt das Morgengebet. Der Gesang schwebte durch das Kirchenschiff und war ganz zart auch noch im Kreuzgang zu hören. Der Innenhof lag still und friedlich, als habe ihn seit Jahrhunderten niemand mehr betreten. Nur wer ganz aufmerksam hinsah, entdeckte leichte Schnittspuren an einer Stelle im ausgetrockneten Rasen. Wer aber hätte aufmerksam hinsehen sollen?

In Apolda planten sie weiter an dem großen Stück, das im fünfhundersten Jahr nach der Thesenverbreitung seine Aufführung finden sollte. Von der nächtlichen Aktion wusste nur einer von ihnen. Er wollte die Mitstreiter gegebenenfalls rechtzeitig informieren. Mit Klaus Schulz und Sabine Harder blieb er seit der geheimnisvollen Nacht in regelmäßigem Kontakt.

Der Herbst war an der Blauen Bucht eingezogen. Das Laub der Pappeln am See wehte durch die Wege des Campingplatzes, die Eichhörnchen huschten noch geschäftiger durch die Bäume und die letzten Gäste aus Holland reisten ab. Rosemarie kehrte täglich bergeweise Blätter zusammen. Von den Campingfreunden waren nur noch Omlors da. Manches Mal fragten sie nach Wolle. Doch was sollte sie sagen? Sie zog ihre Informationen aus dem Internet. Die letzte Spur hatte sich in Wittenberg verloren. War er dort an seinem Ziel angelangt? In der Wittenberger Schlosskirche fand sich das Grab des wirklichen Martin Luther, las sie. Sie erwischte sich bei dem Gedanken, Wolle, der Nichtschwimmer, sei in Wittenberg in die Elbe gegangen. Was ihr Sabine Harder erzählt hatte, deutete auf einen schlimmen Lebensbruch hin. Sie war bei dem Telefonat mit der Seelsorgerin unkonzentriert gewesen, weil ihr Sohn Lars und seine Freundin neben ihr saßen und so viele Neuigkeiten zu berichten hatten. Insgeheim hatte sie Wolle ein Stück aufgegeben. Es tat nicht mehr weh, dass er weg war. Noch ein anderer Gedanke drängte sich ihr auf. Sie hatte sich auf der Landkarte angesehen, wo Wittenberg lag. Zufällig entdeckte sie einen Ort in der Nähe: Leuna! Ob Wolle bei dieser Liesel abgetaucht war? Ob er dort ein neues Leben begann? Wenn ja, konnte es doch nur ein Lotterleben sein! Nachdem Richard Omlors Besuch bei dieser Liesel aufgeflogen war, hatte Renate Omlor zu rigorosen Maßnahmen gegriffen. Nicht nur, dass sie für ihren Mann ein totales Kontaktverbot verhängt hatte. An der Rezeption des Campingplatzes hing seit jenem Kaffeenachmittag des Richard Omlor bei Liesel aus Leuna ein Zettel, der in großen Lettern als Betroffenenforum deklariert war. Alle Frauen, die eine Liesel aus Leuna, Wohnwagen 123 direkt am See, des Ehebruchs mit ihrem Ehemann verdächtigten, sollten von sich hören lassen. Zu Renates und Rosemaries eigener Überraschung meldeten sich eine ganze Reihe Frauen, die alle die gleiche These vertraten: Liesel war gar nicht an den Männern interessiert. Ihr oberstes Ziel war es, über andere Frauen zu triumphieren und deswegen die Männer zu bezirzen. An einem verregneten Nachmittag kam es zum Marsch auf Liesels Wohnwagen, ein Dutzend Frauen, die mit emotionsgeladenen Gesichtern der Gegenüberstellung mit der Ehebrecherin entgegenfieberten. Doch die Verschmähte hatte selbst den Aushang gelesen und war rechtzeitig über alle Berge nach Leuna entflohen. Den alten und demolierten Wohnwagen, ein QEK Junior, holte wenige Tage später eine Entrümpelungsfirma ab.

Eines Tages meldete sich Sabine Harder zum Besuch bei Rosemarie Aicher an. Wie beim letzten Mal verabredeten sie sich zu einem Spaziergang.

„Wie sieht es in Ihnen aus, wenn ich den Namen Wolfgang Trödler erwähne?", fragte die Seelsorgerin, nachdem sie sich auf den Weg gemacht hatten. Die Herbstsonne schien milde und schon bald empfand Rosemarie wieder diese Vertrautheit, die ihr das Herz öffnete.

„Ich weiß nicht, ob das schlimm ist, wenn ich das so sage. Aber es tut nicht mehr weh."

„Sie meinen, es tut nicht mehr weh, wenn Sie an ihn denken?"

„Ja, das war plötzlich so. Erst war ich traurig. Dann enttäuscht darüber, dass er mich nicht mehr kennt und auch nicht hierher zurückkommt. Damals habe ich mir Vorwürfe gemacht. Er ist doch krank, hatte einen schweren Unfall, deswegen kann ich ihn nicht verurteilen, habe ich mir gesagt."

„Die Gefühle kann man nicht dirigieren, Frau Aicher. Überwiegt bei Ihnen noch die Enttäuschung, oder was empfinden Sie jetzt?

„Darf ich ehrlich sein?"

„Natürlich!"

„Also ehrlich gesagt ist er mir jetzt gleichgültig. Den ganzen Sommer hat er mich hier alleine gelassen. Er hat sich selbst verwirklicht als Luther. Es gibt kein emotionales Zeichen von ihm an mich. Überhaupt keine Nachricht. Nichts."

Sie gingen schweigend über den Kiesweg, der zur Ranch des Country-Clubs führte.

„Haben Sie eine neue Bekanntschaft gemacht?", fragte Sabine Harder unvermittelt.

„Ach, nein, eigentlich nicht", sprach Rosemarie und errötete.

Am Rand der Koppel vor dem Country-Club stand El Condor Pasa und sah ungläubig auf das, was da auf seiner Koppel geschah. Ein Mann mit grauen Schläfen führte eine Haflingerstute ganz langsam an der Longe. Auf dem Rücken des Pferdes saß ein junger Mann. Er hielt sich an der Mähne des Pferdes fest, warf wild den Kopf hin und her und schrie vor Vergnügen.

„Ingo!", entfuhr es Rosemarie.

Sabine Harder war nicht nur wegen Rosemarie Aicher zum Campingplatz gekommen. Auch wegen des Mannes an der Longe und der rothaarigen Frau, die von der Terrasse aus das Geschehen auf der Koppel verfolgte.

„Maria!", begrüßte Sabine die Bekannte vom Chiemsee freudig.

„Mensch, Sabine, schau dir das an. Wie der Ingo sich freut! Das war eine Super-Idee von dir, den Kontakt mit Howdie herzustellen."

Jetzt erst bemerkte Sabine Harder Howdie und das Ehepaar Steiner, Ingos Eltern. Sie begrüßte sie, und auch Vincent Weber lächelte ihr von der Koppel aus zu.

„Wir wollen das mit dem therapeutischen Reiten weiter ausbauen", sprudelte Maria, „der Country-Club hat ja nach einem neuen Betätigungsfeld gesucht. Und unsere Situation ist dir ja bekannt. Mit der Haflingerstute trainieren wir entsprechend. Neben unserem Hof am Chiemsee möchten wir hier eine Art Niederlassung aufmachen. Wir sind begeistert, dass der Campingplatz behindertenfreundlich ist. Das passt wunderbar ins Konzept."

„Ich versteh nur noch Bahnhof", kam es erstaunt von Rosemarie. Es war an der Zeit, sie aufzuklären. Sabine Harder knüpfte an das Telefonat an, das sie mit ihr vom Chiemsee aus geführt hatte.

„Und dieser Vincent Weber", schloss sie ihre Rede ab, „das ist der Studienfreund von Wolle."

Rosemarie war verunsichert, doch schon bald ließ sie sich von Marias Begeisterung und Tatendrang anstecken. Ein Konzept für den Country-Club und zugleich für den Campingplatz, das gefiel ihr, vor allem weil sie dann nicht mehr allein die Verantwortung für alles zu tragen hatte.

Mit Sabine Harder ging sie zur Unfallstelle weiter. Dieses Mal kamen ihr Tränen. Wie verwickelt doch das Leben sein konnte, dachte sie, angesichts der Neuigkeiten, die sie soeben erfahren hatte.

Erst wenige Schritte waren sie in Richtung Blaue Bucht zurückgelaufen, da klingelte ihr Handy. Lars war es, ihr Sohn.

„Mutti, ich habe eine gute Nachricht!"

„Ja?" Rosemaries Herz schlug schnell. Hatte sich Wolle bei ihm gemeldet? War das noch eine gute Nachricht? Er spannte sie auf die Folter.

„Nun sag schon!"

„Na gut, also, ähm, kurz gesagt: Du wirst Oma!"

Vor Glück umarmte Rosemarie die Pfarrerin.

„Ich lass Sie jetzt mal alleine. Ich schau noch mal beim Country-Club vorbei", schlug sie Rosemarie vor.

Bis zum Abend besprachen sich Vincent Weber, Maria und Sabine Harder. Rosemarie Aicher tat an diesem Nachmittag etwas, was sie sich seit Jahren nicht mehr gegönnt hatte: Sie ging in die Blaue Bucht baden. Das Wasser war zwar merklich abgekühlt und es kostete sie große Überwindung, sich mit einem Ruck hineinzuwerfen. Doch dann schwamm sie weit in den See hinaus, tauchte sogar unter. In der *Frau im Glück* hatte sie gelesen, die höchste Form des Geborgenseins genieße der Mensch im Mutterbauch. Von Fruchtwasser und einer stabilen Höhle umgeben, fühle er sich sicher und aufgehoben.

Erst mit dem Abnabeln werde er ins bedrohliche Leben außerhalb des Mutterbauchs gestoßen. Das Leben sei eine einzige Suche nach dem früheren Geborgensein. Ja, sprach sie zu sich und tauchte erneut unter, deswegen ist das Wasser so etwas Wunderbares.

Am Abend, bevor sie ihren Golf bestieg, sah Sabine Harder Rosemarie an einem der Tische der *Seeklause* sitzen. Erst wollte sie auf sie zugehen und sich verabschieden. Doch sie würde stören, merkte sie und fuhr ohne Abschied davon. Rosemarie gegenüber saß, einen Salatteller verspeisend, ein Herr mit gezwirbeltem Schnauzbart und edlem Cowboyhut.

XXIV

Er zog die Nummer 84. Hoch an der Wand des weißgetünchten Raumes war eine elektronische Anzeige angebracht. Die 65 leuchtete auf.

Auf einem der engen und fest montierten Plastikstühle nahm er Platz. Er wollte sich instinktiv den Bart streichen, doch den hatte ihm die nach Patschuli duftende Friseurin im Salon *Vier Haareszeiten* abrasiert.

Im Warteraum fanden sich viele verlebte Gesichter, einige Frauen mittleren Alters, zwei Kinder.

Eine Frau mit Nasenpiercing, die ihn nicht wahrgenommen hatte, sprach leise mit ihrer Nachbarin. Ihr Kind blätterte in einem Kinderbuch und fragte nur ab und zu, wann sie endlich dran seien. Die Nasengepiercte erzählte von einem viertägigen Urlaub in der Sächsischen Schweiz.

„Kann ich mir mit meinem Hartz IV ja nie und nimmer leisten. Da bleibt nicht ein Euro. Aber du glaubst es nicht, was dann passiert ist."

Sie erzählte von einem dicken graubärtigen Mann, ein Unbekannter, der ihr 200 Euro geschenkt habe. Einfach so. Ohne Adresse und alles. Jetzt eröffne man ihr hier im Arbeitsamt vielleicht eine Chance, sich umschulen zu lassen.

„Berufsberaterin. Das würde mir gefallen. Ich wollte schon immer was mit Menschen machen", sagte die Mittdreißigerin.

Die Nummer 83 leuchtete auf. Sie erhob sich.

„Komm, Luis, wir sind dran!"

Ihr Sohn löste sich erst nach der zweiten Aufforderung vom Bilderbuch. Gerade wollte sie das Zimmer betreten, da sah sie ihn. Woher kannte sie ihn nur? Ohne Bart konnte sie ihn nicht sofort zuordnen. Sie entschwand in einem Zimmer rechts vom Eingang.

84. Er erhob sich schwerfällig und schlurfte in ein Zimmer links vom Eingang.

„Ja, bitte, kommen Sie halt herein", forderte ihn der Herr mit dunkelbraunem Sakko auf, der sich hinter einem Schreibtisch mit Computer verschanzt hatte. Der Stuhl knarrte gefährlich, als der Bartlose Platz nahm.

„So, den Namen bitte!"

Er antwortete nicht.

„Hey, hallo, junger Mann, das müssen Sie mir schon sagen, wer Sie sind!"

Der Bartlose sah stumm aus dem Fenster. Das Laub der Bäume leuchtete golden. Die Sonne war auch im Herbst noch voller Kraft. Zwei blaue Falter jagten sich über dem marmorierten Fensterbrett. Sie versuchten einander einzufangen. Vergebens.

EPILOG

2017 jährt sich zum fünfhundertsten Mal die Verbreitung der 95 Thesen Martin Luthers von Wittenberg aus. Wird da die Spaltung der Kirche in zwei große Konfessionen gefeiert? Diese Frage stellte Bundestagspräsident Norbert Lammert am 1. Advent 2010 in der Bochumer St. Vinzentiuskirche, als „protestantisch veranlagter Katholik" – wie er sich selbst einschätzt. Auch bezweifelte er, ob die noch vorhandenen Unterschiede der Konfessionen die „Aufrechterhaltung der Trennung" heute weiterhin rechtfertigen.

Recht hat er. Um eine bloße Glorifizierung Luthers und der von ihm ausgelösten Bewegung darf es 2017 nicht gehen. Wer dem Reformator gerecht werden will, muss auch die Schattenseiten sehen: Seine unerträglichen, das ganze Werk durchziehenden Äußerungen gegen das Judentum; seine Invektiven gegen die Muslime, von denen er keinen gekannt haben dürfte; sein Hexenglaube, der zugleich Aberglaube war. Hierin war Luther in seiner Zeit verhaftet und auf keine Weise reformatorisch und zukunftsweisend. Der Tod Zehntausender Bauern, ein dreißig Jahre währender Krieg und eben die Spaltung der Kirche über ein halbes Jahrtausend hinweg, das sind Folgen von Luthers Denken, Reden und Schreiben.

Andererseits sind seine Verdienste unstrittig. Exemplarisch steht hier sein Auftritt vor dem Wormser Reichstag im Jahre 1521. In Luther sehen wir hier den nur Gott verpflichteten Menschen, der trotzig, mutig den geistlichen und weltlichen Mächten seiner Zeit die Stirn bietet, wenn sie Gottes in der Schrift bezeugten Willen für ihre eigenen Machtoptionen zurechtbiegen. Luther ist damit emanzipatorisch und immer aktuell, zeigt er doch einen Weg, wie sich der von dunklen und drohenden Mächten umzingelte Mensch eine feste Burg bauen kann, die kein Feind erstürmt. Auch hat Luther mit exegetischem Scharfsinn und visionärem Blick die seelsorgerischen, sozialen und spirituellen Kompetenzen der Bibel ausgelotet und sie mit wortmächtiger Predigt verkündet.

Was bedeutet das im Hinblick auf das Reformationsjubiläum 2017?

Ecclesia semper reformanda est – die Kirche muss sich immer erneuern –, dieses Luther zugeschriebene Diktum besagt: Kirche muss aufhören, mantramäßig den Zeitgeist zu verpönen und sich, in Form kollektiver Weltflucht, auf ewige Wahrheiten zu berufen. Wahrheiten, nach denen niemand mehr fragt oder die niemand mehr versteht, sind bedeutungslos. Luthers große Stärke, dem Volk aufs Maul und ins Herz zu schauen, sind heute genauso gefragt wie zur Zeit der Reformation. Hinterherrennen muss Kirche dem Zeitgeist nicht, aber sie kann ihn prägen, aufsaugen und biblische Texte als Antworten auf die sich stellenden Themen erörtern. Ein Beispiel: Wer das Hohelied Salomos in der Bibel liest, fragt zu Recht, wieso sich die Kirche nicht den Sex als Geschenk Gottes positiv auf ihre Fahnen schreibt. Gegen den durch das Internet verbreiteten Trend der Pornographisierung des Alltags ist Sex als erfüllende, zum Glück gehörende Gabe des Lebens zu retten, mittels Salomo und manch anderer Bibelstelle. Ein in einem Thüringer Pfarrhaus (Wandersleben) ausgeschriebener Wettbewerb für erotische Gedichte ist ein hoffnungsmachender Schritt in diese Richtung.

Das Einlassen auf den Zeitgeist muss zu einer Selbstverständlichkeit werden. Nur dort, wo Kirche im Sinne der Theologie Paul Tillichs das Ohr an den Themen der Zeit hat, kann sie ihre Qualitäten, vom biblischen Erzählen und den Jesusworten abgeleitet, einbringen: die seelsorgerischen, sozialen und spirituellen Kompetenzen, die einen leidenden Menschen in einen hoffenden verwandeln.

Ultimativen Charakter hat das Jahr 2017, bedenkt man die Trennung der Kirche in die beiden großen Konfessionen. Wann, wenn nicht dann, wird es endlich zur Einheit am Tisch des Herrn kommen? Wann endlich werden Priester nicht mehr abgestraft, die nur das tun, was ihres Amtes ist, nämlich Menschen einzuladen, Gott sinnlich zu erfahren und seine Liebe gegenwärtig zu machen?

Doch müssen wir nicht noch einen Schritt weiter gehen? 2017 wird erst dann ein wirkliches Festjahr, wenn nach 500 Jahren aus einer mehr oder weniger versöhnten Verschiedenheit eine versöhnte Einheit zwischen katholischen und evangelischen Christen wird. Welche kirchlichen Gremien arbeiten auf dieses Ziel hin? Ein Sommermärchen, der Fußball-Weltmeisterschaft 2006 in Deutschland vergleichbar, ist möglich, wenn sich die beiden getrennten Konfessionen zu der einen christlichen Kirche vereinen. Eine Spinnerei? Wieso eigentlich? Ist es nicht ein unglaublicher Luxus, die Trennung zu kultivieren? Wer Menschen auf der Straße nach dem Unterschied von katholisch und evangelisch befragt, merkt schnell, wie weltfremd das angestrengte Wachen über die Konfessionsgrenzen ist. Die wiedervereinigte christliche Kirche – die Menschen würden auf den Straßen tanzen wie 2006 auf der Fanmeile in Berlin.

Tanzen auf der Fanmeile, das hat etwas mit Emotionen zu tun. Wer einen christlichen Gottesdienst heute besucht, egal ob evangelisch oder katholisch, vermisst oft das emotionale Element. Jedes Konzert von André Rieu oder Herbert Grönemeyer, der Auftritt von Lena Meyer-Landrut in Oslo, sie zeigen uns, wie sehr der Mensch gerade im Herzen angerührt sein will. Kirche als Heimat der Emotionen, wieso ist das so selten der Fall? Entscheidend hierfür sind die Vorgänge in Wittenberg und auf der Wartburg Ende 1521 und Anfang 1522. In Luthers Zeit kreiste das Denken der Menschen fieberhaft um apokalyptische Szenarien und eschatologische Hoffnungen. Sichtbarer Ausdruck für die Suche nach metaphysischer Behaustheit war der boomende Ablasshandel. Glaube und Leidenschaft waren unauflöslich miteinander verbunden. Höhepunkt war das Weihnachtsfest 1521. Karlstadt und Justus Jonas feiern mit der Gemeinde in Wittenberg das Mahl des Herrn in beiderlei Gestalt, also mit Wein für alle, nicht nur für die Priester, ohne liturgische Gewänder und in deutscher Sprache: der erste evangelische Gottesdienst. Der Auferstandene ist unsichtbar mitten unter den Feiernden und stärkt sie. Ohne Ablasszahlung. Luther sitzt zu dieser Zeit auf der Wartburg fest. Ihn treibt die Angst um, die von ihm begonnene Bewegung drifte in Fanatismus und Anarchie ab. Im Frühjahr 1522 kehrt er nach Wittenberg zurück und bremst die Reformation ab. Nur langsam darf das Werk voranschreiten, auch die Schwachen im Glauben sind mitzunehmen.

Die Bremse ist bis heute angezogen. So wichtig es in Luthers Zeit war, die Schwarmgeister einzufangen und die Ordnungen der Kirche aufzurichten, so dringlich ist es heute, aus der Kirche der Ordnungen die Kirche der Emotionen zu machen. Möglich ist das, da die christliche Tradition ein reiches Repertoire an sinnlichen Elementen kennt, die emotional anrühren. Die Tiefensymbolik des christlichen Glaubens, die biblischen Geschichten von Tod und neuem Leben, sie bieten ein Obdach für die Seele. 1521 in Wittenberg leuchten die Augen und zittern die Herzen, während 2000 Menschen den Kelch des Heils teilen. Zuletzt 1989 sind die Kirchen flächendeckend im Osten Deutschlands Heimat der Emotionen und Ort des Aufbruchs aus gesellschaftlicher Lethargie gewesen. Auch heute gibt es Kirchengemeinden und Personen, die die emotionale Seite des Glaubens ansprechen und viel Interesse finden: die Creative Kirche in Witten mit ihrem Motto „Freunde finden, Gott begegnen, besser leben", die Tübinger Jakobusgemeinde mit ihren vielen Hauskreisen, Nina Hagen mit ihrer Autobiographie „Bekenntnisse" oder die wachsenden Gemeinden im Stadtteil Prenzlauer Berg in Berlin, um nur einige zu nennen. Kirche ist nach wie vor der mit Abstand stärkste Verein in vielen Dörfern und allen Städten. Wenn das so bleiben soll, muss sich Kirche reformieren. Immer. Semper.

Felix Leibrock